妝點好日子

3

完

風文創 1182

顧紫 著

風 文創 1182

目錄

第六十一章

馮惜又瞥了眼那幾家的粥棚，說：「幸好和傅公子訂親的是妳。要是真找了這些家的姑娘，他再到我家找我父親，我肯定忍不住要翻他白眼。」

賀語瀟爽朗地笑出了聲，引得別人往她這邊看過來。但一個漂亮姑娘笑起來，總是賞心悅目，誰又會去管她在笑什麼呢？

果然，到了下午，新來的幾家都有家中姑娘打扮得花枝招展的來施粥了。

可能因為是新來的，想多招些災民過去，所以白粥熬得很濃稠，很有誠意。

來賀語瀟這邊的災民一直很固定，但別家的就不一定了，不少人都去了新粥棚，希望能吃到些不一樣的。

那幾個打扮漂亮的姑娘站在棚邊，不時張望一下，與災民們也沒有說什麼話，更有婆子在身前護著，生怕姑娘被衝撞了，這倒是無可厚非。

賀語瀟沒打聽這些姑娘都是誰家的，這與她沒什麼關係，只是偶爾看到那幾家姑娘互看不順的眼神，覺得很有趣。

又過了大概一個時辰，一個牽著馬的男子自遠處的一條小路走來，後面跟著不少人，有徒步的，有推車的，仔細一看，其中不少是揹著醫箱的年輕人——不是傅聽闌的醫隊又是哪個？

就見那些打扮漂亮的姑娘們迅速整理起衣服髮飾，有的乾脆接過大勺給災民盛起了粥。

賀語瀟站在那裡，遠遠地看著傅聽闌。

傅聽闌似乎也看到她了，翻身上馬，馬匹眨眼間就奔到了醫棚前。

傅聽闌翻身下馬，那些姑娘眼睛一眨不眨地看著傅聽闌，臉上帶了緋紅。

傅聽闌根本沒注意到那些新設的粥棚，徑直來到賀語瀟跟前，一臉正經地笑道：「五姑娘安好。」

賀語瀟也笑著向他行禮。「傅公子安好。」

傅聽闌笑得更開心了，伸手幫她正了一下頭上的絹花。

知道兩個人關係的，對傅聽闌的舉動都是笑而不語，當作沒看到，該幹麼就幹麼。而不知道兩個人關係的，又是衝著傅聽闌來的各家姑娘們，眼睛都快瞪出來了，無論是盛粥的，想上前搭話的，還是整理衣服的，都僵在原地，彷彿已經石化了。

賀語瀟沒注意那些姑娘，只是打量著傅聽闌——還成，跟前兩日分開時沒太大差別，看來她送的食物還是有讓傅聽闌好好吃飯。

「妳什麼時候回妝鋪？」傅聽闌問。

賀語瀟聽明白了他的意思，是想在店裡見面，能好好說說話。

賀語瀟答。「明天上午我會待在店裡，下午再過來。」

傅聽闌微笑道：「好，明天我去找妳。」

賀語瀟點點頭，知道傅聽闌還有許多事要做，便沒留他。

傅聽闌又給她緊了緊大氅，才走到愈心堂的醫棚那邊。這裡有好些事需要傅聽闌處理，而他首要關心的還是讓賀語瀟傳達要準備的草藥是不是安排好了。得知一切妥當，便與這些和他一同去村落的年輕大夫說好，後天一早在這兒會合，再去剩下的村落。

至於想來愈心堂出診的老大夫們，傅聽闌是相當歡迎的，說等醫棚撤了，幾位老大夫隨時可以到愈心堂與他詳談。

老醫者大多是真的喜歡治病救人，對他們來說賺多少不重要，重要的是看見病人在自己手上好起來，見到自己的必生所學學有所用。之所以少往外跑了，也是因為年紀大了，身體跟不上，如果能有個固定的地方出診，且是實實在在為百姓做事，不是奸商想坑百姓看病錢的，他們是一百個樂意去。

現在得了傅聽闌的話，他們就開始把自己當成愈心堂的大夫，跟原本愈心堂的大夫開始稱兄道弟，大有一種惺惺相惜之感。而原本就在愈心堂坐診的大夫當然希望有越多醫術優秀的大夫來出診越好，這樣得實惠的就是窮苦百姓，若真遇上疑難雜症，也有人一起商議，得出更好的治療方案。

見這邊的事都安排妥當了，傅聽闌就往府裡趕，多日沒回家，難免掛心父母，還是要親眼見了才是。

而粥棚的氣氛並沒有因為傅聽闌的離開而輕鬆，相反變得沈默了，這股沈默裡還多了些許觀察和打量。

賀語瀟根本沒在意，倒是馮惜有意地走到賀語瀟身前，回視那些別有心思的姑娘們。

無論這些姑娘什麼心思，馮惜她們卻是萬萬不想惹的，紛紛收回了目光，沒多久，就先後上了自家馬車回去了。

華心蕊看著一輛輛馬車遠去，冷笑道：「裝樣子都這麼不用心，又何必這麼大費周章設粥棚呢？」

崔乘兒毫不留情地說：「讀書少，妖心思倒不少。沒腦子偏偏要裝聰明，沒誠意還想博個好名聲。到最後什麼也不是。」

她不是看不起不讀書的人，她只是看不上那些沒多少腦子還愛作妖的。

賀語瀟笑道：「她們來，不管什麼心思，都能讓災民們多吃一頓飯，不全是壞事。」

「她們來就來了，但我怕她們今天看出門道了，轉頭為難妳。」崔乘兒說。

「我與妳們一塊兒，那些得罪不起妳們的，自然不敢拿我怎麼樣。」賀語瀟寬慰道：「如果連妳們都不忌憚的，我再怎麼防著都沒用。」

其他三人都明白是這個道理，也是因為如此，就更不免擔心了。可轉念一想，賀語瀟和傅聽闌是訂親了的，那長公主府肯定會護著賀語瀟，如此說來，似乎一切都還好。

「別的我不擔心，但那幾家裡有皇后娘娘的娘家人，今天也就屬她打扮得最隆重。」馮惜見過那位皇后娘娘的姪女。

「打扮最隆重……是穿墨綠色衣服那位？」華心蕊忙問，這兩天來新設粥棚的人家，她也只對一、兩個人面熟。

馮惜點頭。「對。她父親是皇后娘娘庶出的弟弟，就算是庶出，那也算娘家人。我聽說那位趙姑娘出生那日，漫天紅霞，經高人指點，說此女應養於江南，二十後方可接回京中長住，如此必定是大富大貴之命。」

「經姊姊一說，好像是有這麼一回事，不過我是很早之前聽過，都記不太真切了。」崔乘兒說。

賀語瀟嘴角抽了抽，出生有吉兆這事她不是不信，只是就算有，多半也會藏掖著，不對外宣揚，這也是對孩子的保護。像這種到處說的，多半誇張的成分居多。

「所以她這是把大富大貴的命格寄託在傅公子身上了？」華心蕊很是詫異，簡直不知道這人怎麼想的。

「應該是，這趙姑娘半年前才被接回來，估計滿京城看了一圈，若論能撐得起她大富大貴命格的，就只有傅聽闌了。」馮惜倒是不怕皇后娘娘的娘家，只怕那趙姑娘不懷好意，她擔心賀語瀟應付不來。

賀語瀟沒糾結趙姑娘的命格，只問：「皇后娘娘出生時可有什麼吉象？」

三個人面面相覷，最後都搖了搖頭。

「皇后娘娘出生沒現吉象，都能成為皇后，與皇上琴瑟和鳴，誕育兩子，且兩位皇子都有出息。這位趙姑娘有吉象，又同是趙家人，那不得超過皇后娘娘去才成嗎？按這個說法，傅公子根本配不上啊。」賀語瀟笑說。

其他三個人都樂了。想來也是，這得是什麼樣的家世才配得上呢？怎麼說也得是天神吧？可見，這吉象要麼是趙家為鞏固地位編的瞎話，要麼就是被所謂的高人忽悠了。

第二天一早，賀語瀟就去了店裡。好幾日沒來，店裡都是由露兒看著，沒出任何岔子，可見露兒也能獨當一面了。

賀語瀟近來早出晚歸地弄粥棚，賀複很高興，覺得賀語瀟為自己爭了面子。姜姨娘覺得賀語瀟能幫到更多人，是做好事，也沒有反對。賀夫人並沒有多說什麼，沒有讚許，也沒有阻止，不沾賀語瀟的光，也沒有要出錢幫扶的意思。

對賀語瀟來說，支不支持倒是無所謂，只要不是添亂就好。

沒一會兒，傅聽闌就到了。

賀語瀟早早煮好了茶，這會兒招待他正好。

露兒非常有眼色地拉上了屏風，自己待在外間，若有客人上門，她也方便招呼。

「父親和我說，之前妳幫忙帶回的書信，母親很珍視。看來正如妳所說，出門在外還是應該多給家裡寫信。」傅聽闌沒想到居然被賀語瀟說中了，他母親是真的擔心，只是不說而已。

賀語瀟笑道：「既然知道了，以後就知道要怎麼做了。」

「嗯。」傅聽闌笑看著她。「不知道五姑娘覺得什麼樣的送信速度妳比較喜歡？」

這明顯是在為兩人的以後做打算了。

賀語瀟想了想，說：「其實三、五日能收到一封信就很好了，畢竟如果真忙起來，天天寫信並不實際。比起送信的時間，我更希望信裡不要報喜不報憂，寫信是為了更好地溝通和瞭解對方的現狀。不報憂雖是為對方著想，可比起這個，我更想知道真實情況。說句不好聽的，萬一真出了什麼狀況，我卻後知後覺，這種打擊和後悔怕是很難平復。」

傅聽闌沈默地琢磨了一會兒，點頭道：「我知道了，看來五姑娘是個能扛事的。」

「能不能扛事我不知道，遇上事我也有愁的時候，只是愁並不影響我想知道真實情況。」賀語瀟表明自己的想法。

這個話題說完，兩個人又聊起各村的情況。現在除了損壞輕微的房子可以立刻修繕外，那些倒塌的房子暫時是沒有辦法了。冬季無論上山伐木還是和泥壘牆，都不太合適。所以工部的意思是用現有能用的材料蓋個大房子，讓百姓們先有個住處。

「這樣也好，我想若村中有住處，大家也不願意待在破廟裡。雖然破廟也開始有人去修繕了，但金窩銀窩不如自己的草窩嘛。」

傅聽闌被她的話逗樂了。「那以後要不要給妳空出間屋子，讓妳弄成自己的草窩？」這樣無論賀語瀟去到哪兒，應該都會想回來吧。

「你這話說的，好像我的草窩你以後不住一樣。」賀語瀟話說出口，才發現好像有點不妥當，不好意思地低下頭。

傅聽闌倒是很高興，這說明他和賀語瀟更接近了。「那就是我們兩個的草窩了。」

賀語瀟沒反駁，只是抬頭瞧了瞧他，嘴角揚著笑容。

傅聽闌還記掛著賀語瀟上次說要帶他一起去買山渣糕和醃梅子，今天正好有空，兩個人便一起去了。買這些果脯的錢是賀語瀟出的，傅聽闌沒跟她搶。但給賀語瀟買零食、糕點時，錢就是傅聽闌出的了。

下午，兩個人又一起去了粥棚。讓賀語瀟意外的是，那幾家新來的並沒有撤粥棚，那幾家的姑娘也再一次的都到了。

這讓賀語瀟不禁對她們多了一絲讚賞，至少沒立刻不幹，還是災民受惠。只不過賀語瀟和傅聽闌一同到來，還是讓幾家的姑娘變了臉色，似乎昨天不能確定的，今天得到了確定。

傅聽闌扶著賀語瀟下了車，賀語瀟就去了自己的粥棚那邊，傅聽闌則去了醫棚，他今天過來主要是看看草藥情況，如果這邊草藥不足了，又不能立刻拿到貨，他就得另想辦法了。

馮惜朝賀語瀟眨眨眼，賀語瀟笑著將她拉到一邊，道：「我和傅公子一起買了些糖餅過來，馮姊姊嚐嚐，再給華姊姊和乘兒留兩塊，剩下的分給孩子們吧。」

災民太多，不可能每個人都能分到，分給孩子是最好辦的，小孩子在長身體，多吃一點是好事，而且吃點甜的，這日子也有盼頭。

「行，我讓人安排。」馮惜拿了一塊糖餅咬了一口，就提著籃子去忙了。

賀語瀟則去後面看看災民的情況，如今衣服能穿暖了，大家的風寒也幾乎都好了，每個人的臉色看著都正常不少，賀語瀟就放心了。

傅聽闌看完草藥剛走到前面，就聽到一聲「傅哥哥」。他沒想到這是叫自己，正要去找賀語瀟，就被人擋住了去路。

「傅哥哥，我是皇后娘娘的姪女趙可沁，兩年前在皇后娘娘的千秋宴上見過。」趙可沁笑得嬌媚。「這樣算來，我們也算沾親帶故，我叫你一聲哥哥也是可以的吧？」

站在不遠處的幾家姑娘臉色難看起來，這一個「沾親帶故」，她們的勝算就等於沒了。

傅聽闌眉頭一皺，道：「當初趙姑娘如何稱呼我，現在還是如何稱呼為好。若讓人聽去，有其他猜想，我實在不好交代。」

聽他這麼說，幾家姑娘都偷偷樂了起來，覺得這趙姑娘是自作多情。

趙可沁不死心。「你舅母是我姑母，我叫你聲哥哥是理所應當的。」

傅聽闌面無表情地看著她。「加上今天，我與趙姑娘也只見過兩面吧？突然多出個妹妹，實在引人誤會。我可不希望自己在意的人有不必要的誤解，趙姑娘既然是皇后娘娘的娘家姑娘，就更應該為皇后娘娘的名聲著想，在稱呼上更應克己復禮才是。」

趙可沁鬧了個大紅臉，沒想到傅聽闌居然這麼不給她面子。

傅聽闌並不想與她多說，繞過她去找賀語瀟了。

趙可沁憤懣地一轉頭，就看到其他家姑娘嘲諷的笑容。她狠狠地瞪了一圈那些姑娘，轉身回自己馬車上。

趙可沁的離開也讓其他家的姑娘看明白了，傅聽闌還是那個傅聽闌，並不是離得近就能搭上話，也不是沾親帶故就能讓他另眼相看。

既然如此，倒不如收了心思，省得丟了姑娘家的顏面。加上還有一個傅聽闌樂意與之多說話的賀家五姑娘，她們就更不想蹚渾水了。不甘心歸不甘心，但沒必要非得撞上南牆才知道回頭。姑娘家能有多少年華可以耽擱，與其參與一場沒有勝率的角逐，不如讓家中另想辦法。入不了傅聽闌的眼，那也是沒辦法。

賀語瀟閒來無事，便拉了把凳子坐在災民們喝粥的地方，見哪位婦人或者小女孩喝完粥了，就起身湊過去，給人家塗一點口脂，防止嘴唇乾裂，並增添些氣色。

她這做法在別人看來挺奇怪的，災民能吃飽穿暖就行了，怎麼還塗上口脂了？給誰看呢？但再看那些塗了口脂的，無論老少，臉上都多了些笑容，似乎很開心自己臉上能帶一抹顏色。

華心蕊湊過去，笑道：「這是妳店裡的口脂？」

一看這顏色，就知道應該是賀語瀟店裡的。賀語瀟店裡的口脂大多很滋潤，顏色也並非千篇一律的大紅、玫紅，很有特色。

「是啊。給大家潤唇，順便添點顏色，心情也能好些。」賀語瀟道。愛美之心，人皆有之，雖然在愛美這件事上的表現形式有所不同，但她能提供的就是面上的一抹顏色。在清苦的時候，一抹顏色有的人看來很多餘，改變不了現狀，可在有的人看來，這就像是生命裡可以追求的一點光亮，也能告訴自己，生活裡不全是暗色，總有一種輕盈的色彩是可以擁有的。

「的確。」華心蕊看那些女子臉上多了些顏色，就算臉蛋不甚乾淨，也好像枯草中開出了花，新鮮而有希望，一點也不覺得突兀。

賀語瀟今天帶了不少顏色的口脂過來，也是根據不同的人使用不同的顏色，所以對每個人來說都是合適的。

「我也是幾日沒給人化妝，手癢了，就當是找人練習。」賀語瀟平時很難找到這樣的機會，現在這些災民膚色不同、唇形不同，年紀樣貌也各不相同，這對她來說就是很好的練手機會。

第六十二章

「這倒是個好辦法，大家開心，妳也開心。」

華心蕊打量著塗了口脂的女子和孩童，她自認沒有這樣的技術，每個人只因為有點口脂就顯得那麼有精神，就好像災情已經過去，大家可以回家時才會有的精氣神。

小孩子領了糖餅捨不得吃，都偷偷藏進衣服裡。賀語瀟也不干涉他們，讓小孩子也能有自己的安排。而大多數小女孩都是第一次塗口脂，興奮之餘，願意在粥棚附近來回跑一跑，不動聲色地向別人展示自己的口脂。

這些小孩子無心的舉動，卻引起了幾家姑娘的注意。臨近年關了，姑娘家都會置辦些妝品和飾品，看到幾個小丫頭跑在一起，每個人嘴上都塗了顏色，而且相當好看，都不自覺地多看幾眼。一問之下，才知道是賀五姑娘幫她們塗的。

「五姊姊手裡有好多罐呢，都好看！」

「是呀是呀，五姊姊給我們塗的都是不一樣的顏色！」

「我是第一次塗口脂，奶奶說我可好看啦！」

女孩子們七嘴八舌的，聽得這些姑娘們很是心動。

小孩子這幾日與賀語瀟她們相處下來，稱呼都變得親暱了。

「大姊姊要是喜歡，可以去五姊姊那裡塗呀。我娘親塗別的顏色也好看！」

這些姑娘表情有點微妙，沒說好，也沒說不好，只是在心裡盤算著應該去這賀五姑娘的妝鋪看看，這口脂若在過年時塗上，應該會相當出色。

賀語瀟頭一天在這兒給大家塗口脂，第二天乾脆帶了妝箱過來，幫大家畫花鈿，這對她來說也是練手的機會。而她畫的樣式也讓沒見過她化妝的姑娘們驚詫不已，這不僅不是尋常的樣式，而且每一筆都非常細膩，畫什麼、像什麼，完全沒有糊弄。

這讓不少姑娘對賀語瀟的印象有了改觀，好像賀語瀟得了傅聽闌青眼，並不是沒有道理的，誰能拒絕一個手巧心善又好看的姑娘呢？

也不知道誰先開始傳的，反正賀語瀟給災民們塗抹口脂、畫花鈿的消息就這麼傳開了，而且都是誇讚她手藝好，口脂做得特別。於是店裡在繼面脂問市後，又一次賓客盈門。

露兒面對這麼多客人，根本忙不過來，賀語瀟又在忙著施粥的事，最後只能出動符嬤嬤來幫忙，這才讓聞訊而來的姑娘們未被怠慢。

「姑娘，快過年了，各家都在置辦妝品，咱們儲備得很充足，這次肯定能大賺一筆。」露兒很興奮，看著庫存每日減少，銀子每日增加，換誰不高興？

賀語瀟琢磨了一下，問：「店裡什麼賣得最好？」

露兒想了下。「其實都差不多，可能有的人是專程來買面脂或者口脂，但最後都會帶一瓶濕敷水或者胭脂。」

賀語瀟笑了，抽出一張紙開始羅列品類，然後算價錢，再小小地打個九五折。

「姑娘，這是什麼？」露兒不解。

賀語瀟沒直接回她，而是問：「之前咱們訂的裝面脂的大盒子還有多少？」

這大盒子就是將小盒面脂裝進去，方便運輸的。

「應該還有四百多個。」露兒說。不是她們非要多買，而是多買點價格便宜。

「那好，明天開始咱們出春節福袋！」賀語瀟想著年底就是應該搞個促銷，刺激消費的同時，一來她能更快地收回本錢，去買新材料製作更新鮮的妝品，二來也能補上她施粥花出去的費用。

「福袋？」露兒第一次聽到這種說法。

「嗯，應該說福盒！反正明天咱們早點去店裡，到時妳就明白了。」想到這種促銷方式，賀語瀟就很興奮，她有預感，她的美妝福盒一定會大受歡迎。

於是第二天天還沒亮，賀語瀟就帶著露兒及符嬤嬤出發去了店裡。

五十多個盒子敞開擺得到處都是，賀語瀟讓露兒和符嬤嬤在每個盒子裡都放上面脂、濕敷水和散粉。她則挑選顏色沒有特別跳、誰用誰好看的口脂和胭脂放進去。

然後是她做散粉時，順便用滑石粉做出來的眼影。

這些眼影比米粉做出來的更顯色，又比眼影膏更容易塗開，賀語瀟在每個盒裡隨機放了兩盒。這些眼影都是大地色系，怎麼塗都不容易出錯。另外就是畫花鈿用的粉膏，這個顏色比較多，但大部分姑娘用不了太多，所以只在每個盒子裡放了一個。

最後就是刷子了，依舊是隨機的，每個盒裡兩把。

將這些東西擺整齊，讓盒子打開比較好看。她留了一套敞開放在貨架上，其他的則在桌子上疊起來。裡面大件物品都相同，小件的就跟開福袋一樣隨機，拿到什麼、算什麼。這樣一盒訂價二十六兩，圖個新年好事成雙，六六大順。

這訂價在京中不算高，同樣的價錢在京中其他胭脂鋪，可能都買不上兩樣東西。

「姑娘，這個福盒真能賣出去嗎？」露兒非常不確定。

「試試就知道了，反正賣不出去咱們就拆了單賣唄。」賀語瀟沒想那麼多，反正促銷這種東西就是覺得值得的人就會買，覺得不值得的人就分開買。

為了提升宣傳力度，賀語瀟特地找來崔乘兒，請她幫忙寫個宣傳廣告貼在店門口。賀語瀟還是很有自知之明的，知道自己那字拿不出手，這個時候還得請崔乘兒出手。

崔乘兒細問之下，才知道這福盒是什麼東西，當即訂了五套，說正愁春節不知道送什麼禮才好，這樣就不用她費心去想了。

賀語瀟心滿意足地在門口張貼了廣告，崔乘兒則心滿意足地抱著盒子上了馬車，說著下午在粥棚見，就先回去了。

出乎露兒預料的，一個下午，剩下的福盒就全賣光了！後面有人來問，露兒只能抱歉地告知對方已經沒有了，要明天才能上新。這也是賀語瀟出門前和她說的，賣完了就等明天再說。

於是一下午時間，賀語瀟乾癟的錢包又再次豐厚起來了。等到第二天更是誇張，妝鋪還沒開門呢，外面已經排起了隊伍，讓賀語瀟嘴角翹得老高。

主要是她出的禮盒裡沒有一樣東西是多餘的，都是這個時節用得上的。還有不少已經買回去試用，感覺哪一款單品好，再來專門購買，無形中也為單品打開了銷售管道，新上的滑石眼影更是成了眼影中的新貴。

賀語瀟數著銀子，心裡美滋滋。

說實話，如果這些東西不是她自己做的，而是找其他製脂的師傅來做，肯定壓不下成本。也因為這些都是她自己做的，她就更有底氣，只要有材料，她就能一直做。而且在成本可控的情況下，利潤就更可觀了。

於是沒幾天，京中姑娘們見面必然要問的就變成了「妳買到賀五姑娘家的福盒了嗎」。同時，用過的姑娘也發現，賀語瀟妝鋪做出的東西是真的好用，分量雖然不多，但每個都用得上，包括那些刷子，都使上妝格外得心應手了。

因為顧客太多，排在門口的隊伍也越來越長。為了讓更多人買到福盒，賀語瀟不得不臨時加買了一批盒子。同時也開始辦限購，一人最多只能買兩盒。可即便如此，也是供不應求。

賀語瀟看著日漸空盪盪的地窖，滿心的成就感與自豪。

皇后宮裡——

皇后的庶弟趙平義端坐於下位，與皇后娘娘聊著家常，說到了趙可沁的婚事。

「如今可沁年滿二十，已經回京了，現在家裡最在意的就是她的婚事，若能得皇上指婚，那就是咱們趙家的榮耀了。」趙平義說。

皇后笑了笑。「你若給她挑個官門人家，還是有機會的。」

她並沒有把話說死，她這個庶弟是個貪心的，家中父母相繼去後，若不是有嫡兄在上面壓著，她這個庶弟還不知道要怎麼折騰。

「娘娘，家中已經有了想法，都覺得惠端長公主的嫡子很是合適，可沁也沒有意見。若這事能成，咱們家可就是親上加親了。以後您無論是在前朝還是後宮，地位都更穩固了。」趙平義一副為家族利益著想的樣子。

皇后表情沒變，呷了口茶，道：「聽闌的婚事皇上都沒開口，本宮自是不好摻和，一切還得由惠端長公主做主才是。」

她才不想摻和庶弟的謀劃。趙家已經深得皇恩了，越是如此，他們越不敢起親上加親的心思。若是惠端長公主主動提還好，現在是她這個庶弟提的，那自然是不必理會。何況傅聽闌已經與賀語瀟訂親，她就更不可能去拆散這門親事了。只不過這事還沒對外說，所以她也不準備多這個嘴。

「娘娘若能向長公主提一提，想必長公主一定會考慮的。」趙平義似乎已經看到了美好的未來。

「惠端長公主向來是個有主意的，她若真考慮過可沁，肯定會和本宮提，畢竟都在宴會上見過。如今隻字未提，恐怕並不準備親上加親，你還是另擇他家吧。」皇后覺得自己的話已經說得很清楚了。

「娘娘，只要您肯幫忙提一句，惠端長公主肯定會考慮的，畢竟可沁可是有大富大貴之相。」趙平義還在努力說服皇后。

皇后笑了。「你們所謂的富貴天象，皇上沒信，本宮也沒信。就算真的有，你覺得長公主會讓聽闌娶一個有大富大貴之相的女子？皇子尚未娶這樣的女子，聽闌怎敢？」

趙平義頓時傻了，他怎麼就沒考慮到這一點呢？

皇后不欲再與他多言。「本宮乏了，你退下吧。」

趙平義實在不知道還能說什麼，便草草告退了。

皇后摸著手邊的福盒，這是惠端長公主今天一早送來的，她正要試色，這個庶弟就來了。皇后對身邊的太監招招手，低聲道：「通知兄長，看住趙平義，別讓他鬧出事來。」

「是。」太監應著就去辦事了。

皇后揚了揚嘴角，她趙家的殊榮到她這裡就可以了，再盛，怕就是滅頂之災了。這點她能看明白，惠端長公主一樣能看明白，所以傅聽闌才會把榮淑長公主女兒的牌位娶回去，自降了回身價，現在又看中了賀語瀟。這對傅聽闌來說，才是雙保險，他越不爭，皇上對他的寵愛才會越盛。

宮中這彎彎繞繞啊，只有身在其中，才能真正明白。

福盒在京中風靡起來，其他鋪子看到這情況，也紛紛仿效。但價格上來說卻是毫無優勢，一套下來怎麼也要五十兩，而且裡面的很多東西姑娘們平日已經買過，還沒用完，又沒有新產品，自然是賣不過賀語瀟。

賀語瀟依舊每天只賣五十份，一直賣到了臘月二十九。基本上到今天，想送禮的，或者給自己準備年禮的，也都應該備齊了，明天又是除夕，各家都忙著參加宴席，自然沒空再來買東西。

而這其間陸續傳出些風言風語，說賀家五姑娘與她兩個庶姊一樣不知檢點，勾引惠端長公主家的傅公子。

但這傳言並沒有大肆宣揚開，一來是幾個月前，崔少夫人嫁進門那會兒，也傳出過類似的傳言，結果沒有實質證據就不了了之了；二來是大家都忙著準備年節的事，根本沒空搭理那些傳言。

還有件事就是傅聽闌的商隊按時回來了，賀語瀟送了商隊所有人每人一盒面脂作為節禮，讓大家開開心心過個年。

臘月二十九這日，賀語瀟店裡下午就處在半關門的狀態了。帶著露兒將店內裡裡外外打掃了一遍，春聯、福字和燈籠也都掛上了。明天開始幾乎就沒有店鋪營業了，大家都要回去好好過個年，大多要休到十五之後。

「姑娘，這街上就數咱們店鋪的燈籠最大！」露兒興奮地說。

「嗯。」看著街上濃濃的年味，讓賀語瀟心情非常好。

檢查好門窗，兩個人便上車回了賀府。

一進門，看門的婆子就笑道：「五姑娘，今兒好幾家都來給您送年禮了，夫人都讓人放到百花院去了。」

年禮一般年前就會送到，這樣串門子的時候就不用提著一堆東西了。

「姊姊們的年禮都送到了嗎？」賀語瀟問。別家送不送其實都好說，可如果自家女兒的年禮送得不積極，讓人知道是要被笑話的。

婆子的笑意淡了幾分。「大姑娘和二姑娘的已經送來了，三姑娘和四姑娘的還沒。」

賀語瀟點點頭，嘴上說著「估計明天會送來」，心裡卻有些疑惑。三姊姊是妾，東西送得慢些很正常，但四姊姊剛嫁進去沒多長時間，年禮正是顯示自己嫁得好的機會，怎麼會這麼不積極呢？

無論心裡怎麼想，賀語瀟都沒多話，照例先去賀夫人的院子問安。

「妳明日還去店裡嗎？」賀夫人問。

「上午會去，馮姊姊和華姊姊跟我約了妝，想漂漂亮亮守歲，下午女兒就能回來。」賀語瀟道。

賀夫人並不意外，點頭道：「也好，反正上午家中也沒什麼事。」現在賀夫人是儘量地對賀語瀟寬容，畢竟是已訂親的姑娘，她不好約束太過。而且想著賀語瀟也沒幾天好日子過，到了長公主府還不知是個什麼情況，她就懶得管了。

「是。」賀語瀟應道。

賀夫人沒留她，讓她回去看看年禮。

回到百花院，年禮擺了一屋子，與她相熟的姑娘們都送了年禮來，就連陳娘子都送了。當然，她也把禮送得很全，沒落下一家。只不過她送的並不是妝品，而是正常的吃食，不出眾，卻也挑不出錯來。

惠端長公主府自然也送了年禮過來，但給她的只是一小份，而且都是吃的，看不出對她有多另眼相看。這是她與傅聽闌說好的，怕禮太重，賀夫人有所懷疑。

賀語瀟從長公主送的年禮裡挑出玫瑰花餅。「姨娘，嚐嚐這個，長公主府做的玫瑰花餅很好吃。」

之前傅聽闌有給她送過，當時量比較少，她就沒拿回來。

「現在就吃上了？」姜姨娘覺得賀語瀟真的是小孩心性，看到喜歡吃的就忍不住。

「反正早晚要吃，早吃更新鮮。」賀語瀟有自己的理。

姜姨娘拿了一塊，嚐過後點頭道：「公主府的東西就是精細，味道不是京中一般糕餅鋪能比的。」

「是吧！」賀語瀟吃得特別開心。「對了，您和露兒的新衣服做好了嗎？」

因為福盒賣得好，賀語瀟有了一大筆收入。這不，趕在年前買了幾尺不錯的料子，讓姜姨娘和露兒製衣裳。她沒有為自己安排，才新得了大氅，這個冬天已經夠用了。等到開春，沒有意外的話，家裡也要開始為她置辦嫁妝了，到時候衣服少不了要做兩套，她就不趕在這個時候做了。

「好了，今天傍晚已經讓符嬤嬤取回來了。」姜姨娘笑說。這是女兒第一次給她買料子做衣裳，她特別高興，所以加了錢讓人趕工，要在春節穿上。

「那就好，一會兒讓露兒試試，也叫她高興高興。」賀語瀟說。

姜姨娘點頭。「那丫頭跟著妳早出晚歸的，著實不容易，春節府上可沒幾個丫鬟能換上新衣，她肯定高興。」

露兒當然開心，她家姑娘不僅給她漲了月錢，還做了新衣。而她表達喜歡的方式就是除夕這天就把衣服穿上了，根本沒等到初一。出門前賀語瀟給她塗了點口脂，又在眉心點了個紅點，就更應這除夕的氣氛了。

第六十三章

兩個人來到店裡，沒多久，馮惜就到了。

賀語瀟也不廢話，趕緊幫馮惜化妝。馮惜長相英氣，化清冷感的妝也非常合適，但因為是過年，不好太過清冷，所以賀語瀟在眼影上用了一些暗紅色，突出高雅的同時，也多了一分喜慶。

花鈿則畫了梅花，與馮惜那與眾不同的傲骨呼應，冷清又喜氣，加上拉長的眼線，使得整個眼妝非常搶眼。

「妳明天開不開門？」馮惜看著鏡子裡的自己，滿意得不得了。

賀語瀟樂道：「馮姊姊大年初一還不讓我休息一天？」

「原本是想讓妳休息的，但我明天還想要帶著這個妝去走親戚。」馮惜跟賀語瀟這麼熟了，肯定沒那麼多好客氣的。「如果妳明天不開店，我就去妳府上叨擾了。」

馮惜這樣認可她的手藝，賀語瀟自是樂意，這畢竟是她最大的興趣。「那姊姊明天到府裡找我吧。大年初一我還想睡個懶覺呢。」

「成！」馮惜爽快地道。

馮惜離開時，放了一錠銀子在賀語瀟的錢盒子裡。賀語瀟沒拒絕，這是好彩頭，且當是馮惜給的壓歲錢了。

「多謝馮姊姊賞！」賀語瀟玩笑道。

馮惜樂道：「多謝妹妹巧手。」

馮惜離開沒一會兒，華心蕊和崔乘兒就一塊兒來了。

崔乘兒原本沒準備來，但崔恒說姑娘家除夕漂亮漂亮是應該的，還給了銀子讓她跟著一起來，說五姑娘人好，應該不介意多化一個人，等她和傅聽闌成親後，那就更是自己人了，怕麻煩她反而顯得見外了。

賀語瀟當然不會拒絕，反正今天她又沒什麼事，回去也不過是吃吃喝喝，有人讓她化妝她高興還來不及。

賀語瀟這邊幫華心蕊先化妝，那邊和崔乘兒聊著天。

「今年我家可熱鬧了，大伯和三叔一家都回京了。今年家中人多，守歲肯定不會犯睏。」崔乘兒笑說。

一聽長輩這麼多，賀語瀟立刻換了化妝思路，準備以不容易出錯的橙色系為主，為華心蕊化妝。華心蕊是新媳婦，年紀又比較輕，加上一張娃娃臉，重的顏色雖然能帶出另一種感覺，但對見長輩來說太冒險，還是穩重又不失活潑的妝為好。

所以賀語瀟依舊選擇用陰影的運用強調五官，再用橙色系柔化整體的妝面，不需要特別出色，只要漂亮且挑不出錯即可。花鈿畫上紅豆花，增添喜慶感。

到了崔乘兒這兒，因為是閨中姑娘，她便用了大量的粉色和淺紫色，突出一個「透」字，顯小又精緻。這種一般人很少會用到一起的顏色，因為崔乘兒皮膚白，就顯得特別乾淨柔嫩。口脂用了偏粉的漿果色，讓妝面能有個重點。

賀語瀟手快，沒兩個時辰就搞定了。

兩個人前腳離開，後腳就又有姑娘上門了。

這姑娘賀語瀟並不認識，但對方說剛才在路上看到崔乘兒，覺得她的妝很好看，詢問之下才知道是在這兒化的，就想來問問能不能化妝。

華心蕊和崔乘兒今天是步行過來的，回去路上遇到熟人的機率很大。

賀語瀟當然不會拒絕，立刻招呼姑娘坐下，開始給對方上妝。

剛給這位姑娘化好，有兩個一起來想買胭脂的姑娘看到讓賀語瀟化好妝的姑娘，頓時眼睛一亮，也問起了妝價。

賀語瀟真沒想到除夕這天生意居然這麼好，這賺錢的機會豈能錯過？立刻讓露兒倒茶招呼，然後先後給兩位姑娘上了妝。

就這樣，等賀語瀟關店離開時，她幫姑娘們化除夕妝的事已經小範圍地傳開了。

除夕也有人家串門子，讓賀語瀟化了妝的姑娘去別人家作客，被主人家的姑娘看到，不免要問一句。如此，之前就知道賀語瀟的動了心思，不知道賀語瀟的也對這位小妝娘有了瞭解，蠢蠢欲動地琢磨著哪天去比較合適。

馬車一拐進賀府側門所在的小巷，露兒驚訝道：「姑娘，那是傅公子的馬車吧？」

賀語瀟掀開簾子一看，果然是傅聽闌的馬車。

聽到動靜的傅聽闌從馬車上下來，等賀語瀟的馬車停穩，才上前扶她下車。

「你怎麼過來了？」賀語瀟詫異地問，今天傅聽闌是要進宮的。

「沒什麼，就是想來看看妳。」傅聽闌滿眼笑意，似乎只要看到賀語瀟就很滿足了。

賀語瀟當然也很高興能看到傅聽闌，只不過她有自己的擔憂，便壓低了聲音道：「讓我嫡母知道，恐怕會多想。」

傅聽闌拿出一個盒子遞給她。「這是絹花，原本想送妳些好看的髮飾，但妳平日更喜歡戴絹花。妳就說這是我母親命我來送妳的便是，不是多值錢的玩意兒，賀夫人不會多想的。」

「你倒是想得周全。」賀語瀟安心收下了。

「原本想去妳店裡找妳，但又不知道妳什麼時候關門，怕與妳走岔了，就直接過來了。」傅聽闌眼睛一眨不眨地看著賀語瀟，好像怎麼看都看不夠。

賀語瀟並不扭捏，也回看著他。「我今天的生意特別好，賺了好些銀子呢。」

「哦？今天還有人去買脂粉嗎？」傅聽闌問。

「有，但更多是來找我化妝的。」賀語瀟驕傲地說。

傅聽闌略一想，覺得姑娘家除夕想化個漂亮的妝也是自然。「看來五姑娘的手藝越發得眾人認可了。」

「是呀。」賀語瀟說著，拿出一錠銀子塞給傅聽闌。「你送我絹花，我沒準備回禮，這個給你，當作是給你的壓歲錢。這可是我努力賺回來的，你要好好花。」

傅聽闌握著銀子笑出了聲。「妳都說是辛苦賺的了，我哪捨得花？回頭讓人打個銀如意釦，我掛腰上。」

頓了一下，傅聽闌又補充道：「如意釦上刻上妳的名字。」

賀語瀟笑了，戴上有她名字的如意釦就是她的人了。「那你打好看點，我要過目的。」

傅聽闌握了一下她的手，點頭說好。

賀語瀟一手抱著放絹花的盒子，並沒有抽出被傅聽闌握住的手。「今日入宮宴飲，回府應該很晚了，路上讓車伕慢些走，也要小心鞭炮驚了馬匹。」

其實這些並不需要她多說，可她還是忍不住提醒幾句。

「知道。若時間太晚，可能就直接留宿宮中了。春節期間宮中宴席多，我恐怕沒有太多時間來看妳。等十五燈會，我們一起去逛可好？」

賀語瀟點頭。「不知道馮姊姊她們會不會約我，若約我了，咱們就一起吧？」

「好啊，如果馮姑娘約妳，就叫上崔少夫人和崔姑娘，崔兄肯定也會跟著來，到時候我倆一起也能作個伴。」傅聽闌如是說。

「這樣甚好。」人多熱鬧，她家姊姊們都出嫁了，沒人會與她一同去燈會。「時間不早了，你早些進宮去吧。我大約初四就會開店，若有什麼事，就讓人到店裡與我說一聲。」

「好。年節裡客人應該不多，就算開門也早點回來，大家都在家歇息，晚上路上人更少，當心安全。」傅聽闌提醒她。

賀語瀟點頭。「我就開一上午，一般赴宴也就這個時間來化妝才不那麼趕。行了，你快進宮吧，再聊下去，我怕嫡母就要來請你進去了。」

傅聽闌笑著應好，上了自己的馬車。

賀語瀟目送他離開，才轉身回府。

傅聽闌來送絹花的消息很快地賀夫人就知道了。如傅聽闌所料，賀夫人果然把這當成了應付，堂堂長公主府只送來絹花，未免太拿不出手了。

「長公主府有心了。」姜姨娘看著這些應景的絹花很喜歡，覺得賀語瀟戴上肯定好看。

「是啊。」賀語瀟摸著觸手細膩的絹花，長公主府出來的東西，最普通的也差不了。

合上盒子，賀語瀟跟姜姨娘說起了她今天的好生意，到現在她都覺得挺興奮的。

「明天馮姑娘要過來？」姜姨娘沒想到賀語瀟的手藝居然能讓人大過年的跑到府裡來。

「嗯，馮姊姊不拘小節，姨娘不用擔心招待不周。而且馮姊姊化完妝就離開了，咱們不用特地招待。」賀語瀟說。明日馮惜想化妝，肯定是有宴席要去，家裡準備太多東西，反而讓馮惜有負擔。

晚飯前，賀語彩和賀語芊的年禮總算是到了。

羅嬤嬤照例讓人抬進棠梨院的正廳，好向賀夫人說姑娘們送回來的年禮都有什麼。今晚又正好要吃年夜飯，所以各院的姨娘加上賀語瀟開飯前就聚到了賀夫人這兒，這會兒聽說年禮送來了，都等著聽。

賀語彩的年禮多是些吃的，外加給賀夫人的一對玉如意。這對一個妾來說，算不上出眾，卻也挑不出錯來。只不過僅這些東西，吃食也都是尋常，讓在座的人有些意外。畢竟是賀語彩到魏家的第一年，就算是裝樣子，也應該比一般妾室給得豐富些。

鄧姨娘為自己的女兒打圓場。「魏府由魏夫人掌事，要備的年禮多，有疏忽也是有可能的。吃食雖普通了些，但這玉如意的寓意是極好的。」

沒人應和她的話，這玉如意被羅嬤嬤拿出來給賀夫人過目，只有手掌大小，就算做裝飾都嫌小。

鄧姨娘面上掛不住了，心裡有氣卻不知道跟誰撒，只能自己憋著。

賀語瀟喝著加了紅糖和果乾的藕粉，這是惠端長公主府年禮裡的，年夜飯開席比平日晚飯晚些，這會兒一人喝一小碗墊墊肚子，人也暖和。

鄧姨娘看了看賀夫人的表情，又看了看專心喝藕粉的賀語瀟，頓時覺得這藕粉都不甜了，趕緊道：「還是看看四姑娘的年禮吧，應該有驚喜呢。」

這會兒鄧姨娘也顧不得對賀語芊的厭惡了。

賀夫人點頭，示意羅嬤嬤去開。
幾個姨娘也期盼起來，這些東西雖然不能直接送到她們院子去，但吃食都是有機會分到的。至於夾帶的擺件、飾品之類的，趕上哪次老爺或者夫人心情好，興許就順手賞她們了。萬一趕上手頭緊的時候，悄悄賣了，那也是能救急的。
賀語芊的年禮箱子挺大的，打開來，裡面有各種肉類和糕餅，還有兩疋料子和一對鴛鴦繡枕，除此之外就沒別的了。
姨娘們都沈默了——這哪像是一個侯府孫少爺的正妻準備的年禮啊？就算是從四姑娘的嫁妝裡拿點東西添進來，也比這個好看些吧？
氣氛有些尷尬，賀語瀟吃東西的速度都慢了下來，也不知道此時應該有什麼反應。姑娘給娘家的年禮輕，如果是像二姊姊那種，嫁的著實普通，誰都不會計較，也沒有期待，但三姊姊和四姊姊的未免也太輕了。可具體情況她並不瞭解，不好多說。
這時，賀複忙完自己的事，便從書房過來了。聽說賀語彩和賀語芊的年禮到了，雖然晚了些，但好歹是送到了，他的表情還是很愉快。
「怎麼樣，那兩個丫頭都送了什麼來？」賀複想著至少每家都得送兩罈好酒吧。他雖不嗜酒，但好酒就像好茶，無論自己喝還是轉手送人，都是拿得出手的。
廳裡一片沈默。
賀複一臉疑惑，看了看賀夫人，又看了看擺在中間的兩個箱子。沒見到酒罈子，也沒有茶葉盒子，甚至連一些他平時用得上的文房四寶都沒有。

再看鄧姨娘躲閃的眼神，他立刻有了不好的預感。若是賀語彩能送個像樣的東西，以鄧姨娘的性子，不可能不湊上來與他說；如果賀語芊能送來像樣的東西，廳裡也不至於這麼沈默。

賀夫人清了清喉嚨，道：「老爺，都是些正常年禮，她們第一年嫁過去，沒準備過這些，有疏漏都是正常的。老爺來吃碗藕粉吧，離開飯還有些時間呢。」

賀語瀟看著賀夫人那副賢妻的模樣，只能在心裡默默為這位高手點讚。至於對賀複的同情，賀語瀟實際上是很淡的。既然賀夫人不是自願嫁給賀複，賀複婚前無論是知道，卻依舊娶了，還是不知道，也沒瞭解過賀夫人的想法，都不能說賀複是完全無責任的。

雖然對兩個女兒的年禮很是不滿，但誰也不願意破壞辭舊迎新的好氛圍，所以這事大家都沒再提，其樂融融地吃了年夜飯，放了鞭炮，好生熱鬧了一番。

初一不用開門營業，賀語瀟睡了個懶覺，起來後馮惜也到了，便將人接到自己院子來化妝。

「妳知不知道，就昨天這一晚上，多少家姑娘在打聽妳化妝的事？」馮惜樂呵呵地和賀語瀟分享。

「哦？都說什麼了？」賀語瀟好奇地問。

「都說妳手藝好，不知道妳春節期間開不開門，若開門，好些姑娘都想上門找妳化妝呢。」自己的好友能打開市場，馮惜自然為她高興。

其實在她看來，憑賀語瀟的手藝，早應該打開市場了，只不過從秋季到過年這段時間，幾乎沒有什麼重要節慶，就算有人之前有這個意思，這麼長時間過去了，可能都忘了。趕上過年，賀語瀟的手藝才再得到注目，是非常不錯的新年開門紅呢。

賀語瀟笑得挺開心。「讓妳說的，我明天就想開門了。」

她這真不是玩笑，如果明天有客上門，那就表示她在京中是真的占得一席之地了。畢竟年節化妝每個人都希望特別又漂亮，能在宴席上出眾。能把這樣的重要場合的妝容交到她手上，那是對她極大的信任和肯定。

「我看行，如果妳明天沒什麼安排的話。」

賀語瀟準備再考慮一下，初三姊姊們要回娘家拜年，她肯定不能開門營業，明天只開一天就又關門，怎麼看都像個沒有信譽的商家，三天打漁，兩天曬網的。

不過最後賀語瀟還是沒能抵擋住賺錢的誘惑，於是初二這日，她便早早地去了店裡。炭盆燒好，店裡就暖和起來了。賀語瀟把茶和石榴酒都溫了一些，萬一有客人上門，可以任選。

露兒去地窖取了些妝品擺上架子，她原本以為自家姑娘會多休息幾天，沒想到今天就來開店了。不過這樣也好，家裡現在就剩下她家姑娘一個未嫁，過年連個和她家姑娘玩的人都沒有，待在府裡怪悶的，還不如來開店。

「五姑娘今天開門嗎？」很快就有丫鬟打扮的姑娘上門來問了。

「開的。」賀語瀟笑道，招呼她進門。

丫鬟立刻笑開了。「那五姑娘今日能幫忙化妝嗎？我家姑娘昨天在宴會上看到馮姑娘的妝，喜歡得不得了。馮姑娘說不確定您今天開不開門，所以今兒一早姑娘就讓奴婢過來看看。」

看，客人這不就來了嗎？

「可以化妝，不過我今天就待一上午，妳家姑娘想來得抓緊了。」賀語瀟很知道什麼叫物以稀為貴，她若不端著點身價，怎麼行呢？

「好的好的，奴婢這就回去接姑娘過來。」說完，丫鬟就興沖沖地跑了。

賀語瀟很滿意，今天總算沒白開門。不過還沒等那個丫鬟帶著姑娘上門，就有新客人上門了。

這回是姑娘家帶著丫鬟親自來的，進門就說昨天看到自己的好姊妹在這兒化的妝，今天自己也想化一個。

雖然賀語瀟不知道這位的好姊妹是哪位，但有客人上門她就歡迎。

於是這一上午，賀語瀟手上就沒閒著。姑娘一個接一個地來，也有幾家丫鬟來問明天開不開門，還有向她打聽婚妝價格。

第六十四章

總之，賀語瀟一直忙到快申時了，才送走最後一位客人。

店裡今天準備的茶喝光了，石榴酒也早就沒了，就連糕餅都沒剩下幾塊，唯一鼓起來的只有賀語瀟的錢袋子。

這些姑娘都不缺錢，賀語瀟沒特地抬價，都是讓她們看著給。這些姑娘憑妝估價，給得都不少，賀語瀟把銀子全裝進錢袋子，一手摟過露兒，道：「走，本姑娘給妳買些好吃的再回去。」

露兒也高興，她家姑娘有錢從來不會虧待她。「今天沒幾家店開門呀。」

「沒關係，有什麼、買什麼，沒買到的改天再帶妳去。」賀語瀟十分豪爽。

她肯定不能讓自己每天都這麼忙，而且誰來都立刻能化上妝就顯不出她的高級來了，雖然她不挑客人，也不在乎給她多少錢，但格調還是要有的！這也是為了客人的顏面。

經過初二各家聚會這一宣傳，賀語瀟的名聲更大了，也有人提起之前聽到的一些傳言，卻被笑說誰和傅公子走得稍微近一些，恐怕都會有傳言，反正她們又沒看到，還是把自己收拾得漂亮些才是正事。

初三賀語瀟沒開門，而是在家等幾位姊姊回來拜年，中午要一起吃飯。

不過她讓露兒去了店裡，如果有人問起，就說明天開門，可以預約，年節期間一天有六個名額，平日的話只有四個。這樣她想要的預約制就可以順理成章弄起來了。

沒一會兒，賀家的四位姑娘就都帶著夫婿回來了。每個人都穿著新衣，看上去十分喜慶，一看就是細心打扮過了。

大姊賀語霈還是那副高傲的樣子，向父母拜完年後，並不與幾個妹妹多說話。

二姊賀語穗穿得是幾個人中最樸素的，但臉已經比剛嫁去那會兒圓潤不少，可見胡姑爺中舉後，家中的日子好過了不少，也能感覺到這對夫妻是和睦的。

賀語彩衣衫也不差，只不過髮飾以銀為主，未見幾個金飾，略顯素淨了些。眼睛不時地往賀語瀟那邊瞟，似是有話想說。

賀語芊打扮得很是隆重，頭面樣式比賀語霈的還要精緻，由此一看，的確能感覺到她是家中四個姑娘中嫁得最好的。只是若仔細看，不難發現她眼下的黑眼圈很重，看著很疲憊，是連脂粉都遮不住的那種疲憊。

賀夫人逐一問了幾個人的近況，也不知道有沒有認真聽，臉上的笑容一直沒變，就像例行公事一樣。

等問完一圈，賀語彩就開了口。「我怎麼聽說五妹妹和傅公子又傳出些風言風語了？我一直以為五妹妹是最老實的一個，難道是我小看妹妹了？」

賀語瀟淺淺地笑了笑，心道：妳說我的立場在哪兒？

賀語芊立刻接了話。「是啊，我也聽說了。五妹妹要知道避嫌才是，那可是長公主家的公子，不是妳想攀就能攀上的。若鬧大了，我們幾個都要被妳連累。」

賀語瀟無語，在座的最沒有資格說她的就是賀語彩和賀語芊了，沒想到這兩個居然最先跳出來。

賀語霈挑眉。「還有這種事？五妹妹還是自重些好，別學妳的兩個庶姊。」

她這毫不客氣的話，直接打了賀語彩和賀語芊的臉。

賀語穗連忙打圓場。「不至於，五妹妹向來有分寸。她在外做生意，難免要與人打交道，有些人恐怕是出於嫉妒，才傳出那樣不著邊際的話。」

賀夫人從容地端起茶喝了一口，才道：「傳言什麼的，妳們聽一嘴便罷了，不必上心。」

賀語芊道：「母親，我們是不上心，可別人恐怕很難不上心吧。」

賀夫人笑了笑。「別人怎麼想妳們不必理會，等語瀟和傅公子成親了，那些傳言也就不攻自破了。」

「什麼！」賀家四位姑娘全驚了，賀語芊更是臉都青了。

賀語芊臉色難看。「母親是在開玩笑嗎？傅公子和五妹妹怎麼可能成親？」

賀夫人掃了她一眼，道：「有什麼不可能的？惠端長公主已經來問過了，語瀟和傅公子也已經訂親，且是收了信物的，只是兩邊都想低調些，才暫時沒往外說罷了。」

屋內陷入詭異的沈默，本來還心存僥倖的賀語芊癱坐在椅子上。

只有賀語瀟心裡明白，什麼低調都是假的，賀夫人不過是想借她刺激四位姊妹罷了。她們都不高興，賀夫人應該就開心了。

屋裡雖然陷入了沈默，但所有人的眼睛都盯在了賀語瀟身上。尤其是賀語彩和賀語芊，都不約而同地在想，如果她們不那麼著急，等到明年再為自己的婚事考慮，那是不是惠端長公主來議親時，按年紀來排，就是她們嫁進長公主府了？

賀語霈皺著眉，原本賀語芊嫁到信昌侯府她就挺不爽了，哪怕對方是平妻之子，就門第來說，也比她嫁得好。這下好了，又來了個賀語瀟，還是實打實地嫁得好。以傅聽闌的地位和皇上對他的喜愛程度，這次成親肯定會獲封，到時候說不定她們見到賀語瀟都得行禮了！

這個氣氛對賀語瀟來說算不上尷尬，只是有些無語。在長公主府沒來議親前，她真的從來沒想過自己和傅聽闌的可能性。讓她覺得比較幸運的是，這段時間和傅聽闌的相處以及互相瞭解，感覺還挺不錯的，一切好像都在無形中讓她適應了，也能看到傅聽闌身上各種各樣的優點。

「長公主到底看上語瀟什麼了？」打破沈默的還是賀語彩，問出了在場其他人的心聲。

賀夫人好整以暇地繼續品茶，這茶也是長公主府送來的，味道極好，她是真心喜歡，所以這些日子一直都喝這個。「語瀟手藝好，給長公主化過兩次妝，都深得長公主的心。」

在賀夫人看來，長公主府就是想挑個好控制的，正好賀語瀟與長公主有過接觸，且無論家世還是性格，都不可能不受長公主掌控，自然是個好選擇。至於賀複，在賀夫人看來就是個偽君子，表面看是靠自己，實則很想有人能為他的官途出力，還得不是他去找人家，得是人家來找他，他才覺得面子上過得去。

「就這？」賀語彩又不傻。「怎麼可能？傅公子成親，也得找個家世更好的女子吧？」

賀夫人輕笑一聲。「妳以為誰都和妳一樣，一心只想往上爬？況且長公主身分尊貴，就是想家宅安寧和樂，不需要什麼位高權重的人家，所以挑了語瀟。」

賀語彩一時說不出話來。

賀語芊臉色依舊鐵青，語氣不善。「所以妳前一陣子去施粥，就是想討長公主歡心？」

賀語瀟和馮家、崔家人一起施粥的事，已經傳開了，高門人家沒說什麼，但在百姓看來，能這樣救濟災民的，都是好人。

「四姊姊這話說得就沒意思了。」賀語瀟施粥是單純地想為災民做些什麼，沒有任何目的。「想盡一份力，做件好事，若這都要加上目的和算計，那還是別做為好，早晚要被發現偽善。」

「是啊，語瀟盡心盡力地幫災民，第一個施粥棚，最後一個撤粥棚，幾乎每天都往粥棚跑，若真是裝樣子，未免太辛苦了。」賀語穗為賀語瀟說話，她住的地方周圍鄰居多，她如今和左鄰右舍都能說得上話，閒聊時不少人提到城外粥棚，都是讚揚賀語瀟的話。

賀語穗都這樣說了，賀語芊找不到反駁的點，便沈默了。

賀語瀟如今唯一願意關心幾句的只有二姊姊了，於是她便順勢問了賀語穗的現狀。

賀語穗雖有些羞澀，但還是說起了夫妻之間的事。「相公中了舉人後，邀他的人變多了，但他不常去，說有應酬的時間，不如在家多陪陪我。婆母雖然依舊過得很節儉，但入冬生了場病，精神一直沒養回來，也就不多管家裡的事了，加上現在相公每個月都能收到朝廷的筆墨補助，家裡寬裕多了。我每個月會找兩個婆子來幫忙打掃，平日只要簡單打掃即可，日子鬆快不少。」

賀語瀟點頭。「二姊夫是個有才華的人，與二姊姊又處得來，好日子還在後頭呢。」

賀夫人看了看賀語穗，道：「妳婆母年紀大了，生了場病，肯定不是短時間內能調養好的。既然妳現在日子寬裕些了，就更應該買些滋補品給妳婆母用，別讓人挑了妳的不是。」

賀語瀟很想白眼望天，這所謂的「寬裕」能寬裕多少？不過是些筆墨銀子，這銀錢別看花在讀書上覺得挺貴，若花在補品裡，那可是丟進去都聽不見響的。她不是不願意讓二姊姊的婆母吃補品，而是說出這話，做母親的是不是得幫忙備著些？而不是坐在那兒指示女兒去做，這要是偶爾吃還可以，若是頓頓吃，二姊姊這日子過得大概還不如之前。

賀語穗沒說自己的難處，也沒反駁，而是乖乖應了。這讓賀夫人十分滿意。

吃飯時，除了賀夫人、賀語穗和賀語瀟胃口不錯，其他三個人基本沒什麼心思動筷子。有胃口的三個人都沒勸菜，一個是樂見，兩個是湊在一起說話，顧不上旁人。

飯後，賀語彩去了風嬌院看鄧姨娘。盧三孫公子說家中有事，就帶著賀語芊先回去了，不用說，大家都知道是誰有事，必然是那個有孕的通房。大概是不想落人口實，暫時還沒抬成姨娘，意思是準備過了正月再抬。

兩個嫡女留在了棠梨院，不過沒久待，大概坐了一個時辰，就各自回去了。

風嬌院裡，賀語彩眼淚汪汪地說著自己在魏府的生活。她原本以為憑藉自己的樣貌和學識，應該很容易能哄住魏三公子。哪知道那魏三公子不僅在讀書上沒什麼天分，還不上進，也不喜歡有學識的女子，哪怕賀語彩這種學識平平的，對他來說也不是優點。反而是沒有什麼學問的正妻更得他心，說與正妻在一起很舒心，不用想起學業上的糟心事。

而且魏三公子出門聚會也從不帶賀語彩，這不僅讓賀語彩想被恭維的願望落空了，還使得她與之前有些交情的姑娘們徹底疏遠了。

事已至此，鄧姨娘只能勸她先把精力放在懷孕上，有了孩子傍身，這日子會不一樣的。

到了初四，家裡就沒什麼事了，賀語瀟又開始照常開門營業。

露兒已經記下初四預約的人，之後幾天也都有人預約，只是都還有空出一、兩個名額。而最快約滿的還是十五那天，這天預約的都是之前來找賀語瀟化過妝的，知道她手藝好，所以提前預約，怕到時候排不上隊。

馮惜來找賀語瀟約十五一起去看燈會已經是初六了。

賀語瀟跟她說了傅聽闌會一起去，叫她叫上華心蕊、崔乘兒和崔恒。

這對馮惜來說一點難度都沒有，應道：「我一會兒就跑一趟崔府。」

「那就有勞馮姊姊啦。」賀語瀟對十五燈會滿是期盼。

「小意思。妳最近都沒見著傅公子吧？」馮惜打趣地問。

「他之前說宮中宴席多，應該是沒空來找我了。」賀語瀟大大方方地道。

「是啊，我聽說惠端長公主一家都被留在宮裡好幾天了。沒辦法，皇上就這兩個嫡親姊妹，趕上年節，肯定希望都待在一起。你們想見面，恐怕還真得等十五了。」

「不急。」賀語瀟會不時想起傅聽闌，但沒到不見不行的地步，而且傅聽闌是在忙正事，她也有自己要忙的，真忙起來了，就顧不上那麼多了。

十五燈會這日，賀語瀟從一大早就開始忙活了。除了今天約妝的，那些過年期間相互交流過妝品心得的姑娘，也趁這日外出，來買些其他妝品。

所以店裡一開門，客人就絡繹不絕。而賀語瀟還要在上一位姑娘化完妝，下一位姑娘還沒到的空檔，為馮惜這些根本沒約到今日妝容的好友們化妝。

十五燈會每個人都很重視。這一日，已經訂婚的男女可以私下來一場燈會「偶遇」，哪怕只是多聊兩句，也能加深瞭解。未訂婚的男女也會在這一日好生收拾一番，來燈會賞玩的同時，若能遇到如意郎君或者姑娘，且差不多門當戶對，也能促成一樁好姻緣。而有才華的書生會在吟詩比試上展露光芒，平頭百姓則更熱衷於猜燈謎，若能贏了花燈回去，能吹一整年。

為了呼應今天的氣氛，所有姑娘的花鈿賀語瀟都畫了花燈，造型各異，各有特色。

等這一天忙完，燈會也要開始了。幾個人約在燈會入口那裡見。賀語瀟忙了一天，也沒好好打扮，正好趁著關門了，給自己快速化個妝，好去見傅聽闌——因為在意，所以希望自己在在意的人面前，展現美好的一面。

賀語瀟出發的時候，路上的人已經沒有先前那麼多了，大家這會兒基本都到燈會了，她算是比較晚的那一批。

「五姑娘。」走到半路，有人叫了賀語瀟一聲。

賀語瀟一看，竟是她設粥棚第一天，那個帶著孩子來排隊，孩子餓得大哭不止的婦人。

「好巧啊，妳這是要去燈會，還是看完了要回去了？」賀語瀟看她這不是去燈會的方向。

婦人笑道：「我和之前常去您粥棚的災民說好了，要一起去燈會，現在去救濟館找她們會合。」大家在一起吃了好幾天的粥，慢慢都熟悉起來了。

「原來如此。大家過得都還好嗎？」既然遇上了，賀語瀟肯定要問一句。

等各村的臨時住所建好，朝廷就接手了這些災民。家中有親人，但房屋損毀的，可以暫時住進自己村的臨時住所，朝廷會分發救濟糧。而有些就算回村也沒有親人照拂的老弱和孩童，就被統一接到京中的救濟館。

「都好。先有姑娘們的粥棚讓大家填飽肚子，還有愈心堂為大家看病，後有朝廷救濟，大家都能順利度過這個冬天。等開春，一切就都會好了。」婦人是第一次碰上這樣的災，原本以為天都要塌了，結果一切都還不壞，至少讓人覺得有奔頭。

「那就好。」大家都無恙，就不會有其他禍端，這是好事。

「不打擾五姑娘了，五姑娘快去燈會吧，說不定一會兒在燈會還能遇上。」婦人笑道。

「好。」賀語瀟朝她揮揮手。

兩廂剛分開沒幾步遠，婦人想著賀語瀟今天的妝真好看，便不自覺地回頭想再看一眼，結果根本沒看到賀語瀟的人影。

婦人很是疑惑，去燈會就這一條筆直的路，賀語瀟根本不可能走小路。而且賀語瀟和丫鬟兩個人，這麼大的目標她不可能看不到啊。

也許是女子的第六感，也許是鄉下婦人性子直，她本能地往賀語瀟離開的方向走了一段，還是沒有看到賀語瀟的人影，正疑惑，一轉頭一下就驚了，就見旁邊的小巷子裡，剛才跟在賀語瀟身邊的丫鬟倒在地上，賀語瀟卻不見人影。

第六十五章

此刻，賀語瀟正身處一輛奔跑的馬車中，周圍一片黑暗，罩著她的麻袋有一股不知道裝過什麼的餿味。

很顯然，她是被綁架了。除了剛開始幾秒的腦袋空白，賀語瀟努力地讓自己冷靜下來。害怕她肯定是害怕，她從沒經歷過這種事，說不慌是假的，但現在光慌沒用，一直慌下去，可能小命都沒了！

賀語瀟簡單回想了一下，綁架她的是兩個人，一個人打暈了露兒，一個人飛快地給她套了麻袋。馬車停得近，沒幾步她就被丟進了馬車裡，都沒反應過來要叫救命。

雖然在麻袋裡，但透過麻袋上的空隙可以看出，這輛馬車很小，且裡面只有她一個人，露兒似乎並沒有被帶進來，而趕車的聽動靜似乎也只有一個人。

她不知道對方綁她是什麼目的，但能用這種方式把她綁了，肯定不是好人。賀語瀟深吸了幾口氣，現在她慶幸自己的手腳都沒有被綁住，在麻袋裡還能活動。

摸到自己的荷包，賀語瀟在裡面找出一個刀片。這是她隨身攜帶，方便給人修眉的刀片，大祁沒有修眉刀這種玩意兒，要修眉全靠刀片。這東西又小，很容易不見了，所以賀語瀟習慣包一片帶在身上。別看這東西小，卻很鋒利，畢竟不鋒利，修眉容易修不乾淨。

看這馬車一時半刻沒有停下的意思，賀語瀟開始奮力劃麻袋，這小刀片真的挺好用，只是麻袋太大，賀語瀟要劃個大口子出來，需要花些時間。

累得出汗了，賀語瀟總算劃出了一個讓她可以把頭伸出去的口子，有了這個口子，再擴大就容易多了。她原本想著是不是能直接割開繫麻袋口的繩子，但奈何馬車裡光線太暗，根本看不清繩子，索性還是繼續割口子。

連割帶扯，沒多久，賀語瀟就掙脫了束縛。她並沒有出聲，而是先悄悄地掀開車窗簾子，往外看了一眼，很好，已經出城了，至於這兒具體是哪兒，賀語瀟根本不知道。

隨後，她又悄悄掀開車門簾的一角，也好在這馬車比較舊，門只用簾子遮擋，如果是帶門的，她反而不好辦了。

果然，只有車伕一個人在趕著馬兒疾馳。賀語瀟坐回車中，稍微思量了一下。她不能在這兒坐以待斃，也不可能等到馬車到達目的地再行動，因為目的地有什麼都是不確定的，而現在外面只有一個人是可以確定的。跳車也是不可能的，先不說自己會不會受傷，若被發現她就失去先機了。

她一個女子，無論體型還是力氣，都不及男子，所以她必須做到一擊命中要害，否則給對方還手的機會，她就等於沒機會了。而且她很清楚，如果不拚這一次，就算回到京中，她的名聲也完了，就算傅聽闌不嫌棄她，她也不想揹那莫須有的、失了清白的名聲過一輩子。

深吸了幾口氣，賀語瀟定了定心神，拔下頭上的簪子攥緊，跪坐在馬車門簾後，讓自己身體保持平衡。心靜如水後，賀語瀟驟然掀起車簾，一簪子扎進了車伕的脖子。

溫熱的血瞬間噴濺而出，車伕吃痛地大叫了一聲，但沒有鬆開韁繩，瞪大的雙眼，眼珠像要掉出來一般。風颳在賀語瀟臉上，冷冽的同時，也讓她更加冷靜。一擊不成，賀語瀟順勢拔出另一支簪子，又向車伕扎去。

車伕本能地躲閃，又想拉住韁繩，但身上的疼痛和躲閃的角度還是讓他鬆開了一隻手。

賀語瀟見狀，立刻站起身抓住門框保持平衡，然後一腳朝著車伕的臉踢去。如果是踢身體，賀語瀟覺得自己多半沒法一下把人踢下去，但踢臉不同，人都會本能地去護臉，這樣手就會鬆開。

果然，要擋臉的車伕另一隻手也鬆開了，人歪斜著，但沒直接掉下車，賀語瀟一咬牙，又狠狠地朝著他的右肩頭踢去，這回車伕再也沒保持住平衡，掉了下去。

賀語瀟頓時鬆了一口氣，趕緊去抓韁繩。她雖不會駕馭馬車，但因為騎過矮腳小馬，怎麼控制馬匹，她還是略知一二的。

她沒急於往回趕，而是先往前跑了一段距離，讓馬車慢慢停下的同時，也能遠離那個車伕的視線，車伕不知道她去哪兒了，自然就追不上來。

找了一處密林停下，賀語瀟覺得這個時候自己應該手軟腿軟才對，但實際情況是她正處於搏鬥後的亢奮，就連身上濺到的血都不覺得腥氣。

平復了一會兒，賀語瀟覺得馬車的目標太大，如果對方知道她半路跑了，追她就太容易了。但現在在這兒黑燈瞎火的，她實在認不清路啊！

就在她考慮下一步要怎麼辦時，她聽到了煙花炸開的聲音，應該是燈會上放的煙花。確定了聲音的方向，她藉著月光卸了車廂，好在這破馬車套馬的方式簡單，否則她就得想別的辦法了。

翻身上馬，賀語瀟驅馬往回趕，因為路不熟，她騎馬技術也差，跑得比較慢。但好在沒跑多遠，就看到了數個火把的火光。此時的賀語瀟就像看到希望，加快速度跑過去，她想賊人若找她，應該不會這麼大張旗鼓，若對方敢這麼明目張膽，那就不用躲在巷子裡綁她了。

果然，一走近她就看到了傅聽闌的身影，此時傅聽闌正攥著被她扎傷的那車伕的前襟，似是在問話，旁邊跟了無數官兵。

馬蹄聲引起了傅聽闌的注意，轉頭看到奔馳而來的賀語瀟，他在愣怔了一秒後，幾乎是飛奔著向賀語瀟跑去。

「語瀟！」傅聽闌拉住馬的轡繩，讓牠停下來。

「聽闌……」這是賀語瀟第一次這樣叫他，在聽到傅聽闌聲音的這一刻，她才真正安下心來，感到手軟腳軟。

「妳有沒有受傷？」傅聽闌趕緊將她抱下馬，穩穩地將人放到地上後上下檢查。

賀語瀟搖搖頭。「沒有，就是濺了一身血，這大氅怕是不能要了……」

話音未落，她就被傅聽闌一把擁進懷裡，死死地抱著。

賀語瀟這會兒也才有了真實感，她逃過了一劫，現在終於安全了。之前的興奮、冷靜、決絕也在這一刻離她遠去，剩下的只有受到驚嚇的恐慌，眼眶都跟著紅了起來。

「是我不好，我應該去接妳才對。」傅聽闌邊說邊輕拍著賀語瀟的背。「別怕，別怕，以後絕不會讓妳再遇上這種事了。」

賀語瀟攥著傅聽闌的衣服，聲音微啞地道：「那你得說話算話啊。」

「一定。」傅聽闌的聲音也帶了幾分顫抖。

跟著傅聽闌一起來的京中府尹和官兵們都鬆了一口氣，五姑娘看起來毫髮無傷，而且還把車伕扎成了重傷，此等有勇有謀的女子讓他們也不禁心生佩服，同時也慶幸她沒事，否則他們在長公主那兒肯定交代不過去！

賀語瀟被綁架的事並沒有傳開，這要歸功於那位婦人。婦人見露兒倒在地上，第一個想法就是找人幫忙，但找誰才好是個問題。她一個平民百姓，就算去府衙求助，也不一定能立刻得到幫助。

這時，她突然想到了愈心堂，之前在粥棚時，她看到賀語瀟和愈心堂的傅公子走得比較近，而且聽說傅公子是長公主的兒子，還有比他更合適的嗎？而且愈心堂離這兒又不遠，是最快的了。於是她喊了路人來幫忙，沒說別的，只說見到這位姑娘暈倒了，找人幫忙送到愈心堂看看，別耽擱了鬧出人命來。

正好有要去店裡拉貨的漢子路過，見狀與婦人一起將露兒抬上板車推著去了愈心堂。

來到愈心堂，見到熟悉的大夫，婦人趕緊跟他說明了情況。

那大夫在愈心堂看診多年，可以說是愈心堂的半邊天。得知是賀家五姑娘出了事，他一刻也不敢耽擱，立刻寫了兩張字條，又叫來兩個夥計，一張送到長公主府，一張讓夥計帶著去燈會找傅聽闌。今天傅聽闌過來看過藥材情況，曾提過晚上要去燈會。

而久不見賀語瀟到來的傅聽闌和馮惜也察覺到了不對勁，沿路往賀語瀟的妝店走去找人，正好遇上來燈會找傅聽闌的夥計。

看到字條上的內容，傅聽闌頓時手都僵了。崔恒趕忙拿過他手裡的字條一看，臉色頓時也難看起來。

現在不是發呆的時候，崔恒趕緊推了傅聽闌一把。「趕緊找人！」

傅聽闌很快回神，今天為了防止人流混亂，這個時辰只開了東西兩個城門，燈會是南北向的，這樣人流比較容易散開。而城中有巡視的禁軍，那歹人綁了賀語瀟，肯定不會在京城內逗留，容易引人注目。要出京，就只有東西兩個方向。

馮惜在傅聽闌想對策時，一把搶過字條，看到上面的內容，立刻白了臉。「這個殺千刀的！別愣著，我們分開追！」

傅聽闌點頭。「我往東去，妳去西邊。崔恒，帶著我的玉珮去調衙門的人跟上。」衙門比公主府近，速度能快些。

說著，把玉珮丟給崔恒，就趕緊去追了。

崔恒不敢耽擱，到了衙門拿玉珮調人，此時，長公主府的人也到了衙門來調派人手，府尹不敢怠慢，立刻就派人跟著去了。

這才有了賀語瀟往回趕遇上傅聽闌的一幕。

賀府那邊，長公主已經派人來送了消息，賀複聽完，血直沖腦袋，差點暈過去——這是要斷他的官路啊！如果賀語瀟真出了什麼事，他們賀府的名聲不保不說，與長公主府也無緣了，那他還有什麼以後？

「不管是誰幹的，我一定要讓他死無葬身之地！」賀複暴怒道。現在對方是想要他全府上下的命啊！這會兒他若再瞻前顧後，那和縮頭王八有什麼區別？

賀夫人也驚著了，她是見不得賀複及他子女好，若能達成目的，稍微連累自己的名聲也無妨。但這並不等於她連名聲都不要了，更不等於她得被失了名節的賀語瀟的名聲拖累死！

「現在不是管這個的時候，趕緊叫幾個人，悄悄地去找人啊！」賀夫人急忙拿了主意，就算有別家幫忙找了，但多一個人多一份力啊！

「對對對！」賀複趕緊叫信得過的人，從後門出去，這樣不引人注意。

姜姨娘那麼有主意的人，在聽到這個消息後，直接哭了出來，整個人都軟在了地上，六神無主。

賀複和賀夫人把消息瞞得死死的，只告訴了姜姨娘一個，後院的其他姨娘都不知道出了這種事，還在那兒該幹啥就幹啥呢。

好在不出兩個時辰，賀語瀟便被傅聽闌親自送回來了。看到毫髮無傷，只是身上沾了血的賀語瀟，賀複和賀夫人都鬆了一口氣。

姜姨娘撲到賀語瀟身上，焦急地問她有沒有受傷。

賀語瀟這會兒才回了些神，抱著姨娘說自己沒事。

傅聽闌替賀語瀟開口道：「賀大人，賀夫人，姜姨娘，三位請放心，語瀟沒事，就是嚇著了。一會兒我讓愈心堂的大夫來看看，開些安神的藥。身上的血是她制伏歹人時，把歹人扎傷濺上的，沒有大礙。好在她有勇有謀，是個難得的聰明姑娘，否則今天這事恐怕沒那麼容易解決。歹人已經抓住了，會連夜審問，找出真凶。三位放心，傅某一定不會放過任何傷害語瀟的人。今日之事也就幾個親近的人知道，都不是多嘴的，不會亂說話，壞了語瀟名聲，我與語瀟的婚事也不會有任何影響。」

傅聽闌條理清楚地把事情說明白了，也說明了自己的立場。

有了他這話，賀家三個人都放心了。賀複越看越覺得傅聽闌是個好女婿，也看得出是看重自家五姑娘的。如此，以後他就沒什麼好擔心的了！

「有了你的話，我們就放心了。」賀複臉上終於有了點笑容，對姜姨娘說：「趕緊帶語瀟回去歇著，大夫開的藥不用省，什麼好、咱們用什麼。」

姜姨娘也緩過神來，一手摟著女兒，向傅聽闌道謝。

傅聽闌忙道：「不敢，都是我應該做的。」

賀語瀟抬頭看向傅聽闌，卻不知道要說什麼。

傅聽闌走近兩步，安撫似的對她笑了笑，說：「妳好好睡一覺，一切就都過去了。等有了消息，我馬上告訴妳。」

賀語瀟點點頭，才道：「你也要小心，敢在京中綁我，恐怕不是簡單的人物。」

「放心吧，我知道。」傅聽闌應道。

看賀語瀟離開，傅聽闌便告辭了，他還有很多事要做，必須要查出到底是誰敢這樣害賀語瀟。他從不以自己的身分自恃，但這回，他的身分是得好好用一用了。

知道賀語瀟找到了，且安然無恙，馮惜他們都鬆了口氣，誰也沒心情去看燈會了，都各自回家，準備從長計議，看有什麼能幫得上的地方。

惠端長公主聽傅聽闌描述完經過，滿是冷意的臉絲毫不見鬆動。「五姑娘果然是個能扛事的，這樣都能化險為夷，屬實難得，不愧是我選的兒媳婦！我現在就想知道，是誰敢在我頭上動土！」

駙馬給長公主遞茶。「消消氣，人沒事就好，妳已經派人去審問了，估計明早就會有結果。妳今晚好好睡一覺，明天才有精神把這些雜碎都處理了。」

駙馬也很生氣，但現在老婆和兒子都在氣頭上，如果他再不幫忙降降火，估計媳婦現在就能衝去府衙大牢親自審問。

「父親，母親，兒子有一事懇求。」傅聽闌跪地道。

長公主看向他。「你說。」

「兒子想盡快將語瀟娶回來，無論那幕後之人是以什麼心思綁的語瀟，兒子覺得只有她進了公主府，別人才不敢再傷她。」傅聽闌語氣懇切。「知道她被人綁走，兒子當時血都涼了，萬萬禁不起第二次了。」

也是那時，他才知道賀語瀟對他來說比自己預想得還要重要得多。他面對追殺，都能遊刃有餘地計劃每一步，可一涉及到賀語瀟，他就跟丟了魂一樣什麼主意都想不出來。

長公主點頭。「的確，這事絕對不能發生第二回！正月不能議親，你再等半個月，二月一到，我就讓人上門去商議六禮，合八字。只要八字沒問題，我就直接進宮讓皇上賜婚。」

見母親這樣乾脆，傅聽闌就放心了。謝過母親後，就去忙其他事了。

那歹人不過是個小嘍囉，沒等用刑就全招了，說聯繫他的人說是趙家姑娘趙可沁指使的，並將此人的住處、姓名都供了出來。現在只有證言，沒有證據，所以傅聽闌只能順著這條線繼續抓人，只是此事涉及趙府，就不得不跟皇后娘娘說一聲了。

第六十六章

賀語瀟覺得自己真夠堅強了，回到家就彷彿找到了安全港，人也精神了。

「對了，露兒呢？」賀語瀟這才想起來問露兒的情況。

姜姨娘忙道：「露兒沒事，只是頭上挨了一棍子，醒來後一直犯暈，就在愈心堂住兩日看看情況。我已經讓符嬤嬤去照顧了，妳放心吧。」

賀語瀟鬆了口氣，露兒就跟她妹妹似的。「沒事就好。她小小年紀挨了一棍，可別把人打傻了。」這可是一輩子的事。

不一會兒，愈心堂的大夫到了，給賀語瀟把了脈，說並沒有大礙，只是受了驚嚇而已，喝副藥睡一覺就行了。

聽到大夫這話，姜姨娘才徹底放了心。

賀語瀟琢磨著今天晚上的事，越想越覺得這不可能是隨機犯案，如果只是想綁個女子，那找個單獨行走的女子豈不是更容易？可又是誰要這樣害她呢？

「喝了藥早點睡，別想那麼多。」姜姨娘把熬好的藥端給賀語瀟。「妳就在家多休息兩日，別出門了。」

賀語瀟搖搖頭。「不成，我明天必須照常開店。」

姜姨娘一臉不解。

賀語瀟吹著藥，道：「我得照常營業，讓別人知道我什麼事都沒有。」她要是真出了事，不可能第二天還好端端地開門給人化妝。

姜姨娘沒想到這一點，這一聽的確有道理，忙道：「那妳喝了藥趕緊睡，明天早點起來去開店。」事關清白，她比賀語瀟緊張多了！

這一覺賀語瀟睡得不安穩，一直作些亂七八糟的夢，醒了又記不住夢了什麼。好在她平時作息穩定，並沒有因為沒睡好而顯得憔悴。

「姨娘，我今天可能晚一點回來，我想關門後去看看露兒。」賀語瀟道。

「行，知道了。」今天賀語瀟出門，家裡除了車伕，還配了個有些身手的家丁，這樣即便有人還抱著害賀語瀟的心，也不敢輕易下手了。

賀語瀟這邊一切如常，來化妝的姑娘們也沒發現任何異樣。但京中已經有了傳言，說賀家五姑娘昨天燈會被歹人劫持，恐怕是沒了貞潔。

這話很快傳到了傅聽闌的耳朵裡。這對他來說不是壞事，只要順著這些傳言找到源頭，那趙家就更沒法抵賴了。

之所以確定是趙家傳出來的，是因為這事他們自己人肯定不會傳，跟去的衙役都看到了完好無損的賀語瀟，自然也不會傳這種話。那麼會傳這話的就只有背後的指使者，他們可能還不知道現在是什麼情況，只覺得賀語瀟被綁了，這個傳言就可以開始傳了，他們不相信一個姑娘家有自救的能力。
這事傅聽闌沒拖著，一邊讓人查，一邊直接進宮找了皇后娘娘。
皇后聽聞此事，驚得一下就從椅子上站了起來。
皇后怒道：「她、她！趙平義真是翻了天了！」雖然這事指向趙可沁，可沒有趙平義點頭，趙可沁未必敢做。
她相信傅聽闌不會沒有根據就找來，而且之前趙平義來跟她說過想讓趙可沁嫁進惠端長公主府。如今又有了針對賀語瀟的下作手段，若真讓他們得逞了，賀語瀟不僅沒了清白，還可能沒了命。到時候沒有這個阻礙，趙可沁想嫁傅聽闌這算盤不就打得噼啪響了嗎？
「聽娘娘這意思，是心中有數了？」傅聽闌問。看皇后這氣憤但不算驚訝的神態，以及沒有為那兩父女開脫半句的意思，似乎也認為那兩個人很有嫌疑。
皇后已經勸過趙平義，也讓嫡兄去管了，可還是鬧出這樣的事，她肯定是不會保這個庶弟的，趙平義要作死，她不會為虎作倀，搭上趙家全族的名聲！
於是皇后把之前的事與傅聽闌說了。
傅聽闌道：「多謝娘娘告知，聽闌知道該怎麼做了。」
皇后嘆了口氣。「是本宮沒有管好趙家，才出了這樣的事，若真查明是趙平義或者趙可沁所為，不必顧及本宮的顏面，我們趙家沒有這等骯髒小人！」
有了皇后這話，傅聽闌行動起來就毫無顧忌了。

外面的傳言越演越烈，可大家看到賀語瀟依舊好好的開門化妝，一點傷都沒有，又何談被人綁走呢？

於是，來找她化妝的姑娘向她提起了此事，問：「妳是不是得罪什麼人了？若有人針對妳，妳務必要去報官才好呀。」

賀語瀟微笑著點頭。「我已經報過官了，官府我讓先別聲張，他們才好追源頭。如果鬧起來，對方隱匿起來，就不好找了。」

那姑娘甚以為是。「沒錯沒錯，妳報了官就好，可不能讓名聲無故被壞了。」

傅聽闌這邊拔出蘿蔔帶出泥，一層一層查下去，不僅找到了趙可沁找人綁架賀語瀟的證據，還找到了趙平義散布傳言的證據。

於是在查到證據的當晚，傅聽闌就帶著禁軍和衙役直接闖進了趙平義府上。

「傅聽闌，你在做什麼？我姊姊可是當朝皇后，你居然敢擅闖我的宅子！」趙平義大叫道，想用皇后來壓制傅聽闌。

傅聽闌拿出一根簪子，似笑非笑的樣子就像個企圖喝人血，剝人皮的魔鬼。「這簪子是你家趙姑娘的吧？她和自己的奶娘找了府上的家丁李五，找了些地痞流氓綁架賀府五姑娘。結果那地痞不見正主不敢做，你家趙姑娘就親自去了。那地痞又起了貪心，要的錢比預計得還多，趙姑娘身上沒帶錢，就拿了這簪子給他。他是個聰明的，自己沒做，又找了別人來做。你們還有什麼可抵賴的？」

剛出來看情況的趙可沁聽到這話，嚇得臉都白了，這簪子是當初皇后娘娘賞她的，她覺得與她其他飾品相比，這東西實在沒那麼貴重，又是幾年前的樣式，就順手用它抵了那地痞的加價。沒想到那些地痞那麼沒用，居然被查到了！

傅聽闌又拿出一袋銀錠子。「趙平義，你讓身邊的小廝拿著銀子找了幾個乞丐頭子，在燈會第二天就開始傳賀家五姑娘的不實流言。所有乞丐都見過你的小廝，而你的小廝跟著你一輩子也拿不到這麼多銀子，總不會是他用自己的私房去找人傳話吧？」

還沒等趙平義抵賴，他身邊的小廝已經嚇得「撲通」跪倒在地，喊道：「傅公子饒命，小的只是聽命行事，萬萬不是小的自己的主意啊！」

趙平義氣得眼都瞪圓了。「我不知道你在說什麼！傅聽闌，我勸你立刻帶著禁軍滾出我府裡，否則我就要進宮面見皇后娘娘！」

傅聽闌冷笑。「你先得留得住命，再跟我說能不能見上皇后娘娘吧！來人，把趙府的人全部帶走，一個不留！」

「是！」禁軍立刻開始抓人。

趙府上下頓時一片鬼哭狼嚎。

這事已經算是證據確鑿，趙平義和趙可沁都沒什麼可賴的了。可這兩個人並不死心，叫嚷著要見皇后娘娘。他們自認為是皇親國戚，一個府衙沒權定他們的罪。

傅聽闌將口供和證據都呈給了皇后，皇后還記得自己賞給趙可沁的簪子，那是趙可沁十八歲生辰時賞的。皇家賞賜的東西是不能送人的，所以趙可沁不可能把簪子送給誰，再落到那地痞手裡，估計是趙可沁當時身上沒錢，只能拿這個抵了。

想來那地痞也不傻，知道要綁的是從四品官的女兒，這背後的靠山肯定得靠得住。而趙家背後是皇后，地痞覺得必然是靠得住，所以他們才敢接這活兒。

皇后氣得手都抖了，好在傅聽闌先來把事情跟她說了，若是傅聽闌心裡存了芥蒂，直接去找皇上，那她這個皇后之位也不保了。

「皇后娘娘息怒。」傅聽闌勸道。

「好孩子，這次是我們趙家沒管好，你想怎麼處置，我都沒有半句怨言。」皇后娘娘道。她與傅聽闌相處這麼多年，知道這孩子不會冤枉無辜，這次是趙平義和趙可沁找死，惹誰不好，偏惹傅聽闌。

「我知道娘娘真心待我，這事必是不知情。我也不想傷了皇后娘娘和趙家的名聲，所以想另找個理由處置他們。不過他們是娘娘的娘家人，要怎麼發落，還要經過皇上。」傅聽闌是恩怨分明的人。

皇后不知道說什麼好了，都這個時候了，傅聽闌還在為她和趙家著想。皇后娘娘眼睛一紅，道：「難為你了。皇上那邊我去說，定不讓賀五姑娘白受了這次罪。」

「如此，就多謝娘娘了。」有皇后娘娘自己出面，不僅能達到他想要的結果，皇后也不至於顏面盡失，皇家的和諧局面也能繼續保持下去。

皇上聽了來龍去脈後，整個人都驚住了。

皇上怒道：「趙平義好大的膽子！」

皇后也不勸皇上息怒，只說任皇上處置，也說了傅聽闌的意思。

皇上嘆氣。「聽闌這孩子真的是太為我倆考慮了，若換成一般人，早鬧起來了。」

「是啊，臣妾都羞於面對聽闌和二姊了。」皇后見皇上也是明理的，沒有要怪罪她和她的嫡兄，終於鬆了口氣。

「這又不是妳的錯，是那趙平義和他女兒狐假虎威。朕明白聽闌的意思了，自然不會讓妳和他為難。不過妳說二姊給聽闌定的是司農寺少卿賀複的女兒？這門第是不是太低了些？」他的外甥，配個國公的女兒也是使得的。

皇后怕皇上挑剔，不樂意這門婚事，謹慎地勸道：「只要聽闌喜歡，臣妾覺得都可以。而且二姊向來主意正，她挑這位賀五姑娘，肯定有她的道理。皇上若實在不解，可以找二姊來問問。話說回來，這賀五姑娘在歹人手裡能自救，也是個勇敢聰慧的姑娘。」

「這樣一說好像也是這個道理，聽闌的媳婦若是個膽小怕事，遇事扛不住的，也不成。」皇上道。自己這外甥文武雙全，媳婦肯定不能找個膽子跟兔子似的。「明天我請二姊進宮一趟，詳細問問。」

年過完了，就沒什麼宴席需要參加，來化妝的姑娘自然就少了。不過打聽婚妝的姑娘卻不少，賀語瀟也沒有太清閒。來買妝品的人就更多了，不少都是被賀語瀟的妝推坑的，無論是自己化的，還是看身邊姊妹化的，等到第二天身邊的丫鬟上完妝，就總覺得不是那麼回事。第一反應自然是妝品不行，換一套好妝品就成了首選。

安神的湯藥賀語瀟又喝了幾日，總算睡得比較安穩了。睡得好，精神就好，先前經歷的驚險也逐漸淡忘，不再一想起來就精神緊張了。

吃著蜜棗，賀語瀟盤算著是不是應該給露兒買點豬腦補補。今天露兒就能回府了，不過賀語瀟沒想讓她立刻跟自己忙活，畢竟是傷到了頭，還是要再養個十天半個月的才成。

正琢磨著，傅聽闌就來了。

「居然沒客人？」傅聽闌給賀語瀟帶了油炸糕。

「中午客人本來就少呀。」賀語瀟笑道：「你吃午飯了嗎？」

「吃了。」將油炸糕放到桌上，傅聽闌坐到賀語瀟身邊。

賀語瀟為他倒了茶，鼻子動了動，聞到一股油香，就迫不及待地打開油紙包，拿了個還熱的油炸糕吃起來。「我中午只吃了一點餛飩，正好沒吃飽。」

從那日趕回城時遇到傅聽闌，賀語瀟就覺得傅聽闌真的能讓她非常安心，好像無論遇到多大的事，傅聽闌都會來找她，她只要在他身邊，什麼事都不會害怕。

「妳就是吃飽了嘴饞，我也不會笑妳。」傅聽闌見賀語瀟吃得香，就很滿足。

賀語瀟在信任的人面前不想裝樣子，邊吃邊問：「你今天過來，是事情都查清楚了？」

「查清楚了。」傅聽闌將經過與賀語瀟說了一遍，才道：「趙平義想讓女兒嫁到我們長公主府，所以才想除去妳這個阻礙。在京中直接動手太惹眼，便選擇燈會那日，把妳綁走。」

賀語瀟嘆了口氣。「查明白就好，辛苦你了。」

「我是沒什麼辛苦的，早日查明，我也能放心。不過有一事我還是得和妳說一聲，希望妳別怪我先斬後奏。」傅聽闌看著賀語瀟，如果這事讓賀語瀟有一點不快，他都會回去重新與母親說。

「什麼事？」賀語瀟不覺得傅聽闌會做出什麼對不起她的事。

「那日妳被綁走，我著實慌了，實在怕妳出事。妳安全回來我也無法完全放心，總覺得妳不待在我身邊，不揹上傅夫人這個名頭，就不夠安全，所以我求了母親正月一過就去妳府上提親。妳說希望我們多加瞭解對方，可能這個時間還不足夠，但我真的害怕，所以可能無法遵守這個約定了。」傅聽闌說。

賀語瀟愣了須臾，瞪著大眼睛道：「你這麼急，我嫁妝都沒準備好！」

傅聽闌一下樂了。「這是重點嗎？重點是妳願不願嫁我。」

賀語瀟咬了咬嘴唇，多少有點不好意思。「雖然我們瞭解對方的時間尚短，但我們一起救助災民，又經歷了這次意外，我覺得你是個很好的男子，有主意，有氣魄，有想法，人品貴重，也肯做實事，是很難得的，所以我沒什麼不願意的。」

傅聽闌心情頓時像開了花一樣絢爛，一把拉住賀語瀟的手。「真的？」

「哪有假的啊！」賀語瀟又瞪他。「不過，婚後我還是要繼續開店，我接了婚妝的訂金，不能反悔的。」

「我說過婚後不干涉妳，妳想怎麼樣都行！」

賀語瀟高興了，吃完油炸糕，擦了擦油汪汪的手，又道：「可我的嫁妝真沒準備好。」正室娘子最起碼要準備家具和喜服，這些她都還沒開始訂做。沒辦法，趕上正月，手藝好的木匠和繡娘都要休息一個月，她的家具和喜服怎麼也要等二月才能訂製，還得排期，衣服還好說，但家具沒個半年肯定做不出來。

傅聽闌倒是一點都不擔心，笑道：「放心，妳什麼都不用管，只在家等收聘禮就行了，其他的交給我。」

「交給你？那哪成啊！這顯得我太沒有誠意了吧？」賀語瀟怕別人說閒話，丟了傅聽闌的臉面。

「怎麼就沒誠意了？除了這兩樣，妳還有別的嫁妝啊。」傅聽闌根本不在意嫁妝多少，哪怕賀語瀟只帶個人來，他也高興。

第六十七章

賀語瀟琢磨了一下，這個年她光靠賣福盒，就足足賺了一萬兩銀子，加上她給姑娘們化妝的錢和零散賣出的妝品，手頭很是寬裕，給自己置辦點首飾不成問題。既然她嫁過去，這個鋪子的房契肯定也要帶到長公主府，這本就是長公主府送她的，她帶過去也好。剩下的她就沒什麼拿得出手的東西了，不過現在她店裡生意很好，等到春季花開了，新一批妝品上架，她又能有收入進帳，只不過這時間有點長。

「你知道，以我嫡母的作為，賀府給我準備的嫁妝不會太多，肯定不能越了前面兩個嫡姊去。你回去要和長公主稟告一聲，別讓長公主嫌棄了我才好。」賀語瀟現在想得更多的是怎麼能盡快再賺一筆錢，這樣她可以買更多東西。那一萬兩銀子也可以整整齊齊排好了，抬進公主府，多少不說，但看著漂亮呀！

「放心，我母親肯定不會嫌棄妳的。」既然賀語瀟答應了，傅聽闌就沒什麼好顧慮的了，握緊她的手道：「我現在就回去安排，把咱們成親要準備的東西準備起來。」

賀語瀟突然想到一事。「我們還沒合八字呢！萬一不合也不能成親了。」

傅聽闌笑著捏了捏她的手。「我已經私下悄悄合過了，百年好合。」

賀語瀟詫異。「什麼時候的事？」

「妳同意與我相互瞭解的時候。」

賀語瀟假裝生氣地抽出手。「你這是早有預謀啊！」

「這叫有備無患。」傅聽闌說得還挺驕傲。

臨走時，傅聽闌想起一事，又道：「那個趙可沁喊了好幾次想見妳一面，妳想去嗎？」

他不想讓賀語瀟去，那種女子，見她做啥？

賀語瀟卻毫不猶豫道：「見！她心思那麼毒，我得讓她知道，我沒那麼好欺負！」

當天下午，賀語瀟就在傅聽闌的陪同下，去了官府大牢見趙可沁。之所以一起把這對父女關在這裡，也是從另一方面表明這兩個人並不算什麼皇親國戚，讓他們不必抱持幻想。

見傅聽闌親自帶賀語瀟過來，趙可沁氣得眼珠子都快瞪出來了。但她現在一副階下囚的樣子，沒有梳妝打扮，實在覺得沒顏面見傅聽闌。

「我在外面等妳，別跟她說太久。」傅聽闌提醒賀語瀟，並把她往後拉了一點。「也別離她太近。」

賀語瀟笑了。「放心吧，她打不過我。」

傅聽闌被她逗樂了。「對，妳可是制伏過成年男子的姑娘。」

趙可沁看著這兩個人，嘴唇都快咬出血了，什麼都顧不得地大聲質問。「傅聽闌，你到底看上她什麼？小門小戶，拋頭露面，你娶她回去就不覺得丟臉嗎？」

傅聽闌眼神都沒給她一個，就像根本沒聽到她的話，摸了摸賀語瀟的頭，就轉頭離開了——與這樣的瘋子多說一句話，他都覺得對不起賀語瀟。

賀語瀟目光沈靜地看著趙可沁，與在粥棚時的盛裝打扮相比，沒有了裝飾的趙可沁顯得毫無亮眼之處。

「妳現在是不是很得意？」趙可沁怒瞪著賀語瀟。

「妳想見我，就是想問這個？」賀語瀟樂了。「對啊，我很得意，妳能怎麼樣？」

趙可沁更怒了。「妳這個不要臉的賤人！」

「哈哈哈，妳真好笑，誰是賤人妳心裡沒數？我與傅聽闌已經訂親，父母之命，媒妁之言。而妳知道他訂親了，還一個勁地往上貼，妳說誰賤？」賀語瀟可不跟她客氣。

趙可沁忿忿道：「走著瞧，皇后一定會來救我的，等風頭過了，我不會讓妳好過的。」

「皇后救了妳又怎樣？妳就能進惠端長公主府了？憑什麼？憑妳所謂的出生吉象，還是憑妳害我未被追責？」賀語瀟臉上全是嘲諷。「就算妳出生真的有吉象，就妳的所作所為，也把那吉象敗沒了。我聽說是紅霞滿天是吧？這就挺搞笑的，那天那個時間段裡京中出生的肯定不只妳一人，既然大家都看見了，妳有吉象，那同一時間出生的孩子也有吉象，我怎麼就沒聽別人提起過這吉象呢？」

趙可沁傻了，她一直以為這吉象僅是她一個人的，卻沒想可能那時間裡還有別人出生。

賀語瀟就是想扎她的心。「所以吉象一說到底是你們趙府自己認為的，還是胡編亂造的，誰又說得準呢？妳離京養到二十，若是個才女，或者賢德女子，也算應了吉象了。可妳有什麼？奢靡、歹毒、嫉妒和自以為是。」

賀語瀟的每一句話都讓趙可沁無法反駁，但她知道自己必須反駁，不然她這二十年的人生信念就徹底崩塌了。

趙可沁強辯。「又不只我一人惦記傅聽闌，按妳的說法，但凡惦記傅聽闌的，都是善妒無德的女子了？」

賀語瀟搖了搖食指。「他是京中第一美男，惦記他的人多，但誰用了妳這種下三濫的手段？說實話，若不是查到妳身上，我都無法相信一個正常姑娘能想出這麼不是人的手段。妳不要拿別人與妳相比，妳看看自己配不配。在粥棚的時候，與妳一樣有心思的姑娘們知道愈心堂設了醫棚，想前來偶遇傅聽闌。但見無果後，人家姑娘雖沒怎麼再來，但粥棚卻一直開著，惠及了災民，依舊是有品行的好姑娘。只有妳，見事不成，便收了粥棚，真是裝都不裝一下，又蠢又毒！」

趙可沁氣得臉都白了，原本她叫賀語瀟來，是想罵她幾句，給自己找找痛快的，結果倒像是給自己找不痛快。

「說實在的，女子在這個世上本就生存不易，一直被當成男子的附庸。我從不覺得女子有義務幫女子，但我萬萬不能接受女子為了自身利益去害另一位女子。如此行徑，簡直不配為人！」賀語瀟踢了一腳牢門。「所以趙可沁，妳覺得自己高高在上，但在我看來，妳還不如那豬狗！」

「妳！」趙可沁氣血上湧，眼前發黑，她長這麼大，誰都不敢對她大聲說過話，更別說罵她了，只有她罵人。今天被賀語瀟這一通說下來，她哪兒扛得住？

賀語瀟本就不準備當好人，對好人可以有無限的善心，但對壞人，只能有無限的狠心！

「我什麼我？妳現在就應該跪在這裡，叩謝老天爺。這幸好綁的是我，如果是其他姑娘，必然會鬧出人命，到時候妳就是個殺人凶手。什麼紅霞滿天？我看妳那就是血光之災！」賀語瀟冷笑一聲，見趙可沁臉色發白，她就放心了。她當時受到的驚嚇可比現在趙可沁受到的刺激大多了。

見趙可沁後退著說不出話，賀語瀟翻了個白眼。「我走了，妳就等著別人救妳吧！」

說完，賀語瀟轉身就走。沒走多遠，就看到不知道站在那裡多久的傅聽闌。

「……你偷聽。」

傅聽闌笑了。「抱歉，不是故意偷聽的。」

他是怕那個趙可沁真瘋起來傷到賀語瀟，所以不敢走遠。再看到賀語瀟那似要啄人的小孔雀似的樣子，簡直不要太可愛，真是長最美的臉，說最狠的話。

賀語瀟抿了抿嘴唇。「是不是覺得我很凶？」

「那倒沒有，只是覺得妳嘴皮子挺索利，適合做我媳婦。」傅聽闌牽起她的手。「牢裡陰冷，別久待了，我送妳回去。」

賀語瀟被他牽著走出去，嘴角帶著笑，臉上紅紅的。

賀語瀟在這邊舌戰趙可沁的時候，惠端長公主也因傅聽闌的婚事被皇上請進了宮。

「二姊，這賀家的門戶是不是太低了些？」對自己的嫡親姊姊，皇上沒什麼好繞彎子。

惠端長公主並不意外，笑道：「要門戶那麼高做什麼？你那麼疼聽闌，他還需要別人幫襯？他沒被你慣壞了，那都是有我管著呢！」

皇上笑了。「他像我，又是個孝順的，我多疼他幾分是應該的，而且我就他這麼一個外甥，從小就跟在我身邊，肯定有什麼好的都得想著他。我是怕門戶太低，委屈了聽闌。」

皇上一副話家常的態度，對自己的稱呼也用「我」，可見是把這事當家事問的。

「呿，有你護著他，他能委屈什麼？這姑娘別看門戶不高，但是個有主意的，感覺和聽闌很合得來，兩個人也能說到一處去，聽闌又喜歡她。我這個當娘的哪能拆散這好姻緣呢？」惠端長公主笑說。她這話並不是為了恭維皇上，而是事實如此。而且找賀語瀟這樣的門第，沒有人會覺得他們府對皇上有任何不臣之心，也沒有恃寵而驕，是非常好的選擇。

「話都讓二姊說了，我還能說什麼？」皇上無奈。「既然二姊覺得沒問題，那我就不多說了。不過上次聽闌娶了牌位回去，我沒給他爵位，這次說什麼都得給個正式的爵位才成。聽闌大了，也要講究些體面，才不會讓人輕看。」

長公主沒有反對。「皇上不必給他太高的位分，他也不入朝為官，你有事私下叫他辦就是了。」

皇上笑著點頭。「放心吧，我心裡有數。」

牢裡的趙平義和趙可沁沒等到皇后救他們，被按了一個大不敬的罪名，發配去極北了，家眷也如數發配，趙家庶出的這一支一個沒留。但絲毫沒有波及到皇后和趙家嫡子，如此趙家安心，皇上對傅聽闌也有個交代。

正月一過，賀語瀟和傅聽闌的婚事就正式進入六禮。這下全京城都知道傅聽闌要娶賀語瀟了，引得京中姑娘們譁然，沒想到京中第一美男居然娶了那麼個小官家的庶女。不過見過賀語瀟的都覺得拋開門第，只看樣貌的話，她是絕對配得上傅聽闌的。再者，傅聽闌是續弦，本就不好娶太高的門第，一個從四品官的庶女剛剛好。

納采時一般只需要送隻大雁即可，富貴人家會再送一副頭面或者鐲子。而到了傅聽闌這兒，除了兩副頭面，還有賀語瀟喜歡吃的東西，以及熏香、字畫、解環等可供賀語瀟拿來賞玩解悶，可以說是非常周到了。

賀語瀟沒見到傅聽闌的人，東西在賀夫人過目後，就如數抬到了百花院。媒人帶著賀語瀟的名字和生辰八字，完成了問名這一禮。之後就是等合了八字，定下日子，媒人就上門報喜了。

賀語瀟看著這一箱子的小玩意兒，笑著對姜姨娘道：「這熏香我還用得上，可這字畫我哪懂欣賞啊？還有這解環，我只會瞎擺弄。」

姜姨娘很高興，長公主府送了這麼多東西來，就是對賀語瀟的重視。「看不懂、玩不來都不要緊，放進妳的嫁妝裡帶走，多充個抬數也好看。」

賀語瀟無奈地應了，想來也是，禮物就那麼些東西，傅聽闌能給她挑出這些，已經很上心了。總不能讓傅聽闌送她一箱亞麻種子吧？她是開心了，但她父親和姨娘可要傷心了。

賀語瀟和傅聽闌成親這事已經算是板上釘釘了，現在京中姑娘最想知道的是賀語瀟成親後這店還開嗎？妝還化嗎？她們還能買到喜歡的妝品嗎？細想來，讓長公主的兒媳婦幫她們化妝，她們這得有多大的臉面才成啊！為了給自己多賺點嫁妝，賀語瀟全力轉動腦筋，想著還有什麼能讓她在這個季節賺上一筆的。

「姑娘，您還在琢磨呢？」露兒端了燕窩進來，這是長公主讓人私下送來的，說讓賀語瀟每天吃一碗，這樣成親那日氣色好。

露兒已經沒事了，這會兒賀語瀟要開始備嫁，她是要跟著一起進長公主府的，所以各方面規矩都要學，也挺忙的。

賀語瀟單手撐著下巴。「沒辦法，得賺錢呀。」

這是一方面，另一方面她還要在家裡表現出愁苦的樣子，這樣才好糊弄嫡母。否則她太興高采烈，嫡母很快就能發現不對勁，她可不想成婚前再鬧出什麼么蛾子。

「依奴婢看，傅公子都沒讓姑娘準備什麼，姑娘就算現在想不出來，以後有了主意再拿出來賺錢，也是您和傅公子用不是？」露兒勸她。

拋開家裡準備的，一個姑娘家能拿出一萬兩銀子已經是極少數的了。

「這是兩回事，他想讓我風風光光地嫁他，我當然也希望幫他做足面子。咱們小門小戶，他娶我本就被人輕看了，我的嫁妝要是再不豐厚，那他就太沒面子了。」賀語瀟說。雖然傳聽闌不一定需要這個面子，她也不能躺平擺爛啊。

吃著燕窩，賀語瀟還在琢磨，一抬頭，就看到露兒在那兒揉眼睛。「怎麼了？」

「好像睫毛掉眼睛裡了。」露兒道。

「我給妳看看。」說著，賀語瀟就湊過去，撐開露兒的眼睛看，果然有一根睫毛一半在眼裡，一半在下睫毛的位置。「別動啊，我給妳弄出來。」

說著，賀語瀟捏住外面的半截，把睫毛拿了出來。「好了。」

「謝謝姑娘。」露兒眼睛不扎了，只是還有一點點眼淚而已。

賀語瀟回位置繼續吃燕窩，但剛坐下她就頓住了，須臾之後興奮地道：「哎呀，我知道要做什麼了！」

於是賀語瀟連夜畫了張睫毛夾的圖，第二天就找了匠人來做。考慮到成本，睫毛夾做了鋁製的。鋁這種材料在大祁用得少，也便宜，是個好選擇。

為了做得更快，賀語瀟選擇製模具，這樣把融化的鋁水直接倒進模具就成了，至於這模具怎麼做才方便脫模，那就是匠人需要思考的事了。十天後，賀語瀟收到了第一批貨，一共五十個睫毛夾。原本膠皮的部分換成了稻草，這個地方不能太硬，也不能太軟，否則夾不出好效果。最後用了比較粗的稻草，裡面包了一塊煮好曬乾的豬皮，這樣既好塑形，又能讓稻草更耐用。而且稻草這東西也不稀罕，隨便就能弄到，這樣替換很方便。

一切就緒，賀語瀟立刻就將睫毛夾上架了。

今天正好有姑娘來化妝，賀語瀟就給她用了這個。在沒有睫毛夾時，賀語瀟都是用火烤了細竹籤來達到讓睫毛鬈翹的效果，有了睫毛夾，一切就更省事了。

「哇，這是什麼東西？怎麼能讓我的睫毛這麼翹？」來化妝的姑娘看著鏡子中的自己，來回打量著夾翹的睫毛。

賀語瀟就是等她問，微笑道：「這叫睫毛夾，是專門讓睫毛翹起來的工具，睫毛翹起來，眼睛也會有放大的效果，顯得更有神。」

「這個賣嗎？我想要！」姑娘立刻道。

「賣的，是我最近才做出來的東西，不過價格有點小貴，這睫毛夾整體是用鋁打造的，如果用得仔細，十年、八年都壞不了。」賀語瀟沒準備訂低價。

這東西非常好模仿，區別大概只在於弧度，弧度做得好，夾睫毛也省事。等這東西開始被模仿了，那價格自然就下去了，到時候平民也能買得起。而她的第一批客戶針對的是大家小姐們，她要賺嫁妝。

「沒關係，妳說多少銀子吧，十兩還是二十兩？」姑娘顯然很闊綽。

賀語瀟笑道：「沒那麼貴，只要六兩銀子。」

第六十八章

「這麼便宜？」這個價格對京中官門貴女來說，真的很便宜，而且這東西別說用個十年、八年，就算用個兩、三年也值回價格了。

「和我店裡其他東西相比，它就是有些小貴。」賀語瀟說。

「這倒是，妳店裡的東西這麼好用，居然比別家便宜那麼多，不賠錢嗎？」姑娘好奇地問，她對生意上的事不瞭解。

賀語瀟解釋。「東西都是我自己做的，不像別的店要請師傅，所以我的成本低。而且我希望京中大部分姑娘都能用上好看又好用的妝品，所以沒有那麼高價。」

「妳真是個心好的，有妳這手藝的，若是別人早黑了心了。對了，妳成親後店還開嗎？」這姑娘是想著如果店不開了，她得趕緊搶購，怎麼也要搶足了兩年用的，不然她就覺得自己的妝沒法看了！

賀語瀟樂道：「開的，店正常經營。」

姑娘驚訝地看著她。「那我再預約的話，豈不是長公主的兒媳婦幫我化妝了嗎？」

「無論我是什麼身分，都同樣是個妝娘呀！」賀語瀟開始為她畫花鈿。

「妳還真是與眾不同的女子。對了，那睫毛夾，給我來五個，正好我參加宴會時可以送人。」姑娘非常爽快。

「好咧！」賀語瀟立刻招呼露兒，幫姑娘打包。

除了今天來化妝的姑娘，但凡上午到店的，都看到了擺在最顯眼處的睫毛夾。賀語瀟會幫她們試用，她手藝好，無論睫毛長短濃疏，她都能把對方的睫毛夾得翹翹的，讓眼睛很有神。

姑娘們哪能拒絕這樣的神器？紛紛掏錢購買。

這一上午的時間，賀語瀟店裡賣睫毛夾的事就在京中官門女子圈裡傳開了。下午來看這神器的人更是絡繹不絕，甚至還有男子來買，想送給自己的夫人。

等何丹聞訊趕來，睫毛夾早就賣光了！足足讓賀語瀟賺了三百兩，簡直是暴利！

「哎呀，我應該早點來才對呀！」何丹一臉幽怨，如果不是自己的相公非拉著她說話，她不可能錯過那個睫毛夾！

賀語瀟見她這後悔不已的樣子，笑道：「何姊姊不用急，明天還會到貨，到時候我提前給妳留一個。」

何丹頓時高興了，連忙掏出銀子。「來，先給妳錢！」

賀語瀟沒與她客氣，有了模具，這睫毛夾做起來就簡單多了。不過冷卻定型需要時間，所以一天大概能做二十到三十個，已經很不錯了。

第二天開始，賀語瀟剛把睫毛夾擺上架子，沒一個時辰就被搶光了，讓她心情大好。

等賣到第五天的時候，已經有別的鋪子出了仿品，但賀語瀟這兒依舊是賓客盈門。一來她是最早做出睫毛夾的，大家都覺得她這兒的東西肯定最值得買；二來是睫毛夾本身。一個睫毛夾好不好用，最重要的還是弧度，弧度做得好，夾出來的睫毛整體的弧度也漂亮，而且不費力就能夾到睫毛根部，還不容易有死角。

而仿她的那幾家，因為忌憚她的身分，只能自己設計開模，又不知道這東西的區別到底在哪兒，加上給姑娘們試用達不到賀語瀟夾出來的效果，生意自然是差一些。不過勝在價格便宜些，只要四兩銀子，所以還是有人光顧。

今天依舊是一上午睫毛夾就被搶空了，露兒幫賀語瀟數著銀子，道：「姑娘這東西真的好賺錢呀，如果這樣賣上一年，您就發財了！」

「那就借妳吉言了。」既然生意沒有冷淡的跡象，賀語瀟自然要繼續賣。

「五姑娘，方便進去嗎？」是傅聽闌的聲音。

賀語瀟應道：「進來吧，沒人。」

傅聽闌聞言，掀開簾子進門，看到賀語瀟，臉上就露出笑容來。

賀語瀟朝他伸出手，傅聽闌笑得更開心了，顯得這個金尊玉貴的公子有些傻氣。

傅聽闌從袖子裡拿出熱呼的烤紅薯，放到賀語瀟手裡。這東西在京中並不值錢，很多高門覺得那是平民才會吃的東西。但傅聽闌覺得既然東西好吃，哪分什麼貴賤？

賀語瀟驚喜，道：「好香呀！」

她知道傅聽闌來找她肯定不會空手，所以剛才手才伸得那麼自然。

「過來時看到一個老漢在賣，聞著實在香，就買了幾個。」傅聽闌道。

「嗯，天冷吃這個最舒服了。」賀語瀟拿了一個，一分兩半，一半遞給傅聽闌。黃心的紅薯細膩綿軟，甜度剛好，靠近皮的部分格外香。

傅聽闌跟她一起吃。「過兩天就是納吉了，都是長輩的事，妳就不用管了。」

納吉是在祖廟得了吉兆後，到女方家報喜。只要賀複和賀夫人在家就成了，用不上賀語瀟。

賀語瀟點頭，怕傅聽闌噎著，給他倒了茶。

「對了，我聽說妳店裡最近生意好得不行，是在賣一個叫睫毛夾的東西？」因為開始議親後，大家都看著呢，所以雙方新人會減少見面的次數，大部分都是一面都不見，直到成親。

「對啊，你來得正好，我給長公主留了一份，你帶回去吧。不過我得教你怎麼用，你回去好教給長公主。」這東西別人就罷了，長公主那份她是萬萬不敢怠慢的。

「這怎麼學？」傅聽闌問。

「你看我演示一遍就差不多知道了。」

於是等賀語瀟吃完半個紅薯，就開始給傅聽闌演示。

「你看好了，眼睛要往下看才不會夾到眼皮，如果不好控制，可以用手指往上推一下眼皮，等用習慣了就不需要這樣了。」賀語瀟儘量詳細地說明。

然而傅聽闌只顧著看賀語瀟，根本沒聽到什麼要領。等賀語瀟夾完一邊，問他明白沒有的時候，就聽到傅聽闌道：「好看。」

這一看就沒認真聽呀！

賀語瀟也生不起氣，扯了一把他的袖子。「你好好聽！如果學不會我就夾你的睫毛了！我告訴你，我的睫毛夾可是很搶手的，長公主要是不知道怎麼用，可是會很沒有面子的！」

傅聽闌湊近她，笑說：「好，我這次認真學。」

兩個人離得太近，賀語瀟頓時不知道說什麼了，臉跟著紅起來。

傅聽闌看著賀語瀟臉變紅的過程，沒忍住，伸手輕捏了一把。

賀語瀟臉更紅了，轉頭不理他了。傅聽闌坐直身體，目光還是停在賀語瀟身上。

賀語瀟原本想著傅聽闌怎麼也要認句錯吧？

結果只從他嘴裡聽到一句。「妳好看，沒騙妳。」

最後傅聽闌是被賀語瀟塞了裝睫毛夾的盒子推出門的，他要是再不走，賀語瀟覺得自己臉紅得都要衝上頭頂了。

傅聽闌絲毫不惱，只道：「那我改天再來看妳。多想想我，我會很高興。」

賀語瀟羞臊地吼道：「趕緊回去吧你！」

傅聽闌一回到府裡，就被惠端長公主叫了過去。

「母親。」傅聽闌叫了人，先把手上的盒子呈給她。「這是語瀟店裡賣的叫睫毛夾的東西，這是她送您的。」

「睫毛夾？」惠端長公主很是好奇，這不能怪長公主不知道，她之前到宮裡住了幾天，今天剛剛回來，對京中這幾天的流行一無所知。

「就是夾睫毛的，能把睫毛夾得很鬈、很好看。」傅聽闌想到賀語瀟把長長的睫毛夾得那麼好看，不禁笑了起來。「她教了兒子怎麼用，一會兒兒子教您。」

惠端長公主很滿意。「她有心了。能送一支給我，肯定是賣得很好吧？」

傅聽闌笑說：「她說這是搶手貨。我看店裡貨架上沒有這東西，估計是賣完了。」

進來送茶的丫鬟聽到他們的話，笑道：「回長公主的話，這睫毛夾如今在京中可風靡了，大戶人家的姑娘、夫人們人手一個。尤其賀五姑娘的店，聽說每天只能做出二、三十個，一眨眼就搶光了。別家店模仿了賀五姑娘的睫毛夾，但賣得就一般了。」

「妳知道得倒多。」長公主挺高興，別人都有的東西，她也要有才是！

「您吩咐奴婢去買些給丫鬟們用的胭脂，等公子成親時讓丫鬟們用上，添些喜氣。奴婢前天去買的時候，聽姑娘們都在說。」丫鬟道。正常來說，她要置辦妝品，肯定首選賀五姑娘的店。但考慮到賀五姑娘做出的胭脂很特別，顏色也各有不同，丫鬟們塗了好看是好看，就怕太搶眼，萬一有個心思不正的，都是麻煩，所以她買的都是小丫鬟們常用的，顏色都一樣。

「那妳會用嗎？」長公主問她。

丫鬟搖搖頭。「奴婢只看到有姑娘拿在手裡比劃，具體怎麼用還真不清楚呢。」

惠端長公主笑著揮揮手，丫鬟便告退了。

「我知道她是個有手藝也有主意的，但沒想到竟能做出此等物件。」惠端長公主拿在手裡把玩了一下，覺得還挺新鮮。

「以她的機靈，以後說不定還會做出其他讓人驚豔的東西。之前是手頭太緊，估計想做什麼都要考慮成本。自從年前賣了福盒，以及這段時間一直在給姑娘們化妝，手上應該鬆快了些，這才將之前的想法付諸實際。」傅聽闌覺得賀語瀟能想出這個東西，估計不只琢磨一、兩天了。或許還有許多想法等待實踐，等嫁給他後，他會給賀語瀟足夠的自由，讓她去做自己喜歡的事。

長公主點點頭。「叫你過來是算了幾個不錯的日子，你來跟著挑一挑吧。」

一般問名的時候就會順便算日子，通常會給出三個好日子，從中選定一個就是了，等請期的時候拿這個日子走個形式就成。傅聽闌成親的日子是皇上找了大祁非常有名望的和尚算的，所以耽擱了幾日才拿到。

傅聽闌問：「最近的日子是哪一天？」

「最近的是三月初六。」

「那就選這日！」傅聽闌非常果斷。

長公主白了他一眼，她都不知道自己兒子居然有這麼急不可耐的時候。「這日子太趕了，喜服是能趕出來，但鳳冠肯定做不完，你總不能讓語瀟戴個將就的吧？」

傅聽闌考慮了一下，又問：「那第二近的呢？」

「三月二十八，再後面就是五月了。」

「那就定這日吧。五月太久了，您也知道那賀夫人的情況，我怕夜長夢多。」

長公主點頭。「嗯，我也覺得這天好，咱們準備的時間也算充足，總不好委屈語瀟。」

「是。」傅聽闌笑著點頭。

公主府送聘禮這日，引來了不少百姓的圍觀，這聘禮隊伍長得一眼都望不到頭，百姓們驚詫連連。

「這得多重視這賀五姑娘，才會送這麼多聘禮啊？」

「是啊是啊，這幾年都沒見過這麼大排場的聘禮了。」

「畢竟是長公主的獨子，肯定是能想到的全送了。」

「我看你說得有道理，瞧呢，連櫃子和床都有了，應該是準備了不短的時間。」

「傅公子都這個年歲了，就算每年準備一點，也差不多是這麼多了。」

的確，但凡需要女方準備的櫃子、家具、床，聘禮中全有，似乎賀語瀟只要人嫁過去就可以了。

「你們說這麼多聘禮，賀家會如數讓五姑娘帶去婆家嗎？」

「難說，裡面好東西不少，賀家品階不夠，大概沒見過那麼多好東西，肯定得留一些下來吧？以後無論是送禮還是賞人，都是極有面子的。」

「我看不一定，這麼多東西咱們都看著呢，要是少了肯定會被發現，到時候丟人的還是賀家。」

聘禮如流水般抬進賀家，一個院子都不夠放。

賀語瀟心裡是高興的，也感嘆傅聽闌的周到，她好像真沒什麼可準備的了。不過這高興她只放在心裡，面上還是表現得挺發愁，還問賀夫人。「母親，這聘禮是不是太多了些？正常過日子的送這麼多聘禮幹麼？平時大多是用不上的。」

見她這副疑惑又擔憂的模樣，賀夫人笑說：「長公主府那是一般的人家嗎？」

她心裡想得卻是——這是用來買妳的命的。如果妳不合長公主的心意，長公主神不知、鬼不覺地把妳了結了，看這些聘禮，妳父親也不敢多說一個字。最後長公主府只要把這些帶過去的聘禮和嫁妝送回賀府，這事就算了。

賀語瀟捏了捏手指，看著相當忐忑。

她越不安，賀夫人越高興，她甚至能想像到賀語瀟婚後的悲慘生活，不過嘴上還是非常慈母地說：「長公主府規矩多，過一陣子有嬤嬤來教妳規矩，妳要好好學，別失了禮數。」

「是。」賀語瀟憮憮地應著，心想最好這些都能帶走，這是她的聘禮，也可以是她的本錢呀！她自己雖能賺錢，但想一下子置辦出這麼多東西，短時間內肯定是做不到。這些就且當是她和傅聽闌的夫妻共同財產，以後無論是擴充商隊，還是擴大店面，有了這些資產都不慌！

聽到消息的賀語彩和賀語芊趕回了賀府，看到這兩個院子都裝不下的聘禮，才確認不是謠傳，臉色頓時更難看了。

賀語瀟懶得搭理她們，如果是二姊姊回來確認聘禮的傳言，她相信二姊姊是想看著她好的。可這兩位，恐怕除了嫉妒，也沒剩下什麼了。

賀夫人看著兩個人，老神在在地道：「既然回來了，那就留下來吃了晚飯再回去吧。正好今天是納徵的喜日子，家裡準備了家宴。」

這兩個人哪有心思留下來吃飯啊，氣都氣飽了，於是各自找個理由就回去了。

晚上，賀夫人拿著聘禮單子逐一看著。

羅嬤嬤端了甜羹來。「夫人別費神了，嚐嚐這甜羹。」

賀夫人放下單子，端起甜羹攪了攪。「這長公主府給的聘禮真不少，家裡給語瀟準備的嫁妝就不夠看了。」

「五姑娘是庶女，夫人照例準備，別人挑不出錯。」羅嬤嬤不希望賀夫人為這事憂心。

「話是這麼說，但不做點什麼，還不足以讓我舒心。」

羅嬤嬤忙問道：「夫人有何打算？」

賀夫人垂眉。「妳說我如果跟賀複提上一提，他會不會為了面子，多準備些嫁妝，搞出貪污之事？」

羅嬤嬤驚道：「夫人，萬萬不可呀！這萬一叫人查到，那賀複死活不要緊，您也要被牽連的。」

「如果我去告發呢？我作為證人官府應該會網開一面吧？」賀夫人算盤已經打得噼啪響了。

羅嬤嬤想了一會兒，說：「賀複沒幹過這種事，就算想貪，也未必有途徑。如果他貪了，別人早您一步發現，那您還是會被連累，五姑娘的婚事可能也要吹了，對您來說太冒險了，不值得。」

賀夫人沈默了片刻，才收回了這個心思。「也是，如果晚一步的話，賀語瀟嫁過去了，難保傅聽闌不會為了自己的面子，去保賀複。」到時候她不僅不能繼續折騰賀複，要是得罪了傅聽闌，也沒個好下場。

羅嬤嬤鬆了口氣，她總覺得夫人越來越耐不住了，她怕有一天夫人實在不想徐徐圖之了，乾脆一剪刀了結了賀複，那樣就太不值得了。

第六十九章

賀語瀟店裡的生意還是很好，睫毛夾依舊是熱銷品，每賣出一個，賀語瀟就覺得自己又富了一分。

下午，賀語瀟收到傅聽闌的小廝送來的信。

「公子說近日事忙，暫時不能來姑娘這兒，這封信給姑娘。」

賀語瀟微笑點頭。「知道了。」賀語瀟並不需要傅聽闌常來，傅聽闌有自己要忙的，而且他們在婚前越少見面，就越少閒話。

小廝離開後，賀語瀟打開信，傅聽闌的字還是那樣好看、好認。

五姑娘安。近日事忙，無法前去，望莫介懷。雖只幾日工夫，卻分外想念，只得看妳做的枯葉燈籠，以解相思。今日寫信，是為告訴妳莊子上的花已經陸續開了，待他日天好，帶妳一觀。

賀語瀟頓時來了精神。花開了，表示她可以開始做新一批的純露了！等純露做好，面脂和各種妝品也可以安排下去，怎麼能讓她不高興？

正想著要把妝品都羅列出來，符嬤嬤就匆匆趕來了，進門就樂道：「姑娘，大喜呀！」

「嗯？有什麼喜事？」賀語瀟問。

「傅公子剛剛被封了珩郡王，您嫁過去可就是郡王妃了！」

賀語瀟直接傻了，她知道傅聽闌受寵，沒想到這麼受寵，上來就是郡王啊！

「恭喜姑娘，賀喜姑娘！」露兒立刻行禮道。這可真的是天大的好消息，如此，她家姑娘嫁過去，那身分就大不一樣了。

賀語瀟回過神來，一邊為傅聽闌高興，一邊為自己發愁。這位置越高，責任就越大。傅聽闌只是長公主的兒子時，她沒什麼需要做的，只要不錯規矩，沒人會盯著她。但現在不一樣了，郡王妃這個位置要做的事就多了，上到為民請命，下到瞭解民間疾苦，都有她該做的。

符嬤嬤又道：「得到消息後，家裡讓人去問了一下，說是珩郡王還跟著長公主住，皇上雖賜了宅子，但珩郡王說自己將要成親，布置宅子加各種安排買辦，實在是來不及。而且您新嫁，肯定沒有管家經驗，要在長公主府學習幾年，等什麼時候能獨當一面了，再搬到新府邸去。」

「那就好。」賀語瀟鬆了口氣，如此他們依舊都算在長公主名下，這就給了她很多的自由空間。長公主府的事肯定不需要她打理，長公主若心情好，派人教一教她管家的事就得了。她自己也沒有想管家，正好就有時間繼續開店了。而且兩個人繼續住在長公府，一切都按傅聽闌封郡王前的規制來辦，什麼都不需要他們主動出面，自然是省心又省力。

符嬤嬤和露兒倒沒想那麼多，反正都是賀語瀟的榮耀。而有了珩郡王妃生母這個頭銜，姜姨娘的日子也會過得更自由些，至少在家中，賀夫人也不會輕易招惹姜姨娘。

賀語瀟考慮了一會兒，對符嬤嬤道：「妳回去提醒一下姨娘，別表現得太開心。」

符嬤嬤忙點頭。「明白明白。」

「對了，賀禮送了嗎？」這麼大的事，賀家肯定是要送禮去的。

「夫人已經按例送了，估計這段時間入府來套近乎的人不會少。」符嬤嬤說著自己的猜想，又道：「姑娘正常營業的話，可能也會有人找過來吧？」

賀語瀟點頭。「嗯，我心裡有數，知道怎麼應對。倒是待在家裡的話，容易被叫去見這見那的，萬一真有什麼難纏的，反而不好回絕。」

符嬤嬤立刻認同道：「姑娘想得周全。那老奴這就先帶話回去給姜姨娘了。」

「去吧，路上慢些。」

等晚上賀語瀟回府去給賀夫人請安，賀夫人果然在仔細觀察她的表情。

見她臉上沒個笑模樣，才裝模作樣地問：「怎麼看著愁眉苦臉的？都是要做郡王妃的人了，讓人看到還以為妳不樂意，這可怎麼好？」

賀語瀟愁容不減。「母親，女兒實在憂慮。原本嫁到長公主府就已是女兒高攀了，但奈何是父母之命，媒妁之言，只能認真學規矩，以後老實待在府中便罷了。現在傅公子驟然封郡王，女兒心裡實在是沒譜。這郡王妃要做的事，要守的規矩肯定更多，女兒又一樣不知，萬一鬧了笑話，恐怕會惹惱了長公主，也會被百姓說德不配位。想來，實在是寢食難安。」

為了不讓賀夫人懷疑，賀語瀟就得繼續在這兒裝。不過之前她屬於硬裝，因為她知道傅聽闌人很好，嫁給他，對她來說是非常好的選擇。但現在不同了，這一個郡王妃的頭銜壓下來，她是真有壓力。

賀夫人顯然對她的愁色很滿意，微笑著勸道：「這也是咱們家之前沒想到的，妳只能更努力地學規矩，爭取不要出錯了。」

她現在想得是，賀語瀟站得越高，就越容易被審視，也就更容易挑出錯來，惹惱長公主。估計要不了多久，她就可以為賀語瀟準備後事了。

賀語瀟繼續裝。「之前覺得傅公子只是長公主之子，只要女兒不爭不搶，好好過日子，也是能成的。但現在他封了郡王，女兒這身分怕會被許多人詬病，說不定長公主府已經有心想退婚了吧……」

賀夫人笑了笑。「那不能，六禮都過半了，哪能退親？妳就安安心心備嫁吧。雖然身分相差懸殊，但只要妳老實規矩些，相信長公主府不會在意這個的。」

嘴上這麼說著，賀夫人心裡卻想：就因為身分不行，估計長公主會更想了結了妳，挑個更合適的兒媳婦。

「但願如此吧。」賀語瀟面上依舊愁眉不展。

出了棠梨院，賀語瀟就遇上了下值回來的賀複。

「父親。」賀語瀟眼睛一動，規矩地向賀複行禮。

知道自己即將成為郡王的岳父，賀複今天的心情特別好，已經有不少同僚恭喜過他了，讓他覺得面上有光。

「傅公子封珩郡王的事妳知道了吧？」賀複問。

「是。」賀語瀟沒表現得太高興。

賀複也發現了，便問她。「怎麼了？看著不開心。誰給妳氣受了？」

要是這個家裡敢有人給賀語瀟氣受，那就是沒把他放在眼裡！

賀語瀟順著賀複的話回道：「沒有，沒有人給女兒氣受，女兒只是有一點擔憂。」

「哦？擔憂什麼？說給為父聽聽。」賀複是從未有過的耐心。

「女兒是想著，家中之前給姊姊們準備的嫁妝已經很好了，女兒若能得那樣一份嫁妝，就很知足。但現在傅公子封了郡王，女兒這嫁妝是不是就顯得寒酸了呢？」她是想著趁離家之前，再敲上一筆。也別怪她貪心，是她這個嫡母太糊弄她了，雖說傅聽闌送來的聘禮都讓她帶走，但家裡給她準備的嫁妝那是真寒酸，還不如她一萬兩的銀錠子看著讓人舒服。

她作為庶女，肯定不能與嫡姊比肩，但也不能只跟賀語芊的嫁妝相當吧？賀語芊嫁的是信昌侯府，她嫁的是長公主府，哪怕多給她添一、兩件像樣的，她都覺得可以。結果並沒有，還想用部分聘禮拆分重包，混她的嫁妝數。這她能接受嗎？不說別的，這些嫁妝就算她自己用不上，還能留著給自己姨娘買些好東西，她憑什麼不要？

賀複一聽，覺得甚是有理。總不能讓要成為郡王妃的女兒的嫁妝這麼寒酸吧？讓人知道了，他的臉往哪兒擱啊！

於是賀複道：「嗯，等為父與妳母親說一聲，這嫁妝的確不能太難看，這也關係到咱們賀家的顏面。這事妳就別管了，安心待嫁就是。」

見賀複把活攬下了，賀語瀟行禮道：「那就有勞父親費心了。」

等賀複向賀夫人提要增加賀語瀟的嫁妝時，賀夫人卻表示家裡本就不怎麼富裕，沒有那麼多錢給賀語瀟置辦了。

「怎麼會沒錢？我每個月把月銀交予妳，家中一些小鋪子的租金也在妳手上，怎麼就沒錢了？」賀複不相信。

「老爺，你是不知道京中生活有多費錢，你的月銀和小鋪子的收益剛好夠一個月開銷，家中做的那些小生意也不是月月能結到錢，手頭自然不寬裕。」賀夫人一副有理有據的樣子。

這話賀複不愛聽，這讓他感覺自己像是一個養不起家的男人。

不等賀複再說什麼，賀夫人就繼續道：「家中後院人又多，多一個人就多一張嘴吃飯。而且後院的是光吃飯就行嗎？收拾打扮上的銀子也少不了，哪還有餘錢？」

賀複很不喜歡賀夫人今天的語氣，也不知道是不是他的錯覺，總覺得帶著幾分嘲諷，賀複這氣就上來了。「既然知道家裡錢不夠，那妳還往後院給我塞這麼多人？」

這話把賀夫人說愣了，一時不知道怎麼說。她總不能說「我不想伺候你，所以給你塞了一院子女人」吧？

看在賀複眼裡，就是賀夫人沒管好家心虛了，於是他覺得自己更有理了，嚴肅地道：「反正這事妳想辦法解決，斷不能讓語瀟的嫁妝太過寒酸，那可是珩郡王，萬萬不能怠慢了！」

說完，也不給賀夫人反應的時間，一甩袖子就走了。

賀夫人在原地愣怔了半晌，最後氣得摔了茶盞。

日子一晃而過，轉眼到了添妝這日。

賀府從來沒這麼熱鬧過，熟的、不熟的，都趕在這日來給賀語瀟添妝，混個臉熟，誰知道什麼時候就要打交道呢？

賀語瀟作為今天的主角，自然是坐在正院賀夫人身邊。她今天話不多，也是不想讓人覺得她太高調。同時，話少就能少應付些人，以免哪句話沒說好，再傳了個話頭出去，都是麻煩。

馮惜、華心蕊、崔乘兒和何丹都來給她添妝了，就連孫家也派人來送了副頭面。因為來的人多，賀語瀟並沒與她們逐一細聊，只說改天到店裡再說。

而作為賀語瀟的姊姊們，賀語霈和賀語芊讓人來送的添妝，都不是名貴的東西，賀語瀟並不挑剔，禮到就成了。賀語彩人沒來，東西也沒送，可能是被正室夫人困在府裡了。只有賀語穗是親自過來，也真切地恭喜了她。

「之後再要見妳，恐怕得等妳回門了吧？」賀語穗打量著氣色頗好的賀語瀟。

「成親那日還是能見的。」賀語瀟壓根兒沒提嫁後會繼續經營店鋪一事。

「那日大家都忙成一團，也說不上幾句話。等妳回門那天，我一定回來。」賀語穗沒有任何目的，她只是希望賀語瀟婚後能過得順遂些。

「那好，到時候我若沒見到二姊姊，可是要叫人上門去請妳的。」如果說要從家裡挑出她樂意見的人，一個是姜姨娘，另一個就是賀語穗了。

「好。」賀語穗笑得溫溫柔柔。「嫁過去後規矩多，千萬不要怠慢了。妳是長公主挑的兒媳婦，長公主自是不會為難妳，但妳也要自己打起精神來，別讓人抓到錯處了。」

「我知道，二姊姊放心，嬤嬤來教的規矩我都學會了。」賀語瀟學了好幾日，起得比雞早，睡得比狗晚，夢裡都是些敬茶伺候長輩的規矩。不說心力交瘁，卻也是相當折磨人。

「那就好。我也沒什麼經驗能傳授給妳，妳只記得，與夫君好好相處，有事好商好量的，不要鬧脾氣，總能解決問題。」這是賀語穗為數不多的經驗。

賀語瀟應著說好，道：「等我在府上都妥當了，請姊姊來做客。」

賀語穗笑著點點頭，但心裡並不抱太大期待，那畢竟是長公主府，不是她這種身分隨隨便便能去的。

正想再說些什麼，皇宮就來人送賞了，其實就是皇后給賀語瀟的添妝。正常來說，賀語灡不會有這個待遇，但奈何她嫁的是傅聽闌，這個待遇必須安排得明明白白。

賀家人跪下接賞，在場的客人也跟著一起跪。

太監唱著賞賜，小太監們魚貫而入，將一抬抬的盒子、箱子送進來，看得在場賓客一愣一愣的——這賞賜未免太多了些，又能添好幾抬嫁妝了。

賀語灡也是沒想到，她原本以為皇后意思一下便得了，畢竟她父親又沒什麼大功，她能受賞，全是靠傅聽闌，來日方長，以後有得是能得賞賜的機會。可沒想到皇后娘娘卻是一點不含糊。

「謝皇后娘娘恩典。」賀家人謝恩起身。

賀複很有眼色地給太監送上紅包，太監沒有拒絕，只笑說賀大人有福氣。賀複聽著高興，親自將人送出了門。

客人們紛紛恭喜起賀夫人和賀語灡，賀夫人只覺得自己假笑笑得臉都僵了。賀語灡則想著，這下嫁妝應該就頂好看了吧！

成親這日，賀家沒有請妝娘，賀語灡要自己化妝。賀夫人沒有拒絕，反正化不好賀語灡也怨不得別人。沒有起得很早，也沒有人催她，按賀語灡的意思，讓她好好睡了一覺，這樣才有精神應對這一天的事。

漱洗後，賀語灡簡單吃了一小碗八寶粥，就來到妝檯前。

屋裡只有她一人，看著鏡中的自己，賀語瀟笑起來，今日過後，她就要迎接新的生活了。

前路對她來說雖是未知，但她對此充滿期待。她並不是盲目自信，也不把寶全壓在傅聽闌身上。她覺得自己有能力賺錢，這日子就差不到哪兒去。別人給予的永遠是不確定的，只有自己握在手裡的，才是最值得信賴和依仗的。而她有手藝、有店面，怎麼都不慌。

拿起濕敷水，賀語瀟開始為自己護膚，專心為自己上妝。

她成親，肯定要化一個她喜歡的妝。比起那些大妝，賀語瀟更喜歡自然妝。她的五官明豔立體，這樣的長相其實濃淡皆可，濃妝顯得驚豔大氣，但歲數也會隨之提一提，淡妝則渾然天成，更為耐看。

所以她今天還是選擇淡妝。當然，也不是淡到感覺不出是婚妝，那和今天這個場合也不合適。為了突出婚妝這個主題，賀語瀟選擇用紅色的眼影粉來畫眼線，同時加深內眼線，突出眼睛的神態。腮紅選了乾枯玫瑰色。

為了讓妝面不單調，賀語瀟選擇在兩邊的顴骨到眼角的位置，畫上大小不一、形態各異的一串銀杏葉，正好呼應了傅聽闌當初送她的銀杏葉。

而眉心花鈿她畫了並蒂蓮，有喜慶吉祥的寓意，也象徵夫妻同心同德，姻緣美滿。

口紅賀語瀟沒有猶豫地用了正紅色，她是正妻，理應用這個顏色，也讓整個妝面看起來更有婚妝的味道。

妝面妥當後，賀語瀟又慢慢將頭髮盤好。此時，賓客已經上門，賀家下人都快不夠用了，臨時抽調了各院伺候的丫鬟到前面去幫忙，就算身在後院最遠的地方，都能聽到前面的熱鬧。

第七十章

賀語瀟喚了露兒和符嬤嬤來幫她穿喜服、上冠。因為這喜服和鳳冠都很重，不是她一個人能搞定的。

露兒一臉興奮，一邊忙活、一邊道：「姑娘，今天府裡來了可多人了。大姑娘、二姑娘和三姑娘都回來了，四姑娘說是跟著婆家到長公主府吃婚宴，就不回來了。」

賀語瀟聽著，正在穿衣服，並沒有太大動作。「有客人上門就好。」

想到當初賀語芊成親那日，如今她這次出嫁的客人再不多，恐怕家裡就丟人了。

「姨娘呢？」賀語瀟一直沒看到姜姨娘，不禁問道。

「在看著姑娘的全福飯呢，不然不放心。」符嬤嬤笑說。

今天她們院子的人格外高興，原本以為會有的傷感根本不存在，一來姑娘不是遠嫁，二來又是高嫁，還是郎情妾意的婚事，三來姑娘嫁得好，以後姜姨娘在家裡的地位也會跟著提升。

而且和別的姑娘不一樣，賀語瀟婚後會繼續開店，到時候姜姨娘地位起來了，能隨時出門了，想女兒的時候就直接去店裡，不比在家裡見方便多了嗎？

符嬤嬤又道：「姑娘不用擔心，安安心心地嫁過去，家裡有老奴陪著姨娘呢。若有什麼事，一定第一時間通知姑娘。」
賀語瀟笑道：「有嬤嬤在姨娘身邊，我沒什麼不放心的。以後百花院的事，就得嬤嬤幫忙多操心了。」
「應該的，姑娘放心便是了。」
喜服和鳳冠穿戴好，符嬤嬤扶賀語瀟坐好，露兒喜氣洋洋地去叫全福嬤嬤來餵全福飯。可還沒等全福嬤嬤把飯端進來，露兒又興沖沖地跑了進來，道：「姑娘，迎親的隊伍到了！」
賀語瀟驚訝。「這也太早了吧？」
離吉時還有挺長時間呢。
符嬤嬤樂道：「新郎等不及啦，想快點接姑娘過門呢。」這是打趣，也是大家樂見的，說明新郎看重新娘，新郎深情，新娘面上有光，是天作之合的婚事。
賀語瀟笑起來，覺得傅聽闌真的是給足她面子了。她收到心意，自然應有回報，那些刻板的規矩就顯得很不合時宜，便道：「讓全福嬤嬤趕緊來，吃完我要上轎了。」
剛踏進門的姜姨娘、全福嬤嬤和丫鬟們聞言笑起來。
姜姨娘指了指她。「矜持些，真是的。」
全福嬤嬤笑道：「都著急是好事，說明以後夫妻和睦，誰也離不了誰！」

大家再次笑起來，賀語瀟也跟著笑了——她嫁給自己喜歡的人，急一點沒什麼不好，開心最重要。

傅聽闌來接親，原本因為他的身分，所有人都應向他行禮，但因為今天是成親的日子，傅聽闌就免了這些規矩，只按一般接親的流程來。

經過攔門的熱鬧後，傅聽闌被帶進正廳。此時賀複和賀夫人已經端坐在主位，正廳布置得格外喜慶，就連紅綢緞用的都是賀府能負擔的最好的料子。

「郡王來得可早。」賀複笑道。

傅聽闌照例先向賀複和賀夫人問了好，絲毫沒有因為身為郡王就怠慢了，行禮後才回道：「今日來看接親的百姓多，家裡想著發喜糖和喜錢，路上就要不少工夫，所以讓我提前過來，以免耽誤吉時。」

這可不是傅聽闌誇張，雖然說每戶成親，都會有百姓前去討個喜糖、喜錢，圖個熱鬧，但今天來的百姓格外多。雖說大部分是衝喜糖和喜錢來的，但肯定也不乏來看熱鬧、看排場、看新郎新娘的。畢竟這是惠端長公主的獨子成親，之後半個月，如無意外，京中討論最多的也會是這件事，要是不想與別人沒話題聊，今天就必須來看一看。

賀複很是得意，似乎前面四次嫁女沒爭到的面子，今天一口氣全找回來了。而且今天到他府裡的賓客格外多，無論近的遠的，目的都很明顯，就是想與他套近乎。他已經由朝中的邊緣人物變成了炙手可熱的存在，這讓他怎麼不高興？

「郡王說得是。」賀複摸著鬍子，讓人去後院看看賀語瀟準備得怎麼樣了，如果準備好了就早些出門，別耽誤拜堂的吉時。

得知賀語瀟已經收拾妥當，傅聽闌這邊照例催了三次，賀語瀟才在丫鬟的攙扶下，用鴛鴦刺繡鑲珍珠紅寶石喜扇遮面，出來拜別父母。

姜姨娘坐到賀夫人下首的位置，她是貴妾，又是賀語瀟的生母，自然有資格出席。

賀夫人說了些要孝順公婆，順從丈夫的客套話，便讓她出門了。

賀語瀟再次向父母行禮，又向姜姨娘行了禮，才牽過紅綢，在姊姊們的護送下，跟著傅聽闌離開賀府。

姜姨娘看著女兒離開的背影，還是沒忍住紅了眼睛。但她沒有上前，也沒有多話，只是坐在椅子上。她自認不是個有個性的人，可能也是因為性格不鮮明，所以讓她更多了分冷靜和從容，故而才能在這賀府生存得還不錯。

身為親娘，她對賀語瀟並不過分親熱，不是不想，而是要顧忌賀夫人，不能讓賀夫人挑事。原先賀語瀟並不明白她的苦心，導致母女關係並不太融洽，賀語瀟經常被後院的姨娘們私下裡說漂亮有餘，但腦子不行，著實讓她頭疼了一番。

近三年，可能是賀語瀟長大了，她覺得賀語瀟終於也懂得隱忍和隱藏了。如此，她才真正鬆了口氣。如今，她看到女兒嫁人了，且這個人是能護住女兒的，她自然為女兒高興，也希望開竅的女兒能過得順心。

賀語瀟的出嫁可以說是十里紅妝，最後賀家足足給出了一百二十八抬嫁妝，其中一大半是聘禮充的，還有一些是賀語瀟自己準備的，但剩下由賀府出的也不容忽視。

賀語瀟坐在轎子裡，這會兒能聽到兩旁百姓們的歡呼和孩子們嘰嘰喳喳的笑鬧，想來外面應該很熱鬧。如果只是一般時候，她肯定會掀開簾子一角往外望一望，但今天日子不一樣，萬一讓人看到可不好。

接親隊伍一路行得不快，前面吹吹打打的，轎子抬得四平八穩，賀語瀟坐著很舒適。也不知道走了多久，終於到了長公主府。

傅聽闌踢了轎門，媒婆和露兒才上前去將賀語瀟扶出來，一路進了長公主府。一路各個細節都按著規矩來，沒有出錯，皇上、皇后也親自來觀禮了。拜完堂後，賀語瀟就被送進了洞房，剩下就不關她的事了，她只要安心在屋裡等著。

說實話，若今天就要讓她應付皇上、皇后，她還真未必有那個精力。

屋裡只留了賀語瀟一個，賀語瀟悄悄將喜扇往下移了點，大眼睛把屋內裡看了一遍，發現沒人，就放鬆下來。

將喜扇放到一邊，賀語瀟坐著打量起新房，這裡是真的大，又大又寬敞，家具用品看著也特別新，一對紅燭點著，桌上擺滿了吃食，屋內的光線很足，待著一點都不悶。

賀語瀟並不是很餓，但光坐著也怪無趣的，便起身走動，剛來到桌邊，就看到一張用紅紙寫的字條，是傅聽闌的字——這一桌子都是妳的，放心吃，沒人笑話妳。

賀語瀟一下就樂了，屋裡點了味道清雅的熏香，她湊到香爐那邊看，又看到一張紅色字條——這熏香能把飲食的味道蓋住，桌上大碗中是燉了一天的雞湯，趕緊趁熱喝。

賀語瀟覺得有趣，又在屋裡找起了其他字條，果然又找出幾張。

梳妝檯上的是——這個妳明兒才用得上，別看了。

紅燭檯上的是——這上面的點心不能吃，妳要吃了就真鬧笑話了。

床上還有一張——累了就小睡一會兒，我回去前會讓人通知妳。

賀語瀟越看越覺得暖心，就算累，她也不會現在睡，萬一把妝睡花了怎麼辦？不過她還是心情很好地拿了塊糕點，邊吃邊熟悉屋裡各處。桌上的雞湯她看過了，的確是熱的，等她吃完糕點再喝一碗。

露兒不放心，進來想看看賀語瀟有沒有什麼吩咐，沒想到看到自家姑娘在這兒邊吃邊逛，好不自在，讓她頓時無話可說了。

賀語瀟招呼她。「餓不餓？妳自己拿塊糕點吃，味道挺不錯的。」這味道對她來說並不陌生，傅聽闌已經不只一次地給她送過公主府的點心了。

「姑娘啊，您心可真大。」露兒哪吃得下，也是進了府，她才切實地感覺到什麼叫貴府，且不是規矩大小，就下人們那提起十二分的精神，就不是她一個小府丫鬟能比的。

「外面現在什麼情況？」賀語瀟好奇地問。

「郡王正在挨桌招呼呢，聽說是要等皇上、皇后離開了，郡王才能回房間。」

賀語瀟點頭，毫不意外。

等賀語瀟吃飽喝足，已經開始犯睏了，才有嬤嬤快速來到院子裡通報，說郡王已經往這邊來了。

所有人立刻就位。

賀語瀟檢查完自己的妝容後，也重新用喜扇擋住了臉。

沒多久，門再次開了，一群人魚貫而入，要進行後續儀式。

傅聽闌取走了賀語瀟手裡的喜扇，賀語瀟微微低著頭，她不是裝不好意思，而是真的有點不好意思，手指不自覺地攥起來，總覺得傅聽闌落在她身上的目光熱得嚇人。

傅聽闌輕笑。

賀語瀟沒理他，就聽他道：「好看。」

賀語瀟嘴角止不住地揚起，但還是沒看他，心裡吐槽他誇人的詞單調。

合巹酒送上來，兩人的目光這才對上。

傅聽闌估計是喝了不少，這會兒臉已經有些紅了，但眼神還很清醒。笑意盈盈的傅聽闌看著更矜貴了，如果不是這個人已經算是她夫君，賀語瀟真的不會妄想自己與這樣風度翩翩的男子會有什麼機緣。

收了酒杯，媒婆又說了一遍吉祥話，便帶著人退出去了。

「緊張？」傅聽闌的手指背面貼上賀語瀟的臉頰。

「一點點……」賀語瀟用小指上比劃出一小截，表示自己的緊張程度。

傅聽闌笑道：「別怕。吃東西了嗎？」

「吃了，你呢？」

「沒有，光喝酒了。不過去接親前吃了一些。」傅聽闌目光一直沒離開賀語瀟，眼裡的幾分醉意並不是因為喝了酒，而是因為自己的新婚妻子。

「那要不要讓她們送些吃的來？雞湯已經冷了，味道差了。」冷掉的雞湯本就不好喝。

傅聽闌坐到她身邊，長長地呼了口氣。「我現在叫一桌吃的，傳出去，別人大概會覺得妳對我沒有吸引力。」

「那就說是我想吃了，讓別人覺得你對我沒吸引力就行了。」賀語瀟提出一個自認為完美的方案。

傅聽闌輕輕戳了一下她的額頭。「妳這說出去有人信？」

「珩郡王這麼自信嗎？」

「別的不敢說，這方面的自信還是有幾分的。」

賀語瀟斜睨他。「那你就這麼餓著？」

傅聽闌一笑。「餓不著，我還有妳呢。」

還沒等賀語瀟反應過來，整個人已經被撲倒在了紅被上……

賀語瀟中間醒了一回，迷迷糊糊地就要爬起來。

她一動，傅聽闌也跟著醒過來，見她要起床，便把人摟住問：「幹麼去？」

「要起床請安了……」賀語瀟身上又痠又軟，但入門第一天的請安她一點都不敢馬虎。

傅聽闌笑道：「還早呢，妳看，外面天還是黑的。」

賀語瀟眨了眨眼睛，往簾子外看了看，的確不見亮，只有一對紅燭燃得正旺。

傅聽闌將人拉回被子裡，重新抱好。「不用這麼緊張。母親說了，今日請安不用太早，忙了一天，她也想多睡會兒。」

有了這話，賀語瀟才放鬆下來，也清楚這是長公主怕他們新婚起不來，故意找了理由。不過賀語瀟是真累，身上也不舒坦，沒一會兒，又睡了過去。

傅聽闌幫她掖好被子，與她一起重新入睡。

等賀語瀟再醒來，天已經大亮了。傅聽闌醒得比她早，但並沒有起床，手臂枕在腦後，不知道在想什麼。

賀語瀟醒來第一眼看到他，心情挺不錯的，但等傅聽闌湊過來親她，她又覺得有些不好意思。

傅聽闌手指勾住她的頭髮，說：「再躺一會兒吧。」

賀語瀟心裡一百個想同意這個提議，可實在沒這個膽子，新來乍到表現得太散漫，可是大忌。

「不了，起來活動一下，這樣看著比較精神。」賀語瀟給自己找了個藉口。

傅聽闌沒阻止，見她行動還算自如後，叫了在門外候著的丫鬟，伺候兩個人漱洗。

賀語瀟下床後的第一件事，就是把昨天傅聽闌留在各處的字條收起來，捲在一起用紅線捲好，放到梳妝檯的抽屜裡。

「收那個做什麼？」傅聽闌寫那些字條，不過是怕賀語瀟在屋裡待得沒趣，哄她玩的。

「若哪日咱們倆吵架了，你不會哄我，我就拿這些紙條出來自己哄自己。」賀語瀟笑說。其實沒有什麼特別的理由，她就是想收著而已，多年後找出來看一看，想必應該很有趣。

「新婚第一天就考慮吵架了？」傅聽闌覺得一般新婦都會考慮如何與丈夫蜜裡調油吧？

「只是想到哪兒說到哪兒。就算不吵架，以後你若做了讓我不開心的事，我就把這些紙條拿出來，告訴大家你成親那日有多幼稚。」因為感情沒問題，所以這些話是可以直接說的，若是有問題的話，反而沒那麼敢提了。

「我哄自己的妻子高興，別人愛覺得我幼稚就覺得去吧。」傅聽闌根本不在意。「以後再給妳寫，讓妳收滿一整箱。」

賀語瀟笑得很甜，沒有拒絕。

漱洗過後，賀語瀟坐在妝檯前化妝，露兒在旁打下手。傅聽闌哪兒也沒去，就守在妝檯邊看賀語瀟化妝。

「花鈿畫昨天的銀杏葉吧，好看。」傅聽闌提議，經過昨日，他覺得沒有人比賀語瀟更適合銀杏葉。

賀語瀟沒拒絕，新婚第一天滿足一下相公還是可以的。

「回頭讓他們再給妳打些銀杏葉的首飾。」傅聽闌琢磨著。

「先別打了，好多頭面首飾都還沒上過身，打新的未免浪費了些。」賀語瀟給自己化妝很是得心應手，就算跟傅聽闌閒聊，也不耽誤。「你剛封了郡王，別人少不得要盯著你的一舉一動。我也不差這一、兩件首飾，待夏末再安排，秋天戴著更應景。」

「剛入門就這般小心，太難為妳了。」傅聽闌並不想委屈賀語瀟。

「你我現在是一體，一榮俱榮，一損俱損。再者，我對飾品並沒有特別高的要求，也不怕幾樣重複戴，只要我喜歡就可以了，你就別為我的頭面操心了。」她是謹慎慣了的，嫁給傅聽闌之後要謹慎的和之前在賀府要謹慎的不同，她還在摸索，最好的辦法當然是多看多聽，少說少做。

「妳也不必過於小心，萬事還有我。」傅聽闌握上賀語瀟的手，他很清楚，沒有任何一份榮寵是白來的，不過他暫時不需要賀語瀟清楚這些，希望她能輕鬆地生活在他的羽翼之下。

第七十一章

收拾妥當後，賀語瀟跟著傅聽闌去向長公主和駙馬敬茶。

這兒媳婦是長公主自己樂意挑的，對賀語瀟自然沒想立規矩，而且怎麼看、怎麼順眼。

「以後早晚來問安即可，別的就不必了。我知妳是個謹慎的，我也不多說，府裡若有不明白的，再來問我便是。」長公主說道。旁人都覺得他們長公主府規矩肯定大，但只要細想，若真是規矩大，也養不出傅聽闌這麼個散漫隨興的。

「是。」賀語瀟恭恭敬敬地應道。

「聽聽闌說，妳準備繼續開店？」長公主一臉慈愛地問。

「是。」這事除了得傅聽闌支持她，長公主的支持也少不了。「不過這一個月就不開門了，等下個月回過門再說。」

「也好，有妳這個接地氣的郡王妃，聽闌就不會顯得過於高高在上，這樣很好。」惠端長公主有自己的想法，他們一家的地位已經夠高，之前傅聽闌沒有封郡王，閒人一個，正好拉低了他們府的地位。現在傅聽闌封了郡王，就得有其他人來平衡長公主府的地位，才不會過分惹眼。

也別怪她想得多，還是那句話，在這個位置上，寧願多想也不敢少想。

「是。若兒媳有哪兒做得不夠好，還請母親不吝教導。」賀語瀟把自己的態度擺出來，她並不是說不得的那種人。

長公主微笑點頭。「放心，我必不會讓妳吃虧，也不會讓咱們府吃虧。」

「母親。」這時，傅聽闌開口道：「明日進宮請安後，兒子想帶語瀟去趟莊子，那邊種的花開了，兒子之前就說好帶她去，一直沒空出時間。如今應該開得很好了，正好讓她去看看，也好開始準備新一批的妝品。」

惠端長公主不太干涉傅聽闌的事，點頭道：「你們自己看著安排吧。」

次日進宮請安，得了賞賜後，傅聽闌就直接帶著賀語瀟去了莊子。

「給珩郡王請安，給郡王妃請安。」莊子的人跪了一片，和之前賀語瀟過來時受的禮已經完全不同了。

「起來吧。」傅聽闌朝眾人擺擺手。

「謝郡王。」

傅聽闌吩咐。「之前這莊子一直是我在管，從今天起，這莊子交由郡王妃管理，大小事宜，均向郡王妃彙報即可。若發現有人欺郡王妃新接手，膽敢謊報、瞞報，一律逐出莊子，其家眷也一併不再錄用。」

「是。」下人們絲毫不敢怠慢。

賀語瀟沒拒絕，她現在生意做得好，有些事單靠她和露兒兩個人，顯然做不過來，得讓更多人幫忙，才能提升效率。

揮退了眾人，傅聽闌帶賀語瀟逛起了莊子。

果然如傅聽闌之前所說，這邊地氣暖和，京中現在新葉剛長實，這邊第一輪花都開了。賀語瀟逐一去看每一叢花的狀態，牡丹、芍藥還沒有盛開，但像牽牛、貓兒臉和部分玫瑰，已經開得很漂亮了。

賀語瀟忍不住湊上去聞了聞，花香不重，只有淡淡的清香。

「我想把做純露的活安排到這邊來，這樣花採摘了可以直接做，能保證新鮮。」賀語瀟說：「這邊人也多，肯定耽誤不了花期。」

傅聽闌折了枝玫瑰插到賀語瀟的髮髻上，笑道：「妳看著安排就行。」

「等新一批面脂做好，商隊也差不多要出發了。不知今年的路會不會好走。」賀語瀟說。她在京中沒少賺，但賣到北邊和西邊的面脂，她並不打算漲價。

「難說。去年京中大雪，今年怕南邊會有洪災。商隊往北倒還好，不過也得讓人往南邊走走，看看情況。若陰雨不斷，也好早做準備。」往年這事並不需要他操心，但今年不同，他獲封後，就算這事並非他負責，他也不得不讓人留意。

「別的還好說，倒是藥材得提前準備些吧？若真趕上洪災了，南邊的藥材很難運過來，到時災民一來，你怕是有心也無力。」經過之前的雪災，賀語瀟不得不多考慮，用不上是最好的，反正多運來的藥材就算最後沒用上，也能讓商隊帶到北邊去賣，並不浪費。

「嗯，我會安排下去。」傅聽闌牽著賀語瀟的手，與她一同漫步。「今天晚上要不要在這兒留宿？」

賀語瀟一怔，道：「不好吧？明天還要給父親、母親請安呢。」

「父親、母親願意讓咱們出來轉轉，也是不想拘束了妳。小住一日，無妨的。」

「那也不能因為父親、母親的好意，就放縱吧？」賀語瀟還是不贊同。

傅聽闌笑她。「妳是不是太謹慎了些？有我給妳頂著，父親、母親不會說妳的。」

「明明是你太放肆了吧？哪有成親不到三天就在外留宿的？」賀語瀟發現傅聽闌居然也有這麼不靠譜的時候。

「這有什麼？這個時節留在這兒泡泡溫泉剛剛好。」他能感覺到在府裡，賀語瀟始終不如之前那樣放鬆，所以才想藉機讓她緩緩。

「我不要，我要回去。」賀語瀟是要臉的。

傅聽闌一把將她扛起來，笑道：「不放妳回去。」

「傅聽闌！你放我下來！」賀語瀟輕捶他的背。

傅聽闌笑道：「再叫一聲。」

賀語瀟又羞又惱。「你怎麼這樣呀！」

傅聽闌笑說：「我和我的妻子當然是想怎麼樣都可以。」

說罷，傅聽闌就扛著賀語瀟去了臥房。

最後賀語瀟沒能拗過傅聽闌，被迫留宿。泡溫泉的時候整個人都氣呼呼的，從臉到腳趾，無一處不紅。

一早，傅聽闌醒來沒見到賀語瀟，問了下人才知道賀語瀟到後山蹓躂了。

傅聽闌跟了過去，剛出了後院門，就看到蹲在那裡，用雜糧餅子拌雜魚餵野貓的賀語瀟。這幾隻貓也不知道哪兒來的，看著不是莊子養的，不過這邊小動物本來就多，有些外來客不足為奇。

「興致這麼好？」傅聽闌走過去，捏了捏賀語瀟的後頸。這邊做了圍欄，不怕有凶猛的動物出沒。

「你醒啦？」賀語瀟站起身，拍了拍手道：「原本是想到後門這邊散步，沒想到遇到幾隻討食的貓，怪可愛的。」

傅聽闌笑道：「妳要是喜歡，可以讓人抓了養在莊子裡，妳下次來就能看到了。」

賀語瀟搖搖頭。「牠們自由慣了，驟然拘起來，恐怕會很難受，就這樣吧。」

傅聽闌牽起賀語瀟的手。「等下次過來，看牠們還記不記得妳的餵食之情吧。」

「都不知道是什麼時候了，應該不記得了吧。」賀語瀟倒是無所謂，不過如果有一、兩隻願意長期來討飯的，也挺不錯。

早飯時，賀語瀟跟傅聽闌說起新做幾個純露鍋的事，傅聽闌想著這樣也好，至少能減輕賀語瀟的工作量。

「妳要找之前給妳做鍋的匠人，還是換一個？」新婚這個月賀語瀟大概不太想出門，如果要訂鍋，還是他出面比較方便。

「還找之前的匠人吧。他手藝不錯，而且有過合作，他再做更得心應手。」

「好，那我改天幫妳訂，應該不用等妳重新開門，鍋就能製好。到時候我挑幾個莊子裡比較信得過的，讓他們幫妳製純露。」傅聽闌說。

「好。對了，我今早看莊子的茉莉花開得不錯，回去的時候摘一些吧，我有用。」賀語瀟吃著牛乳蒸糕，配著一碗蝦仁蛋羹，既好吃，又好消化。

「一會兒我幫妳摘。」這本不需要傅聽闌動手，他只是覺得一起做些什麼會更有趣，不忍錯過這樣的時光。

回到長公主府後，賀語瀟就不怎麼出門了。除了每天去給長公主請安，就是在院子裡榨油。偶爾惠端長公主要出門，她會去為長公主上妝，婆媳兩個相處得很愉快，賀語瀟會在長公主臉上嘗試一些不同的顏色搭配，長公主長得美，好像無論什麼顏色都可以駕馭得很好，也給了賀語瀟很大的發揮空間。

「聽她們說妳在院子裡自己榨油，為什麼不找個油房做呢？」這日，長公主一邊享受著賀語瀟的敷臉服務、一邊問道。

賀語瀟笑說：「自己一點點榨出來的油，從原料到工具都是最乾淨的，榨出來的油雜質少，更適合上臉。」

「也是，這上臉的油和吃的還是不太一樣。」

「對了，我有樣東西今天早上瞧著已經有那麼點意思了，母親幫我試試吧。」賀語瀟說著，拿出一個窄口小瓶子，拔開蓋子請長公主聞。

「好香啊。」長公主驚奇。「是茉莉花的味道。」

「是。這是用油浸的茉莉花，能很好地保留茉莉花的香味，只要稍微塗一點在手腕或者頸側，整個人就會有股花香，比熏香的味道自然，母親試試。」

這東西雖好，但得花足量，才能留下足夠的香氣，所以成本不低。她現在是用油浸法，水浸也是可以，但得是蒸餾水才成，所以她先用油浸法。

惠端長公主試了一點，進門來送茶的嬤嬤驚訝道：「長公主這是用了什麼好玩意兒，真是香呀！還沒有那火烤的味道。」

長公主笑道：「是語瀟新做出的玩意兒，的確不錯，香而不膩，很是特別。」

「郡王妃真聰慧，這種東西都能做出來，想必這在京中是獨一份的。」嬤嬤將茶放好，她不是故意要吹捧，只是長公主得了好東西，婆媳又和睦，她為長公主高興。

「我也只是試一試，沒想到成品還不錯。我拿給母親，還是希望母親出門塗一些，且當是幫我做個宣傳。以後我若賣這個，定給母親分紅。」賀語瀟早就做了這個打算，這東西不是賣給尋常百姓的，到時候價格自然能讓她好好賺上一筆。

惠端長公主樂了，逗她道：「行呀，那以後我買果脯的錢可就靠妳的分紅了。」

「那我一定多做些，讓母親想吃什麼就能買什麼。」賀語瀟乖巧道。

長公主肯定不缺這些錢，但兒媳婦願意逗趣，她還是很開心，這日子過得也歡喜。

「妳也別小氣，回頭再給我兩瓶，我給姊姊和皇后送去，也是妳的孝心。」惠端長公主也是會為賀語瀟打算的，讓她多在皇后和榮淑長公主那兒露名，以後有什麼封賞都少不了賀語瀟。

「還是母親想得周到，一會兒我就給您送過來。」賀語瀟積極地應道。

傅聽闌出門回來，就聞到屋裡有一股好聞的茉莉花味，細問之下才知道是什麼東西，便哄著賀語瀟塗一些。

「我就做了這幾瓶，用一瓶、少一瓶知不知道？」賀語瀟喜歡，但自己並不準備用，等以後多做出來些再用也可以，現在這幾瓶可是很矜貴的。

「那我花錢買，送給我妻子，成不？」傅聽闌摟著她問。

賀語瀟推他。「不成，你用得也是這個家的錢。」

傅聽闌無奈。「妳這帳算得也太清楚了吧？」

「我這叫精打細算。」她剛入府，在金錢上就大手大腳很容易被人說三道四，她現在還沒站穩腳跟，儘量少做容易被挑刺的事最保險。

行吧，媳婦高興就按媳婦說的做吧，以後他再想想辦法就是了。

有長公主的宣傳，花香油很快在官門女子的圈子裡傳開了。但奈何賀語瀟沒開門，大家找不到買處，急得跟什麼似的，就差託人上門打聽了。只有賀語瀟依舊老神在在，按部就班地忙自己的，也逐漸適應了長公主府的日子。

長公主府的生活比賀語瀟預想得要簡單，也因為長公主府人口少，沒有那麼多事。賀語瀟每日前去請安，未有錯漏，長公主也不挑她的事。駙馬對這個兒媳婦更是沒有二話，日子過得和不和睦，身在府裡的人是最知道的，既然一家人磨合得不錯，他自然沒什麼可多說。

傅聽闌不時會出門忙自己的事，但晚上一定會按時回來吃飯。而賀語瀟有事要忙，就算傅聽闌不在家，她也不至於鬧成望夫石。每隔三、五天，長公主會讓兩人留在主院一起吃飯，席間氣氛都很輕鬆。

第七十二章

轉眼，賀語瀟入門已經一個月，應該回門了。

於是這天一早，賀語瀟乘著長公主府準備的馬車，帶著回門禮回了賀府。

賀府的人一早就在等了，確切地說是賀複一早就在等了。這一個月他雖沒見到賀語瀟，但他能感覺到自己在朝中的地位已經不同了。至少誰見了他都會主動打聲招呼，就連分配給他的活都是最輕鬆的。

「拜見珩郡王，拜見郡王妃。」

兩人的馬車剛停下，賀家人就在賀複的帶領下行了禮。

「免禮。」傅聽闌叫了起，並小心翼翼地扶賀語瀟下車。

賀夫人見狀，眉頭皺了一下，但很快恢復如常。

賀語瀟看到站在賀夫人身後的姜姨娘，見她面色紅潤，這才露出笑臉，上前道：「父親，母親，女兒帶相公回門了。」

「好，好。」賀複別提多高興了。「郡王，裡面請。」

傅聽闌點點頭，一手牽住賀語瀟，跟著賀複進了門。

大概是為了招待傅聽闌，府中布置得相當隆重，還新栽了不少這個季節開花的植物，其他裝飾就更不用提了。

照規矩，男子待在前院，賀語瀟則跟著賀夫人去了後院。

賀夫人照例問了賀語瀟婚後的情況，賀語瀟一一答了，但不知道為什麼，她總覺得賀夫人今天有些力不從心，細看眼下的黑眼圈並未能被粉蓋掉。

聊了一會兒，賀夫人就讓她去百花院和姜姨娘說話了，說開飯了再讓人去叫她。

賀語瀟沒與賀夫人客套，迫不及待地來到百花院，姜姨娘已經在等她了。

跟自己的姨娘，賀語瀟就沒什麼好遮掩的了，問道：「我覺得夫人似乎是有什麼心事，是家中發生什麼事了？」

姜姨娘握著賀語瀟的手，微笑道：「沒什麼大事，只是後院的鄭姨娘有孕了，夫人恐怕正為這事睡不著覺呢。」

賀語瀟腦子裡只蹦出四個字——老當益壯！

姜姨娘看她傻愣愣的樣子，不像是要笑，但也不像是不高興，總之就是複雜又彆扭，哭笑不得地問：「妳這是什麼表情？」

賀語瀟回神。「我這不是太意外了嗎？我都這麼大了，突然要多一個弟弟或者妹妹，換成誰，表情都自然不了吧？」

姜姨娘笑道：「家中一直沒兒子，鄭姨娘萬一生下個男孩，老爺肯定高興。」

「既然是添丁的好事，那母親在那兒愁什麼呢？」

賀語瀟覺得如果賀夫人正值生育的年紀，自己沒有生出兒子，卻讓小妾生了庶子，的確不見得會高興，這放在哪一家都是如此。可現在賀夫人已經過了生育的最好年紀，這不滿就顯得沒有理由了吧？

姜姨娘嘆氣。「妳不懂。咱們現在都知道夫人和老爺的事，有些事之前我沒細想過，但如今想來，是我之前疏忽了。」

賀語瀟疑惑。「姨娘是指什麼？」

「當時要麼是妳還沒出生，要麼妳年紀還小，肯定不記得這些事。我進府時間不算晚，只是生妳晚一些，也看著三姑娘和四姑娘出生。那會兒賀夫人在飲食上盯得緊，最常問的就是鄧姨娘和廣姨娘是喜酸還是喜辣。」姜姨娘回想著當初的事，如今已經記不太真切，但有些卻是忘不掉的。

賀語瀟腦子一轉，道：「酸兒辣女？」

她雖不太信這個，但老一輩傳下來的東西總是有些依據。

姜姨娘點頭。「那會兒我只是覺得夫人恐怕是希望她們能生下男孩，或者在飲食上多有照顧。但如今想來，是因為她們喜辣，所以孩子才得以保留下來。」

賀語瀟驚了，聲音壓得很低。「聽姨娘的意思，是有喜酸的沒能留下來？」

姜姨娘再次點頭。「有那麼兩回，一回是我剛進府沒多久，一回是我懷妳的時候。當時後院分別有兩位姨娘有孕了，而且吃酸吃得厲害。我懷妳的時候還慶幸著我與她口味不一樣，否則為了點吃食，說不定會有口角。但後來那兩個姨娘的孩子都沒保住，前一個不出三個月就小產了，另一個八個月左右的時候上山祈福摔了一跤，孩子早產，生下來就沒了氣，的確是個男孩，但妳父親覺得晦氣，又趕上仕途不順，就草草找個地方埋了。」

這些都是賀語瀟不知道的，甚至聽都沒聽說過。

「當初我沒多想，畢竟妳生下來也是平安養大，妳的姊姊們也都長大了。但現在再想，也不知是不是我多心了，就覺得這事沒那麼正常了。」姜姨娘當然希望自己是多心了，但看賀夫人最近的狀態，她又覺得是她之前想太少了。

「那之前有過孕的兩位姨娘呢？」如果人還在，她不可能一直沒聽說過這些事。

「前面那個小產傷了身子，沒兩年人就沒了。後面這個孩子生下來就是個死胎，又被老爺嫌晦氣，受了刺激精神就不正常了，被夫人送到庵裡去養了一陣子，後來聽說瘋病更嚴重，跳井沒了。」姜姨娘說完，又「呸」了兩聲，啐走晦氣。她自己不怕，但女兒新婚，還是要忌諱些。

「鄭姨娘現在什麼情況？」賀語瀟又問。

「別提了，簡直是無酸不歡啊。前些日子郡王讓人送了些林記的果脯給我，裡面那白糖裹山楂雖然好吃，但我吃著的確酸。那日鄭姨娘來找我要小孩子的肚兜樣子，看到那白糖裹山楂就走不動道了。我讓她吃幾個，沒想到她吃得眉頭都不帶皺一下，我看著都牙酸呢。」

「母親知道了？」賀語瀟問。

姜姨娘點頭。「因為她喜歡，老爺又讓人買了好幾次。」

「如果母親真容不下一個男孩，那鄭姨娘怕是危險了。」賀語瀟與鄭姨娘並沒有太多接觸，對這個人印象也不是太深。

「是啊，我也希望是自己想岔了。」姜姨娘現在也是有心無力，她無憑無據的，去跟賀複說自己的猜想，賀複肯定不會信。「別的我倒是不擔心，只是怕夫人真容不下這個孩子，萬一東窗事發，妳的名聲也會受連累。」

「我明白。」她一個郡王妃，就算已經嫁出去了，家中嫡母揹了殘害子嗣的罪名，她也是面上無光。「如今姨娘最多就是照拂鄭姨娘一二，還得不被夫人發現，不然女兒怕您也會有危險。」

現在她姨娘的日子可算是真正能好起來了，她實在不願意姨娘涉險。

「我心裡有數，不必為我擔心。現在妳嫁得好，郡王不時往家裡送東西，夫人顧忌這一點，也不敢明目張膽拿我怎麼樣。」這是姜姨娘的底氣。

賀語瀟點頭。「您若發現有什麼危險，一定要及時與我說，別人我未必顧得上，但您千萬要好好的。」

姜姨娘摸了摸她滑嫩的臉，笑道：「放心，我知道，我女兒嫁得這樣好，我得平平安安看你們白頭偕老啊。」

有她這句話，賀語瀟就放心了。

午飯賀府準備得豐盛，還破例叫了姜姨娘一起去。可見現在賀夫人連跟賀語瀟說話的心思都沒有了，需要有個人讓這頓飯的氣氛顯得融洽些。

飯吃完，賀複提議讓她們到前院一起喝個茶。

「吃好了嗎？」傅聽闌和賀語瀟坐在一起，小聲問她。

賀語瀟笑著點頭，問：「你呢？」

「府上的飯菜是下了功夫的，味道不錯。」傅聽闌沒有吝嗇表揚。

「我吃著應該是專門請了廚子來做的，和平日家裡的飯菜味道不一樣。」賀語瀟聲音壓得很低，不想讓別人聽到他們在說什麼。

「府上有心了。」

「大概是怕郡王沒吃好，回頭沒一句好話。」賀語瀟玩笑道。

「我吃不吃好沒所謂，只要我的郡王妃吃得好，我就能有好話。」傅聽闌見下人送來茶水和水果，才和賀語瀟拉開了些距離。

飲茶間，傅聽闌繼續與賀複聊著，不時會把話題帶給賀語瀟，都是些日常話題，賀語瀟沒有不能說的。兩個人分著點心和水果，動作自然又隨意，沒有那麼多規矩。

賀夫人看著不時眼神碰到一起的賀語瀟和傅聽闌，突然覺得自己當初是不是看走眼了，這兩個人哪像非自願成親的夫婦？明明看對方的眼裡都有光啊！

離開前，賀語瀟將額外備的禮交給賀夫人，是給每個姊姊的一套店裡的福盒，請賀夫人代為送去。和春節那會兒比，裡面多了一副睫毛夾。之所以送這些，也不過是表面功夫，不能讓人說她飛上枝頭就不顧姊妹情誼了。

回去的路上，賀語瀟與傅聽闌說了鄭姨娘的事，也說了姜姨娘的懷疑。

「我當然希望只是我與姨娘想多了，但還是得和你說一聲，你也好有個心理準備。」萬一事情往最壞的那個方向發展，兩個人也不至於措手不及。

「要不要我派愈心堂的大夫定時去給那個姨娘把脈？」傅聽闌能做得不多。

賀語瀟考慮了一下，搖搖頭。「大夫也不能天天去，鄭姨娘卻是天天活在母親眼皮子底下，就算有大夫也是防不住的，萬一母親再把髒水潑到愈心堂的大夫身上，對你和愈心堂的名聲都有損。」

「那就只能走一步、看一步了。」傅聽闌沒經歷過這種事，一時拿不出像樣的主意。

「嗯，如果到時候我跟著挨罵了，就在家裡躲一段時間，你安排人幫我顧著店裡吧，雖然可能生意也會很慘澹。」賀語瀟已經開始預想可能會發生的場景了。

傅聽闌笑著握住賀語瀟的手。「我的郡王妃可不能挨罵。」

「人家私底下罵我，你還管得著了？」賀語瀟很喜歡傅聽闌握她的手，傅聽闌手大，掌心又暖又乾燥，讓她有種被包裹住的踏實感和安心感。

「管不了，但會生氣。」光是想想，傅聽闌就已經開始有點不爽了。

賀語瀟只能笑著安慰他。「還沒到那一步，說不定到時候什麼事都沒有呢。」

傅聽闌並不那麼樂觀，畢竟這位賀夫人可不是省油的燈。

回過門後，賀語瀟便又開始重新開店了。得知這個消息的京中貴女無一不驚訝，一來是沒想到賀語瀟居然這麼快就開門了，二來是驚奇長公主府真的很寵賀語瀟，讓她能做自己想做的事。

一個多月沒開門，賀語瀟看著滿店的灰塵，一個頭、兩個大，是她失策了，怎麼忘記讓人提前來打掃一下呢？

不過也好，且當是活動一下筋骨，反正一時半刻應該不會有什麼客人。

「郡王妃您歇著，奴婢來！」露兒一拍胸脯，就要大包大攬了。之前她家姑娘還是賀五姑娘，幹點活也不是不行，但現在身分不一樣，叫別人看到像什麼樣子？

賀語瀟可沒想那麼多。「妳一個人哪忙得過來啊？我既然是來開店的，就沒那麼多講究，咱們以前怎麼樣，現在就怎麼樣。」

「哪成啊？這要叫人看到了，還以為長公主府待您不好，連個打掃的丫鬟都沒分配給您。」露兒這一個月在長公主府待得很舒心，府上的下人都很樂意指導她這個新來的，所以即便新來乍到，她也沒犯過什麼錯。

「別人愛怎麼說就讓他們說去吧。」賀語瀟很清楚，別人不會因為她身分不同了，就不說她的閒話。

露兒無奈，只能手腳麻利地多做一些，這樣賀語瀟就能少做點了。

出乎賀語瀟預料，她剛開門沒多久，就有客人上門了，來問的還是花香油！

賀語瀟微笑道：「姑娘來得不巧，花香油還沒上架呢。」

那姑娘看著就是不缺錢的，一來就要花香油，可見惦記挺長時間了。「敢問什麼時候才能上架呢？」

「三日後上架。不過既然姑娘是頭一個來問的，我必定要給姑娘些優待才行。這樣吧，我給姑娘留一瓶，姑娘隨時可以來取，不用擔心搶不到，可好？」

姑娘立刻精神了。「好好好！那就這麼說定了！多謝妳。」

賀語瀟點頭，好生將人送出了門。

不是賀語瀟故意要吊人胃口，而是她訂製的小瓶子明天才能送到。像花香油這麼費時費工的東西，要是放久了不用，花香容易流失，保存不當還容易變味，所以分成小瓶賣是最妥當的。

不一會兒，又有人來買睫毛夾了。

「府上的姑娘說比較了一下，還是您這兒的睫毛夾夾得最好看，所以特地差奴婢前來多買些，送給南邊的親戚。」前來代買的小丫鬟恭敬得不得了，全程頭都不敢抬，看得賀語瀟還挺彆扭的。

「既然是要送人的，那我給妳挑幾個好看的盒子包一下。」賀語瀟說。禮物總要包得好看點才拿得出手不是？

「多謝郡王妃！」小丫鬟趕緊行禮，不知道的還以為得了什麼賞。

送走小丫鬟，露兒笑道：「郡王妃，奴婢感覺咱們店裡客人說話的樣子都不一樣了。」

賀語瀟也跟著笑起來。「大家都不適應，等過幾天應該就好了。」

這一天來打聽花香油的人不少，賀語瀟已經可以預見大賣的情景了。

「忙完了嗎？」快關門的時候，傅聽闌來了，他是特地來接賀語瀟回家的。

「嗯，忙完了。」賀語瀟合上自己裝錢的小箱子，準備帶回去算帳。「你手裡拿的什麼？」

她沒聽說傅聽闌今天要買東西。

「是別人送我的兩塊墨，我看著不錯，想著過幾日二姊夫要下場了，這墨送他用正好。」傅聽闌不缺這個，且當是借花獻佛了。

「還是你想得周到！」賀語瀟覺得這簡直是再好不過的禮物了。

傅聽闌笑說：「一會兒咱們去一趟，把這墨給他送去。」他能想到胡姑爺，是因為賀語穗是賀家難得比較正常的，與賀語瀟的關係也不錯。

「那我們趕緊去吧，然後趕緊回府吃飯，母親說今日做薑爆鴨，我午飯都沒怎麼吃，就等這一頓了。」賀語瀟語氣半點不作假，長公主府的飯菜，那是真的好吃。

「怎麼這麼饞啊？」傅聽闌笑她。

「你不饞？那你晚飯可別跟我搶！」

賀語瀟挽上傅聽闌的胳膊，和他一起出了門。小夫妻倆膩膩歪歪的，路人見到也都給予善意的微笑，彷彿想到自己剛成親那會兒。

等兩人來到胡家所在的巷子，就看到胡家大門敞開著。

賀語瀟踏進門也沒看到人，便喊了一聲「二姊姊在家嗎」。

不一會兒就見賀語穗的貼身丫鬟跑了出來，看到是賀語瀟，立馬驚喜地道：「見過郡王，見過郡王妃！郡王妃，我們姑娘有喜了！」

「真的！」賀語瀟沒想到最先有孕的居然是二姊姊。「快帶我去瞧瞧！」

「是，郡王妃裡面請！」

這種場合傅聽闌就不適合進去了，只能在外面等著，看似風輕雲淡的表面，內心實則有一百個疑惑——怎麼老的、小的都有孕了？那他的語瀟什麼時候有孕呢？嗯……還是別太早了，他們剛成親，還不需要一個孩子來添亂！

第七十三章

賀語瀟進門時，大夫還沒有離開，賀語穗摸著自己平坦的小腹，笑得一臉溫和。胡舉人坐在床邊，仔細聽著大夫的提醒，胡婆子則坐在凳子上，看賀語穗的眼神也滿是高興——添丁之喜，哪有不高興的道理呢？

見賀語瀟來了，賀語穗趕緊叫她坐到身邊來。這會兒胡婆子也不挑剔節省了，和大夫說要用好藥，這可是他們家的頭個孫子。

「恭喜二姊姊了。」賀語瀟誠心送上祝福，有了這個孩子，這位親家母應該就不會再省吃儉用了，這樣她二姊姊也能跟著吃好些，吃得好，人才能健康。

「我也沒想到居然這麼快就有了。」賀語穗本想著大姊姊還沒有孕，她還不著急，畢竟自己若趕在大姊姊前頭，恐怕大姊姊不會高興。可沒想到越是不強求，居然來得這麼快，此時她沈浸在喜悅裡，已經顧不上大姊姊會不會高興了。

「姊姊與孩子的緣分到了，自然就來了。」賀語瀟拉著賀語穗的手，感覺她的手有些涼，便提醒道：「雖然現在春暖花開，但還沒到熱起來的時候，二姊姊還是要多穿些才好。」

「哎呀，妳說得對，趕緊給語穗找身厚實點的衣服換上，可別凍著我的乖孫了。」胡婆子忙吩咐賀語穗的貼身丫鬟碧心，從生病後直到開春，胡婆子的精神才一日好過一日，這會兒賀語穗有孕，估計用不了多久，她的精神應該就能完全恢復了。

碧心趕緊去找衣服了，大夫在桌前寫安胎的方子，胡舉人守在旁邊。

賀語穗這才想起來問：「對了，妳怎麼過來了？」

賀語瀟笑道：「郡王得了塊不錯的墨，說是適合二姊夫下場用。正好我倆沒什麼事，就送過來了。」

胡舉人立刻驚了。「珩郡王來了？」

「嗯，他不方便進來，待在院子裡了。」賀語瀟說。

胡舉人頓時顧不上大夫了，趕緊出門去尋。胡婆子也趕緊跟過去，如果只是賀語瀟過來也罷，她與兒媳是自家姊妹，不至於計較家裡招待是否周全，但珩郡王來了那可就不同了，是萬萬怠慢不得的。

賀語穗也要下床。「妳怎麼不早說，碧心也真是的，居然不提醒我一聲，這麼失禮，如何是好？」

賀語瀟趕緊按住賀語穗。「二姊姊就別去了，都是自家人，哪來那麼多講究？而且是我們不請自來的。」

「那也不像話呀！」賀語穗知道自己這五妹妹沒那麼多講究，兩個人能悄悄過來，就不是講究排場的。賀語瀟給她面子，她當然也要顧及賀語瀟的面子才行呀。

賀語瀟笑說：「有什麼不像話的？都是自家人。」

「妳呀！」賀語穗也不知道說她什麼好。「那留下來吃飯吧，時間也不早了。」

賀語瀟擺擺手。「不了不了，我已經答應了婆母回府吃飯，下次我再來叨擾。二姊姊別想那麼多，專心養胎才是，以後有得是機會一起吃飯呢。」

既然賀語瀟要回長公主府，她自然不好留，只能道：「那改天我做幾道妳喜歡的菜，叫妳到家裡吃飯。妳成親後我也沒見著妳，都沒機會問妳過得怎麼樣。」

賀語瀟回門那天，她們幾個做姊姊的理應回賀府才是，但父親怕人多錯了規矩，就沒讓她們回去。

「行。」賀語瀟爽快地答應了。「對了，二姊姊，妳要不要考慮回賀府養胎啊？母親有經驗，家裡下人也多，能更好地照顧妳。」

一般娘家條件比婆家好的，女兒懷孕後是可以選擇回娘家養胎的。

賀語穗沈默了片刻，表情似有些尷尬，又似有些猶豫。「不了，相公馬上就要下場了，我這會兒搬動怕影響到相公考試。而且聽說家裡已經有個姨娘懷孕，想來已經很忙碌了，我再回去，怕母親應付不來。」

賀語瀟雖有些意外二姊姊居然不想回家去住，不過這不是她能左右的，頂多算是沒達到自己的預想罷了。

「也好，二姊姊住得舒適就好。」賀語瀟起身道：「時間不早了，我得回府去了。改天再來看妳，二姊姊一定要照顧好自己，若有什麼想吃的可差人來與我說。我店裡繼續營業了，二姊姊來找我也方便。」

賀語穗沒與她客套，點頭道：「好，那妳路上慢些，我就不送妳了。」

賀語瀟點頭，讓她好生歇息。

出了門，賀語瀟就看到二姊夫正在與傅聽闌說話。親家母站在一邊，一臉討好的笑容。

「既然語瀟聊完了，那我們就先回去了。二姊夫好好準備，也不必太有壓力，盡力而為就好。」傅聽闌道，態度不遠不近，很是得宜。

「好，那草民就不遠送了。」胡舉人將兩人送到門口。

晚飯賀語瀟吃得格外開懷，長公主見她吃得香，笑說：「以後中午讓府裡給妳送飯吧，這樣妳能多吃點，還都合妳胃口。」

賀語瀟忙道：「母親，不必麻煩的，我正是因為中午吃不到府裡的飯菜，對晚飯才特別期待呀！」

「妳道理還挺多。」長公主笑她。

「有期待才格外想回家。」賀語瀟如今與長公主說話並不拘謹，她想過了，如果處處拘謹，這日子肯定很累。於是她觀察了好一陣子傅聽闌與長公主和駙馬的相處，也學著傅聽闌的樣子與他們相處，效果不錯。

「也好，想回家就成。」長公主挺喜歡和賀語瀟一起吃飯，看小丫頭吃得香，她都能多吃半碗飯。

睡前，傅聽闌靠在床頭看書，賀語瀟卸妝之後開始拆髮髻。如今她的頭髮都要盤起來，比當姑娘時梳頭要費時，每天挑頭面也要仔細，畢竟她出去代表著長公主府的顏面，不好太隨意，也不好太隆重。

「我今日向二姊姊提議，讓她回府養胎，但二姊姊沒同意。說二姊夫要下場了，怕影響到他。」賀語瀟語氣似話家常一般。「我本是想著二姊姊若回府養胎，若母親忙起來，可能就不太有精力對鄭姨娘出手了。再說，都是孕婦，萬一東西換著吃了，也可能傷到二姊姊，母親顧及此，應該能讓那孩子順利出生吧？」

「妳考慮得周到，但別低估了人心。」傅聽闌放下手裡的書。「如果岳母真想下手，未必會顧及妳二姊姊。」

「不至於吧……」賀語瀟語氣開始不確定起來。

「既然岳母見不得賀府姑娘過得好，妳覺得她會在意賀府的外孫嗎？再說，如果妳二姊姊真在賀府出了事，胡家有能力追究嗎？到時說不定還離間了二姊姊和二姊夫的感情，豈不更合了岳母的意？」傅聽闌不至於把人心想得太壞，可有些事不是不去想就不存在的。

賀語瀟被他說傻了，半晌之後才道：「是我想得簡單了。」

「話說回來，我倒覺得妳二姊姊說不定早知道岳母的心思了。」

賀語瀟一臉驚訝。「不會吧？」

傅聽闌笑道：「不說別的，親生母女感情不是太差的，都是回府養著最好。她應該也很看重這一胎，沒理由有好的環境卻不樂意。至於說怕影響二姊夫下場考試，這就更說不過去了，都到這個時候，能不能成取決於當時的發揮，別的影響應該微不足道。再說，二姊夫只考三天，之後就沒什麼事了，二姊姊養胎卻要三個月，能影響到什麼呢？」

賀語瀟越聽越覺得有道理。「這只是猜測，事關母親，又是二姊姊的生母，就算她知道什麼，也不會與我說的。」

「嗯，所以妳想讓她搬回賀府迫使岳母有所收斂，怕是不成了。這事她若樂意說，自然會說給妳聽，若不樂意說，妳也不必再提，以免與她生了嫌隙。」傅聽闌提醒賀語瀟。

「好，我知道了。」這事賀語瀟還是願意聽傅聽闌的，有個人幫她分析利害關係，也能讓她處在更安全的位置。

三天後，花香油上架了，一瓶賣到了三十兩。京中最不缺的就是有錢人，幾乎沒人對這個價格有任何異議，一手交錢、一手拿貨，樂呵呵地離開，彷彿是撿了個大便宜。

隨之而來的也有一些不好的議論，說賀語瀟仗著嫁進了長公主府，東西越賣越貴。賀語瀟沒有忽視這些議論，在心裡琢磨著之後應該怎麼辦，不好讓長公主府名聲受累。

與此同時，春闈也正式開考了。傅聽闌雖不像秋闈時那樣負責京中秩序，但皇上仍安排他這三天負責考場外的安全，防止有人闖入，也防止一些學瘋了或者因為種種原因沒能進考場的考生鬧事，算是比較輕鬆的工作了。

春闈這三天，傅聽闌早出晚歸。賀語瀟都睡下了，他才回來，等賀語瀟睡醒，傅聽闌早就出門去了。若換作其他家，恐怕會覺得她好吃懶做，起得晚、睡得早，伺候不好相公。但長公主卻沒說她半個不好，反而讓她早些休息，不用等傅聽闌。

直到三天的考試結束，賀語瀟才在睡前等到傅聽闌回來。

「我讓廚房燉了鴿子湯，你要不要來一碗？」賀語瀟接過他脫下來的外衫，又把露兒擰好的毛巾遞給他。

傅聽闌洗過手後，接過濕毛巾擦了把臉，點頭道：「來一碗吧，正好妳也陪我喝一碗，咱們說說話。」

賀語瀟沒有拒絕，讓傅聽闌拉著坐到桌前。

不一會兒，丫鬟把兩盅鴿子湯送來，其他人都退了下去，屋裡只剩下賀語瀟和傅聽闌。

「原本以為你今兒能早些回來。」賀語瀟慢慢喝著湯，鴿子已經燉得酥爛，勺子一戳，肉就下來了。

「雖說太陽下山前考試就結束了，但要把試卷送到閱卷處，另外還要安排禁軍把守，防止卷子被盜。都是些細碎的事，卻都馬虎不得。」傅聽闌給她說著自己忙活的事。因為秋闈出現過舞弊，所以這次春闈各方面的看守格外嚴格，監視的不僅是考生，還有考官。就算朝廷現在急需人才，也不能讓人濫竽充數了。

「那今天忙完，你是不是就能鬆快些了？」賀語瀟問。這幾天不常見到傅聽闌，她還挺不適應的，雖說一切都沒變，可她就覺得少點什麼，心裡空落落的。

「嗯，如果皇上沒有特別的安排，應該就沒我什麼事了。」傅聽闌挾了塊肉餵到賀語瀟嘴裡，才又問：「妳這幾天怎麼樣？生意順利嗎？」

「都好。」有些閒言碎語，賀語瀟並不準備和傅聽闌說。「最近花香油賣得好，我的收入很可觀。新一批的面脂也做得差不多了，到時候你的商隊和谷大的商隊分一分，就可以出發了。」

一切都在按部就班地進行，沒什麼需要傅聽闌操心的，傅聽闌深刻地感覺到有一個能幹的妻子是件多麼重要的事。

「過一陣子去南邊買藥材的隊伍就要回來了，屆時再讓北方的商隊出發，這樣途中有什麼問題，支援也能跟得上。」傅聽闌說。南邊的路比北邊好走，所以距離差不多的情況下，南邊的隊伍往返會快上不少。

「也好。等新一批的滑石運回來，眼影和散粉也能做起來了。」想到都是能賺錢的東西，賀語瀟心裡就高興。有了節前禮盒的試用，她相信用過她店裡產品的顧客，應該會繼續回購，無論什麼東西放在一起比，好的東西一定會更受肯定和青睞。

之後幾天，賀語瀟的生意依舊很好，現在賀家最關心的大概要數春闈成績了，不過賀語瀟不太在意，若二姊夫中了自然是好，若沒中，也是尋常。

「語瀟，妳現在有空嗎？」崔乘兒未見其人，先聞其聲，聽著還挺有精神。

對於交好的朋友，賀語瀟還是習慣她們直接叫自己的名字，在她這個小店裡叫郡王妃，一來客人容易拘謹，二來會被人拿去做文章，說她自恃身分，不適合做生意。無論這話是對是錯，只要是看不慣她的，必然覺得是對的。

「有空啊。」賀語瀟向她招手。「怎麼今兒有空過來了？」

開春後，賞花會和詩會都變多了，崔乘兒作為才女，肯定得參加這些應酬。

「有事想請妳幫忙。」崔乘兒拉著她的手。

「什麼事？」賀語瀟問。一般崔乘兒來找她，都不是什麼讓她為難的事。

「我有一朋友，今日要去相看。我見她素面朝天，她又不擅於打扮，所以我就想到來找妳了。」崔乘兒拉她到一邊，小聲說：「若是尋常相看也罷，但那男子是她喜歡了五、六年的，對方人品和家境都不錯，所以我希望她能漂漂亮亮的去，給對方留個好印象。」

「的確應該。」既然是姑娘家一直喜歡的人，對方又沒有問題，用自己的容貌讓對方留下一個不錯的第一印象並不是壞事。畢竟相看這事，雙方幾乎聊不上什麼，想靠談吐引起對方興趣，要麼是兩個人極能聊得來，要麼是才氣逼人。尋常男女，外表才是關鍵。

「那位姑娘呢？」賀語瀟問。

「我這就把她叫進來。」說著，崔乘兒就出去了，沒多久，一個身形豐潤，個頭不高的姑娘就被崔乘兒拉進來了。這姑娘一看就是被家裡養得極好的，珠圓玉潤，卻不顯笨重，看著就很有福氣。

「這是我的好友連妙，年前她父親剛調任回京，她才跟著回來。」說完，崔乘兒又為連妙介紹了賀語瀟。

「郡王妃安。」連妙的嗓門挺大，一聽就是中氣十足。

「連姑娘好，在店裡不必這樣客套，妳既與乘兒是好友，那就跟著她一起叫我名字吧，我們的年紀也沒差多少。」賀語瀟請她到妝檯坐。

連妙也不客氣，應道：「好，那妳也喚我名字就好。」

「嗯，妳今天想化個什麼樣的妝？」賀語瀟問，就算不化妝的姑娘，也會有自己喜歡的顏色和花鈿樣式，若有不合適的地方，賀語瀟會幫她調整。

哪知連妙搖搖頭。「我沒有什麼想法，之前我生活在石城，那邊風沙大，大家出門都要用紗巾把臉包起來，這樣不容易吃一嘴土，所以沒什麼人打扮化妝。」

石城位於大祁西北邊境，那邊環境條件非常艱苦，但好在戰事不多，石城的人又極擅於飼養牛羊，所以那裡的百姓都很壯實。

「那我就自己發揮了。」賀語瀟並不是非要她說出個一二三來。

「好。」連妙老實坐著，等待賀語瀟動手。

第七十四章

連妙雖然身材豐潤些，但五官並沒有被臉上的肉擠壓，也是因為臉上有肉，所以看著喜氣又親切。五官單挑出來都不算出眾，皮膚可能是常年在石城的緣故，比京中姑娘粗糙些，也黑些，但本身還是很耐看的，沒有半點凶感。

賀語瀟先幫她做了基礎保養，然後給她修了眉形。像這樣的圓臉姑娘，眉形不易過平，要有一些弧度，才能增加立體度。

在妝容的整體色調上，賀語瀟挑了比較日常的顏色，也沒有在眼妝上下太大的工夫，連妙是去相看，不是去參加宴席，不需要太隆重，反而要突出日常美才是最好的。而對於圓臉來說，太有稜角的眼妝反而顯得不高級，乾淨年輕的妝面會更可愛。

所以眼妝上除了正常鋪色外，賀語瀟還是用深色眼影來充當眼線，眼尾並沒有特別拉出長度，反而著重強調乾淨通透的下眼影和臥蠶，繼而打造這個年紀的姑娘自帶的天真無辜感。

腮紅賀語瀟也沒給連妙上太多，重點是鼻尖和下巴都帶上了腮紅顏色，顯得更俏皮。因為要看著夠日常，修容和口脂賀語瀟都沒太用力，點到為止。

「這樣可以嗎？」賀語瀟考慮了一下，並沒給連妙畫花鈿，她覺得任何花鈿都會破壞妝容的自然和通透感。

「好看！」連妙特別開心，她不習慣化妝，也怕別人把她化得顯老顯凶，加上她是肉感的人，弄不好就會像個譁眾取寵的丑角。而賀語瀟幫她化的妝不僅不厚重，看著還特別可愛，讓她的自信心都增加了。

「我就說嘛，化妝這事來找語瀟，肯定錯不了！」崔乘兒對賀語瀟相當有信心，在她看來，賀語瀟很多妝化得並不算多驚豔，但就是出奇得合適。

「妳滿意就好。」賀語瀟重新幫連妙梳了頭，用一點碎髮來修飾臉型，這樣能達到錦上添花的效果。

「我聽外面的傳言，說妳成為郡王妃後，人就驕傲起來了，東西賣得比之前貴不少。還有人說妳脾氣也變大了，不似以前好相處了。」連妙性子直，想到便說了。「我之前沒與妳接觸過，但今天相處下來，覺得妳性格挺好呀！」

崔乘兒非常不高興地道：「不要聽外面的人胡說，她們就是嫉妒語瀟，語瀟一直就這樣，根本沒變！」

賀語瀟笑道：「那些傳言我多少也聽到一些，但只有來我店裡與我相處過的人，才知道我還是像以前那樣。越是沒來過，越覺得我就應該是傳言那樣。」

「那也不能讓人這麼一直誤會妳吧？」連妙為賀語瀟抱不平。

「嗯，我會想辦法澄清這些傳言。」賀語瀟微笑道：「但要見效，還需要時間。」

連妙立刻拍著胸脯道：「如果我再聽到有人說妳壞話，一定幫妳澄清。」她長年生活在民風淳樸的地方，回到京中著實不適應，遇到這種不平事實在看不慣，既然看不慣，她肯定就要說的。

「如此，就先多謝妳了。」賀語瀟向來喜歡性格直爽的姑娘。

時間不早了，相看這事不好遲到，於是崔乘兒便帶著連妙告辭了。

兩個人前腳剛走，符嬤嬤就衝進了店裡。「姑娘，出大事了！」

賀語瀟見她氣都喘不勻了，心裡跟著慌了一下，趕緊扶她坐下。「怎麼了？發生什麼事了？」

「鄭、鄭姨娘小產了！夫人在姜姨娘房裡搜出了紅花，便一口咬定是姜姨娘謀害了鄭姨娘肚子裡的孩子！可那紅花真的不是姜姨娘的，我們根本沒買過那東西啊！」符嬤嬤聲淚俱下地抓著賀語瀟的袖子。

賀語瀟皺起眉，她想過賀夫人不會放過鄭姨娘的孩子，但萬萬沒想到，這口鍋居然會甩到自己的姨娘身上！

賀語瀟一下就怒了，眉頭皺得死緊，立刻吩咐露兒幾句，然後就跟著符嬤嬤往賀府趕。

賀府大門緊閉，府內噤若寒蟬。

正廳裡，姜姨娘跪在地上，臉上已經紅腫起來了。賀複和賀夫人則坐在主位上，丫鬟、婆子跪了一地，其中也有鄭姨娘院裡的。

見賀語瀟回來，賀複皺起眉，原本就帶著火氣的臉更難看了。「妳怎麼回來了？」

賀語瀟已經不是當初在家當姑娘的樣子了，這會兒站得筆直，絲毫不懼。

「這麼大的事，我肯定要回來看看才行。」賀語瀟沒有去扶姜姨娘，她是來給姜姨娘撐腰的，但不能讓人覺得她是仗勢欺人，這對姜姨娘以後沒好處。

「妳是來為這個賤人開脫的？」賀複絲毫沒有客氣，似乎很不耐煩賀語瀟來摻一腳。「如今證據確鑿，還有什麼好說的？我原本以為姜氏是個老實的，沒想到心思這樣歹毒，居然毒害鄭氏的孩子！」

「父親，您有沒有想過，姨娘為什麼要謀害鄭姨娘的孩子？」賀語瀟直接問。

賀複眉心都擠出疙瘩了，狠狠地盯著跪在地上的姜姨娘。「誰知道為什麼？一定是這個賤人見不得我有兒子！」

賀語瀟姑且當自己父親被怒氣沖暈了頭，腦子不轉了，壓著怒火道：「父親，我都這個年紀了，姨娘也不再適合生育了，您多個兒子，對姨娘來說毫無損失，有什麼見不得的？退一步說，鄭姨娘什麼身分？我又是什麼身分？就算鄭姨娘生兩個兒子出來，以我的身分，我姨娘在府裡也必定會過得舒舒服服的，何必惹這事？」

賀複似乎這會兒腦子才轉了起來，張了張嘴，卻沒說出什麼來。

賀語瀟接著道：「我姨娘就算沒讀過什麼書，但也不是傻子。鄭姨娘生了兒子，對我姨娘一點影響都沒有。可她如果害了鄭姨娘的孩子，一傳出去，我勢必會被連累，被婆家不喜。若因為這事，我壞了名聲，長公主不肯再容我，讓郡王將我休棄趕回來，那我姨娘就徹底沒指望了，我倆就得一起去死。您覺得我姨娘會糊塗到為了一個對她來說沒有任何威脅的孩子，賠上我們娘兒倆的性命嗎？」

賀複這下被問住了，如此想來，的確是非常不合理。就像賀語瀟所說，這孩子對姜氏來說沒有任何需要針對的地方，無論有沒有這個孩子，賀家的財產都落不到賀語瀟頭上。

賀夫人見賀複不說話，立刻道：「郡王妃好大的架子，回來見父母連個禮都沒有嗎？」

賀語瀟此時對著賀夫人也不想裝，之前她和姜姨娘低調生活，不想得罪賀夫人，賀夫人後來的那些小動作，賀語瀟都記下了，但並沒有要與她計較的意思。如今賀夫人變本加厲，想致她和姜姨娘於死地，這她要是再忍，就是縮頭烏龜！

「母親莫怪，遇上這種事，我哪顧得上這麼多？倒是母親，這個時候還抓著這事，未免太無意義了，還是早點把事情查清楚，以免傳出什麼難聽的流言，對咱們府上每個人都沒好處。」賀語瀟冷著臉。

「還有什麼好說的？在姜氏屋裡搜出紅花就是物證，大夫也說鄭氏流產是誤食了紅花。全家只在姜氏房裡發現了紅花，不是她還能有誰？」賀夫人語氣堅決。「妳也不要想著為姜氏開脫了，說不定姜氏見鄭氏近來極受寵，心存嫉妒，一下子想岔了，就做出了此等害人之事。」

「當初鄧姨娘那樣受寵，我姨娘都沒有嫉妒半分，現在日子過得這樣舒心，卻嫉妒一個對她來說構不成任何威脅的鄭姨娘，您覺得這合理嗎？」賀語瀟也是半句都不讓。「再說了，但凡不是傻子，都知道在幹壞事後要消滅證據。而我姨娘卻堂而皇之地留著那包紅花，這不是等著被抓嗎？誰見過這樣的凶手？」

賀複這會兒終於冷靜了些，看姜姨娘的眼神也沒有那麼厭惡了。

賀夫人卻依舊不依不饒。「誰知道她是不是抱有僥倖心理？可能也是怕一次藥量不夠，若沒打掉鄭姨娘的孩子，還可以做第二次。」

賀語瀟都無語了。「母親，如果一次沒能成功，咱們家得多疏於防範，才能讓這事發生第二次？我姨娘又是得有多大的膽子和自信，才能在您眼皮子底下做出第二次？除非您根本不想管，故意放任，否則我姨娘沒有留著那紅花的理由！」

「反正紅花就是在姜氏房間裡找到的，妳還想怎麼抵賴？」賀夫人現在就是抓住了這一點，要咬死姜姨娘。

姜姨娘既然沒做，就肯定不能揹鍋，遑論這罪是要賠上命的。「老爺，這事真與妾身無關，若老爺不信，大可將妾身送上公堂！」

「不可！」賀夫人厲聲拒絕。「妳一個妾，上了公堂咱們家的臉才是要丟盡了！」

「如果官老爺能還我姨娘清白，就沒什麼可丟臉的，總比被冤枉強。」賀語瀟不認為這是個好辦法，畢竟上了公堂就等於是把家裡的破事攤開在京中百姓面前，任人評論了。但這不失為一個逼迫賀複和賀夫人的辦法，她賭這兩個人不敢。

賀複要臉面，肯定不會同意。「如果家裡能查清，就不要去官府，妳們一群女人家，鬧到衙門去不成體統。」

賀語瀟接著他的話直接說：「既然不想鬧到衙門，那就在家裡好好查查，只要做了虧心事，就一定會露出馬腳。對了，我姨娘有記帳的習慣，府上每個月給的月錢就那麼多，我姨娘沒有別的賺錢法子，我也沒給過姨娘錢。父親何不去查查姨娘的帳本？如果姨娘真買了這東西，肯定是不敢記帳，那帳目跟實際的銀子多半是對不上。若是如此，也能證明姨娘有問題。可若是對得上，那肯定就是有人栽贓陷害姨娘！」

「哦？妳有記帳的習慣？」賀複都不知道這事。

在賀複身邊做了那麼多年的妾，賀複都不知道她有這個習慣，說好聽了是賀複事忙，沒空在意這些小事，可說難聽點，就是根本不關注，不在意。

姜姨娘點點頭，表情透著失望，但還是打起精神道：「是，妾身有這個習慣。有了語瀟後，總要多為她打算一些，日子自然得精打細算。就算夫人沒有虧待過我們，但銀錢也要用在刀刃上，自然要記帳才能心中有數。」

賀複考慮了片刻，叫了自己身邊會算帳的僕人，又拿來姜姨娘的銀錢盒子和帳本，讓他當著眾人的面核對。

這需要花些時間，賀語瀟這才去扶起姜姨娘，這個時候就沒有理由讓她姨娘繼續跪著了。賀夫人臉色不太好看，賀複倒沒說什麼。賀語瀟便扶了姜姨娘坐下，並沒有與姜姨娘多說話。等事情查清楚，有得是時間說話。

查了大概半個時辰，僕人回稟道：「老爺，夫人，姜姨娘的銀錢和帳本都能對上。」

賀複表情這才好看了些，看姜姨娘的眼神也柔和了些。

但姜姨娘根本沒看他，只輕靠在賀語瀟身上。

賀語瀟道：「既然查明了，那我姨娘就應該洗脫嫌疑了。」

「慢著。」賀夫人卻沒有鬆口的意思。「誰知道是不是她買過之後，寫了別的品項上去？那樣不一樣能平帳嗎？」

姜姨娘此時是又委屈、又生氣，忍無可忍地頂撞了賀夫人。「夫人，我每月支出左右不過那麼幾樣東西，如果我用別的品項頂替這紅花，那勢必會造成其他物品短缺，夫人是否要把我屋裡的東西都對一遍？」

這就太麻煩了，如果不到最後，沒人願意費這個事。

賀夫人又說：「妳若是記成了吃食，那只要謊稱吃完了，也無從查起啊。」

姜姨娘辯解。「夫人，您這麼說的話，那我真是百口莫辯了。且按您這說法，那我是不是可以說這宅子裡的所有人都有嫌疑？我的房門又不上鎖，院子也是誰都可以出入，那這宅子裡所有人都能陷害我！我還可以說有人想害鄭姨娘的胎，但又怕嫁禍給別人，自己要揹一條命，生怕厲鬼索命，所以挑了我這個郡王妃的生母。如果我出了事，郡王妃勢必會保我一命。這樣她既達成目的，去了個沒成形的胎，又不用揹上人命，日子照樣過。」

賀夫人一下子說不出話了。

按這個邏輯，那能猜的人可就太多了。賀夫人也不能多說，怕多說多錯。

賀語瀟覺得如果這麼扯下去，那真是什麼猜想都有。而她沒有別的猜想，她唯一的懷疑對象就是賀夫人。既然賀夫人要拉她姨娘下水，那她也不能坐以待斃。

如果這次真讓賀夫人算計了，那她和她姨娘恐怕都沒有活路可走。

至於賀夫人為什麼要甩這麼一口鍋，賀語瀟猜可能是因為她和傅聽闌的感情不錯，賀夫人看了不快，若能藉此拆散或者離間他們的感情，那才合了賀夫人的心意。

「父親，那包紅花在哪兒？」賀語瀟看向賀複。

賀複將桌上的一個紙包遞給她。

賀語瀟一看包裝，就知道是藥鋪拿回來後沒有換過的，嘴角微微一揚，說：「不知父親可知道，每個藥鋪都會在紙包上做個記號，以防別人拿別人家的藥冒充自己店裡的藥？」

「還有這事？」賀複是真不知道。「我看每個藥鋪、醫館用的包藥的紙都一樣啊。」

在場的其他人也是一臉茫然，一看就知道並不知曉。

「女兒也是聽郡王說的。只要咱們根據這紙上的標記找到買藥的地方，那裡肯定會有紀錄。運氣好的話，說不定學徒還記得買藥的人長相，到時候就好查了。」賀語瀟是愈心堂進貨包藥的紙時聽傅聽闌提起的。

「可以，正好給鄭姨娘看診的大夫還沒走，讓他來認一認吧。」賀複對此將信將疑，畢竟他是真沒聽說過。

第七十五章

不一會兒，大夫就被請來了。大夫打開藥包，指著一角一個黃豆大小的朱砂印，道：「這是和安堂的紙包。」

作為京中大夫，對這些標記認得還是比較全的。

「當真？」賀複向他確認。

「錯不了，賀大人可以拿去問一下，他們肯定認得出來。」大夫說。

賀複二話沒說，立刻吩咐人去問。

賀語瀟讓人給姜姨娘上了茶，賀複沒阻止，賀夫人冷眼看著兩個人，表情挺淡定的。

不一會兒，下人就帶回了和安堂的學徒。

那學徒行了禮後，道：「賀大人，這紅花的確是在我們店裡買的，當時還是我包的。因為平時幾乎沒有什麼人會單買紅花，而且紅花不便宜，又是近十天左右的事，所以我印象還是很深。」

賀複摸了摸鬍子，問：「那你可記得買紅花的人長什麼樣？」

學徒道：「是位女子，個子不算高，身形勻稱，但對方戴了紗笠，小的並沒有看清對方的長相，聽聲音應該不是年輕姑娘。」

沒看清長相，個子、身形又沒有特點，要怎麼對號入座？

還沒等賀複再問，學徒就補充道：「對了，那女子身上有一股好聞的茉莉花香，與京中最近流行的花香油味道很像。」

賀夫人似乎就是等著這一刻，立刻拍桌而起，指著姜姨娘道：「妳還有什麼好抵賴的？語瀟可是在花香油大賣前，就送過妳我各一小瓶！」

賀複剛平息下去的火又躥了起來，又想對姜姨娘動手，卻被賀語瀟擋在身前。

就聽賀語瀟道：「母親，那茉莉花香油我只給了您，給姨娘的是玫瑰花香油啊。」

賀夫人頓時愣在原地，難以置信地看著賀語瀟和姜姨娘。

十多天前這花香油還沒開始賣，有這茉莉花香油的只有兩位長公主、皇后和賀夫人！

賀複立刻反應過來，難以置信地看向賀夫人。賀夫人冒出冷汗，但面上卻是毫無表情。

賀語瀟繼續道：「那茉莉味的花香油我本也沒做多少，給母親送了自然不能給姨娘，不然就顯得太沒規矩了，所以我便給姨娘做了玫瑰花的花香油，只不過那會兒剛泡上，味還沒出來，暫時用不了。只是給母親和姨娘的瓶子長得一樣，所以讓母親誤會了。那時候花香油還沒有開賣，有這東西的除了母親，只有兩位長公主和皇后娘娘有。母親總不能說是貴人們要害鄭姨娘肚子裡的孩子吧？」

賀夫人萬萬沒想到，那麼好的花香油，賀語瀟居然沒給姜氏。她看到相同的瓶子，以為裡面的東西都一樣。難怪她沒見姜氏用過，還以為是姜氏捨不得用。

「妳！妳為何如此！」賀複指著賀夫人，語氣又恨又惱，但並沒有動手。

賀夫人冷冷地看著賀複，沒有說話。

賀複一手捏緊了拳頭。「這些年，我自認待妳不薄，家中大小事都由妳說了算，妳為何如此？」

賀夫人依舊沒說話。

這會兒，洗脫了嫌疑的姜姨娘也開口道：「夫人，這些年我一直低調生活，不爭不搶，也覺得您沒有虧待我們這些姨娘。可萬萬沒想到，居然遭到如此陷害，到底是妾身哪裡惹惱了夫人，讓夫人如此容不下我？」

姜姨娘心裡清楚是什麼原因，只是有些話她得說，不能白白受了冤枉。

賀複對上賀夫人沒有溫度的眼睛，突然也不說話了。

姜姨娘繼續道：「如今經此一遭，倒讓我想起之前府裡有孕卻沒生下來的兩位姨娘，她們與鄭姨娘一樣都是孕期喜食酸，然後孩子就都沒保住，這不得不讓妾身聯想到這其中是否有什麼說法。」

賀複似也回憶起了之前的事，看賀夫人的眼神除了憤怒，更多了一層驚恐。

就在這時，露兒抱著一個紅布包的東西跑了進來，草草向賀複及賀夫人行過禮後，將手上的東西交給了賀語瀟。

「這是什麼？」賀複皺著眉問。就這麼看，實在看不出是個什麼東西。

在場的人也一臉疑惑。

賀語瀟沒說話，只是將上面的紅布一揭，蓋著的正是賀夫人在順山寺供奉的牌位。

羅嬤嬤驚得掉了手裡的帕子。賀夫人則是瞬間兩眼通紅，一把抱過桌上的牌位，無比珍視地抱在懷裡，輕輕撫摸著。

賀複已經看清了上面的字，捂著胸口後退了兩步，指著賀夫人半天沒有說出話來，顯然他並不懷疑這東西是賀夫人的。

賀夫人抱著牌位，坐到椅子上，似乎根本無心計較賀語瀟將這東西拿過來，而是像對著自己珍視的孩子一般。

「妳……妳……」賀複在小廝的攙扶下，終於站穩了，指著賀夫人半天，卻沒說出一句完整的話。

倒是賀夫人此時笑了起來，輕蔑地看著賀複。「我什麼？看來你還沒忘記思理啊。那很好啊！我想思理枉死這麼多年，應該也不會忘記你的。你說他會不會站在奈何橋上，等著看你被黑白無常帶進地府的那天？我想一定會，至少他會在奈何橋上等我，等我與他來生結為夫妻。」

賀複被她說得臉色煞白。「這麼多年了，這麼多年了，妳居然還惦記著他，惦記著一個死人！」

「哈哈哈哈，我當然惦記著他，我還惦記著你呢，想看你如何不得好死！」賀夫人索性不裝了，她指著賀複，兩眼充血。「當初我與思理兩情相悅，是你和曹家硬要拆散我們！曹家把金龜婿的寶壓在你身上，而你想借曹家的勢好進入官場，所以你讓人裝作劫匪，半路殺了思理！」

「妳……妳胡說什麼！」賀複明顯是不想承認。

「我胡說？哈哈哈哈，我胡說？」賀夫人站起身，一副瘋瘋癲癲的模樣。「你以為我為什麼沒隨思理去了？你以為我是貪生怕死？我一直在查思理的死因，你以為我沒證據？其實我有！只不過我把那些證據拿給我的父母看，想讓他們為我做主，結果他們居然將那些證據偷偷銷毀了！哈哈哈哈，這就是我的父母，證據沒了，我沒辦法把你送進公堂。好，你不是想娶我嗎？那我就嫁給你，我要親手讓你生不如死！」

賀複臉脹紅，一副馬上要暈死過去的樣子。

他越是這樣，賀夫人反而越開心。「沒錯，我就是要讓你沒有兒子。看到你的臉我就覺得噁心，所以我給你後院塞滿了人。你想要官場上的助力，又想要個好名聲，簡直是虛偽至極，所以我一邊哄著你，口口聲聲為你的官途著想，一邊把你的女兒都嫁給些沒有用的人。讓你看似官途光明，但實則無依無靠。你不是喜歡我嗎？你看，我是這麼關心你，為你謀劃，你有沒有很感動啊？」

「妳、妳居然如此惡毒！」賀複被賀夫人氣得只能說出這些蒼白又無力的話。

「惡毒？我哪兒比得過你呀。我雖害死了幾個胎兒，但不像你，敢真的雇凶殺人。話說回來，我這也不算做壞事，你這種人憑什麼有後？有個流著你的血的孩子出生，那就是生出來害人的東西！你的種少一個，世上就多一個安全的人，不好嗎？你想想賀語霈那個狠毒的玩意兒，再想想賀語彩的不要臉和賀語芊的陰險，是不是你的種？這樣的人生下來本就是禍害，所以你根本不配有後！」賀夫人笑得一臉得意，彷彿不用再偽裝後，她已經全然沒有負擔了。

「這麼多年了，難道妳對我就沒有半點感情嗎？」賀複不甘心地吼道。

「沒有啊，我怎麼會對殺了我愛人的畜生有感情？是你瘋了，還是我瘋了？我，曹雲湘，從來不是什麼賀夫人，我只是鄭思理的妻子，鄭曹氏！」如果賀夫人的每句話都是一把刀子，那她現在就是在賀複身上捅得正開心，而且根本停不下來。「雖然沒看到你不得好死有些遺憾，但沒關係了，我很快就會有屬於我的安靜了。我啊，只想守著思理，等日子到了，他一定會來接我。至於你，千萬別與我沾邊，我看到你就覺得噁心！」

「妳這個瘋子！」賀複聲音都吼啞了。

「你這個偽君子在這兒與我裝什麼呢？我瘋也是被你們逼的！我活著的唯一意義就是看你過得不好。如今看到你混成這樣，我就放心了。」賀夫人破罐子破摔了。

羅嬤嬤來到賀夫人身邊，一副保護的姿態，剛看到牌位時臉上的驚嚇已經不見了，似乎做好了與賀夫人共進退的準備。

賀複被氣得跌坐在椅子上，半天沒緩過來，好在有大夫在，給賀複塞了一藥丸，才沒讓人暈厥過去。

賀夫人不再理會賀複，轉而看向賀語瀟。「妳是怎麼發現這塊牌位的？」

到了這一步，賀語瀟也沒有隱瞞的必要了。「我去順山寺上香，偶然見到您和羅嬤嬤一起去祭拜。」

賀夫人平靜地點點頭。「到了這一步，該說的我都說了。但有句話我還是得提醒妳，我是看出來了，妳與傅聽闌的感情不錯，無論是之前我被妳騙了，還是你們婚後感情培養得好，我都不在意了。只一點，不要讓傅聽闌為妳父親在官途上使力。賀複不是個好官，他只是個官迷，在意自己的名聲，本身卻毫無建樹，不會為百姓謀福祉，這樣的人，當官也是浪費朝廷的銀子。妳若幫他，就等於是害百姓。」

這話賀語瀟沒有反駁，看她父親對家中妻妾、女兒的關心程度，賀語瀟就知道他不是個好官。好官可能為百姓忽略家中，但她的父親並沒有為百姓做過什麼，還忽略了家中。這樣對家人漠不關心，且還為一己私慾買凶殺人，能當好官就怪了！

見她沒有反駁，賀夫人就放心了。「妳是拎得清的，這很好。當然了，我說這些也不是想證明我是個好人，我只是自己不好過，就不能讓別人好過的人罷了。」

對於賀夫人的做法，賀語瀟並不全認同，卻也知道如果換做別人，被逼到賀夫人這般境地，未必能做出多麼善良的舉動。賀夫人在無計可施的情況下，選擇拉著逼迫自己的人一起墜入深淵，也會成為一種沒有選擇之下最好的選擇。

之後的事賀語瀟就沒摻和了。賀複讓人把賀夫人關起來後，自己也撐不住了，被攙扶回房休息，家裡的事暫時交由姜姨娘打理。

賀語瀟出門前，賀夫人身邊的小丫鬟偷偷給了賀語瀟一個包袱。上了馬車，賀語瀟把包袱打開，才發現裡面居然是曹家貪污結黨的證據。也不知道賀夫人收集了多久才拿到這些，但能確定賀夫人恨賀複，也從未想過放過自己的娘家，難怪這些年賀夫人與曹家的往來越來越少。

賀語瀟嘆了口氣，這些東西她得拿回去與傅聽闌商量，畢竟官場上的事她實在不熟，不能貿然行事。雖然這回賀夫人使喚上她了，但面對貪官，她作為郡王妃，是不可能袖手旁觀的，否則與那些貪官污吏有什麼區別呢？

回到府裡，傅聽闌正好在家，賀語瀟便把今天的事和拿到的證據都告訴傅聽闌了。

「這麼大的事，妳怎麼不讓人通知我？」傅聽闌想到賀語瀟自己應付這麼大的事，就覺得為難他的媳婦了。

賀語瀟無奈道：「這是我娘家後宅的事，你去了也不好說什麼，只能在那兒乾站著。」說到底，這些都是後院女人家的事，傅聽闌就算再有身分，那也是個男子，不便摻和。

「給妳撐撐場面也行啊。」傅聽闌心疼媳婦，總覺得媳婦肯定是受了委屈，就算最後把事情都弄清楚了，過程中也肯定被說了些不好聽的話。

賀語瀟沒想那麼多，隨意地往他身上一靠，整個人跟著放鬆下來，屋裡點著傅聽闌常用的熏香，賀語瀟聞習慣了，也覺得很安心。

「你若在那兒，我還要考慮不能讓自己太凶、太刻薄，以免讓你覺得自己娶錯人了。倒不如你不在，我更能自由發揮。」面對自己喜歡的人，總希望在對方印象裡，自己一直是最好的樣子，這是人之常情。

傅聽闌摟著賀語瀟的肩膀，輕吻了她的額頭，笑說：「妳什麼樣我都喜歡。」

賀語瀟輕聲道：「我也是。」

見到了父親與嫡母，甚至整個賀家後院那或虛假、或根本不存在的感情，賀語瀟就越發覺得自己和傅聽闌的感情難得。他們不需要多轟轟烈烈，只要心裡有對方，願意真心為對方著想，那就夠了。

兩個人靠在一起好一會兒，等賀語瀟的心完全平靜下來，才問傅聽闌。「這些證據，你準備怎麼辦？」

傅聽闌沒有猶豫地說：「若屬實，那必要剷除這些貪官。我朝需要的是人才，哪怕才能不足，老實肯幹也是好的。但萬萬養不得這些貪官，貪官就如同蛀蟲，如果不管，早晚會蛀空整個大祁。」

「那你可要小心些。上次你只是去查舞弊，就遇到了那麼危險的事，這次萬萬不能托大了。你現在可是有妻子的人，不能隨意冒險。」賀語瀟難免擔心，畢竟是自己的相公。

「放心，這次一定把事情辦周全，不讓妳擔心。」傅聽闌向她保證，上次只能說他經驗不足，這次他可是有經驗的人了。「不過話說回來，妳這個嫡母真有意思，臨了還得使喚妳一把。」

「可能是之前她拿了父親買凶殺人的證據，被曹家人毀了，所以她本能地不再相信官府，覺得官官相護。而咱們家與那些官場人家不同，她知道如果證據屬實，無論是你還是長公主，都不可能容許這樣的人禍害大祁。」

說到底，她這個嫡母後半輩子就是為了讓曹家和賀複不好過而活的。

「她雖有諸多不是，也不值得原諒，但能為大祁拔掉一個貪官，無論出於什麼原因，都算做了件好事。」一碼歸一碼，多揪出一個貪官，不但能殺雞儆猴，對百姓也是好事。

事情交給了傅聽闌，賀語瀟就沒再過問了。她的小店照常開，每天依舊是賓客盈門。關於她的一些傳言，因為店裡的客人越來越多，口碑也開始回暖了。她還聽說連妙為她說了不少好話，還與人吵過架，她一直想找機會謝連妙，但對方並沒有再來，她也不好貿然去找，只能再等等看了。

賀夫人的事被賀複暫時瞞了下來，這麼不光彩的事，說出去傷得還是賀複的面子。於是只對外稱賀夫人病了，閉門養病，至於之後要怎麼處置，還沒有定論。

第七十六章

春闈成績出來了，傅聽闌藉機帶著賀語瀟出門轉了一圈，除了想讓賀語瀟不要總在府裡、店裡兩頭跑外，也是想親眼看看自己好兄弟的成績——是的，今年春闈崔恒也下場了，但非常低調，連賀語瀟都是昨天才從傅聽闌口中得知的。

榜下全是人，路上停的都是各府來看榜的馬車。

傅聽闌當然不會帶著賀語瀟往裡擠，只讓小廝去看榜。

賀語瀟掀開窗簾一角往外看，榜下可以說是幾家歡喜幾家愁，中與沒中看表情就知道。

傅聽闌藉機給賀語瀟說了附近幾輛馬車的家紋都是誰家的，讓她認一認。

「中了中了！」小廝興沖沖地跑回馬車前。「公子，少夫人，崔公子榜上有名！」

在外兩個人不想太高調，連馬車用的都是沒有家紋的，所以小廝在外也只稱呼「公子」和「少夫人」。

傅聽闌笑了。「甚好，回去通知府上，把賀禮給崔府送過去。」

小廝先一步回府，沒多久，露兒也跑了回來，上了馬車後道：「公子，少夫人，奴婢找了好幾遍，都沒看到胡姑爺的名字。」

意料之中，賀語瀟點點頭。「無妨，走吧，咱們去吃好吃的。」

兩個人回到長公主府已經過了中午。一進門，看門的婆子就道：「郡王妃，您的二姊姊來府上找您了。」

賀語瀟驚訝。「二姊姊什麼時候來的？怎麼沒讓人通知我？」

原本她就有請賀語穗到府上坐一坐的打算，沒想到二姊姊先來了。

「才剛來，原本是要讓人去尋您的，但胡少夫人說她沒急事，等您便是了。」婆子不敢怠慢。「胡少夫人已經拜見過長公主，現在在您院子裡等著。」

賀語瀟猜二姊姊過來估計是和嫡母的事有關，否則以二姊姊的性格，不可能貿然前來。她先去給長公主請了安，長公主並沒多留她，讓她回院子和賀語穗說話，倒是把傅聽闌留下了，應該是有事要談。

「二姊姊，妳過來怎麼不提前與我說一聲，這樣我就不出門了。」賀語瀟進門，看到臉色還不錯的賀語穗，便安了心。府裡的下人也沒有怠慢，茶水、水果、點心一樣不落地都上了。

「我也是臨時決定來的。」賀語穗笑得依舊溫柔。

賀語瀟扶她坐下，讓人上一盞紅棗茶來，這比一般茶葉更適合現在的賀語穗。「大夫不是說讓妳靜養嗎？妳出來姊夫可知道？」

賀語穗點頭。「知道的，妳放心，我好得很。上午和相公去看了榜，他沒中，也算是意料之中，只是辜負郡王送的好墨了。」

「這有什麼辜負的？只要能幫二姊夫寫上幾個字，就不算辜負。」賀語瀟坐到賀語穗旁邊。姊妹兩個說話，離得太遠就怪沒意思的。

紅棗茶送上來，賀語瀟屏退了屋裡所有人，這樣兩個人說話能方便些。

「二姊姊來找我，應該是為了母親的事吧？」賀語瀟開門見山。

賀語穗點點頭。「既然妳知道，那我就有話直說了。母親的事我其實早就知道了，母親恐怕還不知道我早已知曉。那是我十二歲的時候，偶然聽母親和羅嬤嬤私下說起，便瞭解了個大概。只不過那時候我年紀還小，不是完全能理解，但隨著時間的推移，我發現母親並不希望我們過得好。所以議親時，我故意選了個家世普通的秀才，想著這樣母親應該就不會再多關注我了，只要我與相公和睦，日子過得至少真實，沒那麼多算計。」

賀語瀟沒想到二姊居然這麼早就知道了，而且這麼多年都沒向別人提起，可見她二姊看著溫溫柔柔，實際是個非常能忍耐且守得住事的人。

「作為母親的親生女兒，我沒有那麼大的勇氣在父親面前揭穿她，所以妳們多少都在母親那裡吃了些虧，對此我是覺得對妳們有虧欠的。」賀語穗說。

「二姊不必這樣想，母親做的事若硬算在妳頭上，也不合適。我們姊妹幾個各有各的緣法，說到底都是自己選的。」其他人的她不想評價，而自己的婚姻，賀語瀟還是極滿意的。

「話雖如此，但我多少有些難以心安。為了我們的以後，母親的所做所為都不能被公之於眾，否則我們一家五個姑娘都沒辦法做人了。」接著是賀語穗今日來的重點。「但我實在不知道要如何勸父親，才能平息這件事，所以只能來找妳了。」

賀語穗很清楚，這事若找其他三個人商量，只會越鬧越大。

「我明白二姊姊的顧慮。父親恐怕還在氣頭上，這會兒與他說什麼他都未必聽得進去。而母親見父親這樣，恐怕只會更開心，完全不會想平息父親的怒火。」賀夫人只要不火上澆油，那都是奇跡了。

「正是，所以我才覺得無力。」賀語穗嘆氣，就算賀家名聲壞透也不足以讓母親滿意。

賀語瀟想了想，說：「反正短時間內父親應該下不了什麼決定，等我抽個空去和父親聊聊，看看如何解決母親的事。這事說到底，父親並不占理，甚至可說是禍根。」

賀語穗點頭。「需要我與妳一起去嗎？」

賀語瀟想了想，搖頭說：「姊姊就好好養胎吧，我自己去就好。」有些話賀語穗在，她反而不好說得那麼直接。

等賀語穗離開了，傅聽闌才回來，賀語瀟跟他說了二姊姊的來意。

「妳準備怎麼和岳父談？」傅聽闌問，他做好了陪賀語瀟一起去的準備。

賀語瀟粲然一笑。「我，郡王妃，可以仗勢欺人啊！」

置辦藥材的隊伍回來了，同時也帶來了南方雨水的消息。

隊伍去的時候還好，一路晴空萬里，待到回程前就已經開始下雨了。雨勢不大，但也頂不住一天十二個時辰，有十個時辰都在下雨。何況現在還沒到梅雨季，這雨來得不應該。

這一路往回走，幾乎一半的時間都在下雨，直到差不多過了南方的地界，才沒再見雨水，這才加快了行程。

「今年的雨來得太早了，如果連上梅雨季，恐怕真要成災。」傅聽闌回到家，跟賀語瀟提起這事。

「看來你之前說雪災之後可能有洪水是對的。幸好我們提前準備了藥材，應該夠應付一陣子了。」賀語瀟說。藥材已順利運回來，他們心裡就不慌。

傅聽闌點頭，拉著賀語瀟的手，讓她陪自己坐一會兒。「我明天要早起進宮，將這消息稟告皇上。」

「應該的。」這是大事，哪怕誤報也不能瞞報。「南方的防洪堤也不知道成不成，若不成恐怕會有大患。」

「是啊。要即刻讓工部安排人，在真釀成災害前，能修繕的修繕，能加固的加固，儘量將損失降到最低。」這是他們現在為數不多能做的了。

「但願問題不大。」賀語瀟琢磨著，說：「現在天氣暖和了，溫泉莊子那邊過冬的人家也基本都回京了，我想著乘機把後山規劃一下。」

傅聽闌沒有意見。「既然莊子交給妳了，妳看著辦就好，需要人力就和我說。」

他的銀子都交給賀語瀟保管了，財力上他說得不算，只能出點人力。

「好。」賀語瀟心裡已經有了打算，回頭和莊子的管事商量一下，確定可行性就行了。
次日一早，傅聽闌就進宮了。賀語瀟去店裡把面脂分發妥當，便獨自去了賀府。
今日趕上賀複休沐，她正好過來談談賀夫人的事。
如今府裡姜姨娘管事，她一來，下人們立刻通知了姜姨娘。
「怎麼突然過來了？」姜姨娘迎出來。
賀語瀟扶住姜姨娘的胳膊。「來找父親說點事。姨娘管著這府裡的事，看著疲憊了不少，要注意身體才是。」
姜姨娘輕嘆了口氣。「家中瑣事太多，我剛接手難免手忙腳亂。妳父親近來精神不濟，妳與他長話短說吧。」
「我明白。」賀語瀟應道，出了這事，她父親精神能好才怪了。「母親近來如何？」
姜姨娘語氣沒有太多情緒。「自在得很，每天除了吃喝就是供奉妳帶回來的那個牌位。她畢竟還是主母，她要什麼我也不能短了，她這回沒有要算計的東西了，才幾天的工夫，臉上都見肉了。」
賀語瀟笑了，沒想到別人覺得賀夫人最落魄的時候，卻是賀夫人覺得最愜意的時候。
「父親在書房？」賀語瀟問。
「對，妳直接過去吧。」姜姨娘知道賀語瀟有正事要和賀複說，便不拉著她話家常。
敲了書房的門，聽到賀複在裡面喊了進，賀語瀟才走進去。

「父親。」賀語瀟給他行了禮。

賀複看到她回來，並不意外，只問：「是回來看妳姨娘的？」

賀語瀟搖搖頭。「是來與您商量母親的事的。」

賀複點點頭，看起來蒼老許多，顯得格外沒精神，坐在桌前等賀語瀟繼續說。

賀語瀟道：「您與母親的過往，不是我們這些小輩應該過問的，但母親若傳出惡名，我們這些賀家姑娘恐怕都沒辦法在婆家生存下去了。到了那時，咱們賀家就算全完了，女兒就算是郡王妃，也保不住任何富貴。」

這點賀複當然明白，也是因為明白，為了自己的官途，才沒有休掉賀夫人。但這個女人整天在家中祭拜鄭思理，他心裡的恨誰能明白？

「所以女兒是想著讓母親繼續稱病，把人送離京中，這樣對外也好說。大姊姊、三姊姊和四姊姊那裡您是指望不上的，二姊夫今年雖春闈未中，但以後還有機會，且與二姊姊夫妻情深，若真出仕，定能成為父親的助力。」賀語瀟心裡明白，自己跟賀夫人先前一樣，也是在給父親畫大餅。「至於我這邊，無論母親怎麼說，您也是我的父親，在官途上，只要您不出錯，郡王必會保您官途順遂，這也涉及他的顏面。」

賀語瀟話說得漂亮，至於結果那可不是她能控制的。看著賀夫人的種種行徑，賀語瀟別的沒學會，如何給賀複畫大餅卻學了個明明白白。

「珩郡王當真會保我官途？」賀複果然來了精神。

「這是當然，我嫁到長公主府，本就是高攀，如果您的官位再拿不上檯面，那別人只會在背地裡笑話長公主府和郡王。還是那句話，只要您不犯錯，郡王肯定是向著您的。」如果她父親貪污或者欺壓百姓，那她今天的話就當沒說。

賀複琢磨著賀語瀟的話覺得很有道理，便問：「那妳覺得把她送到哪兒去比較合適？」

這點賀語瀟就不打算發表意見了。「這是父親與母親的事，父親看著辦就好，只要表面看著讓人挑不出錯就好。」

這個餘地留得還挺大的，但凡賀複腦子正常一點，都不會做出極端的事。

於是三天後，賀府傳出消息，說賀夫人身染重病，需要靜養，送去了西南安靜之所。賀夫人的好姊妹華夫人聽到消息本想來送，結果賀夫人早不在府上了。

後來賀語瀟聽姜姨娘說，賀夫人想要休書，但賀複沒給。賀夫人被連夜送走，賀複已經安排人將她看管起來，防止她什麼都不顧，把自己做的事全抖出來，到時候賀家就真沒辦法收場了。

能遠離賀複，守著自己愛人的牌位不被打擾，對賀夫人來說也是一種安寧。

賀語瀟猜，因為還沒等到曹家和賀複的結局，賀夫人還不想死。

賀夫人離開沒十天，曹家就因為貪污觸怒了聖上，曹大人被罷了官，就地問斬。禁軍在曹家搜出近三千萬兩貪銀，一個五品官能貪得這個數量的銀子，簡直讓人匪夷所思。曹家其餘人等全數發配邊疆為奴，永世不得回京。

而曹家的貪污必然是拔出蘿蔔帶著泥的，只不過這次皇上並沒有處理那些「泥」，頗有些殺雞儆猴的意思，導致這些「泥」們為了自保，開始以各種名義捐錢。

用傅聽闌的話說，就是先讓這些人家捐錢買平安，之後應該也會收斂不少，等他們覺得沒事了，再算帳。那時這批春闈選出的官員已經能上手朝中事務，到時候再罷官，立刻就能有人頂上，比現在一併處置導致人心惶惶的好。畢竟若南方真發生洪災，現在拿到的這些銀子能實打實地幫助百姓，朝堂現在也需要暫時的安穩，來齊心協力度過洪災期。

殿試時，崔恒沒有意外地高中狀元，直到這會兒，全京的人才知道工部尚書之子參加了此次春闈。而崔家設宴，傅聽闌和賀語瀟必然是要去的。

「語瀟！」一進門，華心蕊就迎了上來，一手挽住賀語瀟的胳膊。「妳可算來了，我都等妳半天了。」

賀語瀟笑道：「恭喜華姊姊了。」

華心蕊嘿嘿一笑，小聲跟她說：「還是我娘挑女婿的眼光好。」

賀語瀟樂道：「這要是讓別人聽到，該笑話妳了。」

「所以我不跟別人說。」華心蕊向她眨眨眼睛，然後對傅聽闌道：「郡王，我帶你的郡王妃去後院啦。」

傅聽闌微笑著點點頭。「語瀟就交給妳了，妳可得讓她吃飽了。」

「放心，保證還一個連晚飯都吃不下的郡王妃給你。」說完，便拉著賀語瀟去了女子所在的後院。

此時後院聚了不少人，見賀語瀟過來，無論情願還是不情願，都紛紛起身向她行了禮。賀語瀟說了「免禮」，然後去向崔家長輩問好，禮節上一點沒有出錯。

「心蕊總和我提起妳，珩郡王和恒兒向來走得近，妳現在也入了長公主府，以後要常來常往才好呀！」崔夫人笑拉著賀語瀟的手，就像對待一個喜愛的晚輩，沒有身分上的顧忌。

「是。」賀語瀟乖乖應了。

「聽聞妳嫡母身體不太好？」與只是客套地聊幾句不同，崔夫人顯然想多和賀語瀟說說話。

「是，嫡母為家中大小事務操勞多年，原本看著挺好的，人也幾乎不生病，但沒想到一朝累倒，幾年沒有的病好像都趁著這時找上門來了。京中人情世故繁忙，嫡母實難安心休養，所以家中商量了，將人送到安靜之地休養。」這些話賀語瀟早就編好了，這會兒說起來是格外流暢。

崔夫人點點頭。「京中這些夫人，有哪一個是不操心的？哎，也就我們這些過來人，能明白其中的操勞。」

「是。」無論崔夫人是真的什麼都不知道，還是聽說了什麼，今天她說了一番場面話，賀夫人的情況都在這裡得到了解釋，以後外面的人再說起來，在場的人也有話能答了。

第七十七章

賀語瀟落坐後，崔乘兒就過來了。

「妳去忙吧，不用管我。」賀語瀟和華心蕊道。

「家裡那麼多人呢，用不上我的。」華心蕊並不打算離開，她知道輕重，而且婆母都沒讓她去忙，她便能躲懶就躲懶了。

「那妳也不好總陪我。」賀語瀟壓低了聲音。「以咱們的關係，妳不招待我，我也不會挑妳的不是，但別人就不好說了。今天崔公子是主角，妳就算不太想出風頭，也得差不多都照顧到。」

華心蕊知道賀語瀟說得有道理，只不過有些一看就不是真心來恭喜崔恒的，她看著心煩。

華心蕊怎麼說都是華家捧在手心裡長大的姑娘，到了婆家才開始正式學習如何應付之前不需要她關心的人情世故，難免力不從心，甚至有想逃避的心理，這些都很正常。如果嫁的只是一戶普通的富足人家，不需要學任何東西也行，可嫁入官宦人家，就沒那麼隨意了。

「好吧。」華心蕊在心裡嘆氣，她心裡很清楚自己並不是八面玲瓏的那塊料，只不過有婆母當家，不至於讓她露怯。既然賀語瀟都這樣說了，她肯定還是跟著相公招待一二為好。

「嫂子去忙吧，我陪著語瀟。」崔乘兒主動攬活，她是家中姑娘，這種場合沒有需要她的地方，她自然是最鬆快的。

華心蕊離開後，崔乘兒坐到剛才華心蕊的位置上，與賀語瀟說起她店裡的事。

「妳店裡的客人越來越多，趕上有新品的時候，都要排到外面去了，妳不考慮把店面做大些嗎？」崔乘兒現在除了逛書屋，最喜歡的就是逛賀語瀟的妝店，也不一定非要買什麼，就是去逛逛，看看那些新品，琢磨把自己打扮得精緻一點，這樣自己開心，還能更自信。

「有想過，現在化妝和貨架中間就拉了個屏風，如果沒有客人化妝還好，有客人化妝的話，來為妻子或者家中母親、姊妹買東西的男子，出入就不是那麼方便了。」現在她的店裡不僅女子愛來，男子也不少。男子除了幫家裡人帶東西，也會給自己買面脂，沒有什麼香味的面脂對男子來說就是不二之選。

賀語瀟接著說：「不過近來在忙別的事，暫時顧不得這麼多。再說，我剛入門沒多久，還有許多要學的，實在無暇分心。」

崔乘兒理解地點點頭。「也是，不過看著妳店裡的生意興隆，我還是很為妳開心。」

賀語瀟笑道：「這回的花香油數量實在少，就沒送妳們試用，等我新一批浸好了，再分給妳們。」

「哪能每次都讓妳送我們試用呀？我們自己買就好啦。雖然還沒搶到，但心裡記掛著，琢磨著時間去搶，也挺有意思的。」崔乘兒覺得這就和吃涮火鍋一樣，自己一個人吃就沒有大家一起搶有趣。

「那哪成啊？我的好友都沒用上我店裡的好東西，傳出去我自己也沒臉不是？」賀語瀟不是吝嗇的人。「這次我做了許多玫瑰味道的花香油，更適合像妳這樣的姑娘家，妳不必與我客套，怪見外的。妳要是覺得過意不去，到時候幫我送到各位姊姊府上就是了。」

這事崔乘兒是可以辦的，立刻應了下來。

不遠處忽然有姑娘不小心把水果掉到裙子上了，崔乘兒作為崔家的女兒，主動起身帶姑娘到自己院子裡換裙子。

賀語瀟喝著茶，等待開席。她今天早上沒吃太多東西，說要把胃口留著吃大餐，還被傅聽闌笑話了一番。

「郡王妃，我聽說您現在還經營著妝店呢！不過看您今天的打扮，是不是太樸素了些，一點兒也不像個妝娘會收拾的模樣。」開口的綠衣女子賀語瀟並不認識，她這稱呼看似尊重，可語氣和說話內容卻不是。

「我不過是來赴宴的，帶著真心來即可，打扮得花枝招展未免太不合適。」賀語瀟笑了笑，沒有表現出不滿。這是崔家的地方，她作為客人，是有生氣的權力，也有這個身分，但不能讓崔家難做。

而且能在她面前說這種話的，家世定差不了，除了家裡給的底氣，也是因為賀語瀟現在就一個人在這兒。沒有傅聽闌在旁邊撐腰，長公主也沒來，如果賀語瀟因為這點「閒聊」發火，或者回去告狀，肯定會被說小題大作。

旁邊的粉衣姑娘也道：「今天第一次見郡王妃，真真是極好看。不過您這麼素淨，除了好看，別的地方就顯得不出挑了。」

這意思在座都聽得懂，就是想說賀語瀟除了相貌外一無是處，根本配不上傅聽闌。

粉衣姑娘的話音剛落，立刻就有人附和。「當時聽到珩郡王要娶司農寺少卿賀家的姑娘，我還愣了一下，都不知道還有這麼個官位。」

「易得無價寶，難得有情郎，我這樣說可能會讓人覺得有些不要臉，但我與郡王是兩情相悅，所以各位在意的那些，恰恰是郡王最不在意的。」賀語瀟臉上絲毫不見惱怒，講真的，這點嘲諷對她來說啥也不是。

原本想嘲諷賀語瀟一番，沒想到讓賀語瀟秀了恩愛，幾個姑娘的臉色都難看起來。

賀語瀟撇了撇浮沫。「若說漂亮，我是不敢當的。畢竟長公主的美貌京中皆知，不是我等青澀之姿可相比的。我雖成婚時間不長，卻也是已婚婦，今日便托大與各位姑娘說上幾句，已經成婚的就好好顧著自己家事和自己的相公，未成親的想結一門心儀的親事，那就讓家中勤打聽，這比盯著別人的婚事，有事沒事就拿出來議論一番來得有用。」

幾個看不慣賀語瀟但並跟著開口的姑娘們臉色也難看起來，一時竟想不出反駁的話。

賀語瀟繼續道：「如果各位是見我做了點生意，能賺上些錢為相公或者家裡置辦物件，想與我聊一聊生意經，那我是很歡迎的。像乘兒這樣的才女我佩服，若有經商頭腦的女子，我也一樣佩服，至少再遇上去年那樣的雪災，各位能拿出自己賺的錢救助百姓，也是功德一件了。」

這下那幾個姑娘更沒話可說了。在座的都知道雪災時賀語瀟和幾家姑娘一起設了粥棚，也知道那粥棚是賀語瀟先辦起來的。賀語瀟用自己賺的錢救濟百姓，她們這些一分錢都賺不到，全靠家裡的姑娘，又有什麼資格笑話她呢？

崔夫人撥弄著手上的珠串，看賀語瀟的眼神滿是欣賞——這樣的姑娘，上能做郡王妃，下能做妝娘，內外都不懼，民間口碑好，以後長公主府上的事，長公主真是不用擔心了。

開席後，賀語瀟被請上了主桌。她不時給崔夫人敬酒，也敬了其他崔家長輩。崔家人都拎得清，之所以敢接她敬的酒，也是因為傅聽闌和崔恒的關係。既然賀語瀟只作為傅少夫人與她們往來，那她們肯定不能表現得太見外。

席間也有不少人過來向崔夫人敬酒，崔恒這官當得如何還未可知，不過並不影響眾人現在把關係拉好，以後萬一用得上，就方便許多。

崔夫人與大家客氣地聊著，看不出太多情緒，似乎每個人說的好話她都記在心裡，以後大家就都是自己人了。

宴席結束，大家又小坐了片刻用了盞茶，才陸續離開。

「郡王妃，郡王問您可以走了嗎？」崔府的小丫鬟前來傳話。

賀語瀟點點頭，起身向崔夫人、華心蕊和崔乘兒告辭。

「改天我去店裡找妳玩。」崔乘兒說。

「好。」賀語瀟應著，跟著丫鬟出去了。

崔府門前停了不少馬車，傅聽闌和崔恒說著話，在門口等賀語瀟過來。

「你既已為官，以後常來我府裡走動，別怕別人說閒話。」傅聽闌對崔恒道。之前崔恒並無官職，因為和傅聽闌走得近，沒少被同學或者其他官家少爺說閒話。所以兩個人見面一般都在外面，崔恒怕常去長公主府，話會越傳越難聽。

「好。」崔恒拍了拍傅聽闌的肩膀，他們兩個之間無須多言。

賀語瀟出來就看到了兩人，崔恒微笑著問：「郡王妃可吃好了？」

賀語瀟笑了。「好得很，崔少夫人把我的碟子都挾滿了。」

「那就好。」他的妻子與傅聽闌的妻子走得近，他與傅聽闌的關係又是最好的，這是非常理想的狀態。

「我們先回去了，改天咱們再聚。」傅聽闌牽著賀語瀟的手。

「好，恭送郡王，郡王妃。」雖說恭送，但好友間，根本不需要那些做給人看的禮數。

傅聽闌笑了一聲，便拉著賀語瀟出門了。

兩個人一出來，那些還沒上馬車的都停了下來，眼睛有意無意地往他們這邊瞅。在這些人看來，賀語瀟小門小戶的，在長公主府肯定沒有話語權。如今傅聽闌既已成親，以後納妾是必然的，但看到兩個人一直牽著手，傅聽闌與賀語瀟說話時又笑得很開心，使這些心中打著算盤的人猶豫了。

走到馬車前，傅聽闌小心地扶著賀語瀟上車，都沒讓丫鬟動手，待賀語瀟坐好了，才對車伕道：「先不回府，去河堤那邊走走。」說罷，自己才上了車。

京中人都知道，春日在河堤邊散步，是件非常愜意的事，一般去那邊的除了各家夫人、小姐，就是書生之類喜歡吟詩作對的文人。夫妻兩個若能一起去散步，都是感情相當好的，否則兩個人走那麼長的路，無話可說、話不投機，還不如自己去呢。

此舉使有心人家歇了心思，兩人感情甚篤，他們送人去就不是攀附，而是得罪了。之前在後院嘲笑賀語瀟的幾個姑娘這會兒更是沒話說了，趕緊上了馬車，再不爽也只能往肚子裡吞。

等客人都散了，崔夫人對身邊的婆子道：「把今天對郡王妃出言不遜的幾家姑娘都記下來，去和老爺說一聲，以後不要往來了。」

婆子絲毫不意外，應了「是」。

日子按部就班地過，除了傅聽闌被皇上要求跟官員一起上朝外，其他都沒什麼變化。

這天夜裡，轟隆一聲炸雷把賀語瀟驚醒了。

賀語瀟本能地摸了摸旁邊，摸到了傅聽闌的胳膊。

這麼大的雷聲，傅聽闌自然也被吵醒了。伸手摟過賀語瀟，一手幫她捂住耳朵，道：「別怕，我在呢。」

「嗯。」賀語瀟並不怕打雷，只是這雷聲又大又密集，閃電也格外亮，聽得人心慌。不一會兒，雨落了下來，嘩嘩聲擾人清夢，這下兩個人更睡不著了。

「白天還晴空萬里，怎麼夜裡就下這麼大的雨。」賀語瀟抱著傅聽闌，語氣有些抱怨。「我莊子後山的屋子剛蓋好，不會被這雨沖壞了吧？」

「別人都擔心府裡的池塘裡會不會溢水，或者這雨要下到什麼時候，就妳不一樣，想得這麼遠。」傅聽闌笑她。

賀語瀟理所當然地說：「那是我出錢修的後山，當然關心啦！」

兩人正說著，房門被敲響了，門外傳來傅聽闌小廝的聲音。「郡王，手下人來報，南方澤縣連續暴雨沖垮了河堤，洪水蔓延，百姓流離失所，可能還會波及下游幾個縣！」

賀語瀟心裡一驚——洪災果然還是沒能避免。

傅聽闌立刻起身下床，還不忘給賀語瀟掖好被子。「妳繼續休息，我得進宮一趟。」

「這個時間宮門都落鎖了，你過去能見到皇上嗎？」賀語瀟不放心，外面雷大雨大的，又是晚上，連路都難看清。

「我有腰牌，隨時可以進宮。」這等大事一刻都耽誤不得，傅聽闌邊套衣服、邊對小廝道：「去告知父親一聲。」

「是。」小廝應著就趕緊去了。

能進宮就好，賀語瀟這會兒也躺不住了，起來幫傅聽闌穿衣服，束頭髮。她的動作比小廝快，這樣傅聽闌也能盡快出門。

「妳躺著吧，下雨屋裡涼，別冷著了。」傅聽闌不忍賀語瀟起來為他忙活。

「這個時候哪還顧得上這些？」賀語瀟邊幫他梳頭邊道：「坐家裡最大的那輛馬車，馬車拉得穩，雨天路滑，別太急了。」

「放心，我曉得。」傅聽闌簡單整理了一下，玉珮什麼的都沒戴，等頭髮束好，他便出門去了。

還沒等他出院子，駙馬也過來了。看著也是草草收拾過而已，父子倆準備一起進宮。賀語瀟這才放心些，父親在旁，傅聽闌再著急也能慢一些。

賀語瀟是進了長公主府才知道，別看她公公整天沒什麼事，在宮裡掛了個閒職，不算太忙，但一旦皇上有事需要私下找人商量，都會請她公公過去。一般商量完她公公不會參與後續，因而別人很難發現這事，所以她公公算是皇上最隱秘的智囊了。

現在駙馬跟著傅聽闌進宮，別人並不會多做猜想，畢竟是洪災，傅聽闌得到消息進宮了，駙馬卻在家中呼呼大睡，那才是有問題。

送走傅聽闌，賀語瀟左右睡不著了，便叫了露兒過來。

府裡的動靜不算大，但露兒平時比較警醒，這會兒肯定不會翻個身繼續睡。

「郡王妃。」露兒進門後，幫忙把其他的燭火點亮。

賀語瀟坐在桌前，提筆寫著東西，頭也沒抬地對她道：「妳去看看母親醒了沒，若醒了來告訴我。外面雨大，妳多穿點，別淋濕了。」

「是。」露兒應著就趕緊去了。

外面雨聲不斷，賀語瀟並未被雨聲擾亂心神，專心地寫著自己的東西。雷聲漸小，終於不會吵得人心慌了。

沒多久，露兒就回來了。「郡王妃，長公主已經醒了。」

意料之中，身為大祁的長公主，這會兒肯定也是睡不著了。

賀語瀟放下筆。「走，去母親那兒。」

賀語瀟住的院子離長公主的院子不遠，沒幾步路就到了。

「母親。」賀語瀟向長公主行了禮，此時長公主的臥房也是燈火通明。

惠端長公主看賀語瀟裙子都濕了，趕緊叫她到身邊坐。「聽闌出門吵醒妳了？」

「不是，是之前就被雷聲吵醒了。」賀語瀟挨著長公主坐下，接過嬤嬤送來的毯子。「母親，我是想著澤縣的災情勢必會讓災民往京中跑，若不做好安排，容易出亂子。所以想和母親商量一下，看看我們府裡要做些什麼。」

這若放在以前，就得惠端長公主自己操心，現在有了兒媳婦，還是能主動來與她商量的兒媳婦，惠端長公主覺得肩上的擔子輕了不少。

「好，妳先說說妳的想法。」長公主這麼多年來經歷過不只一次洪災，她有一套自己的安排。但既然賀語瀟來找她商議，她肯定要先聽聽賀語瀟的安排。

婆媳兩個一直聊到天亮，雨也小了許多，但並沒有停下的跡象。

惠端長公主發現賀語瀟老早就有打算，而且早早就做了準備，兒子能娶到這樣的媳婦，讓她怎麼能不安心？

於是早飯後，賀語瀟就出門去了。她知道水災的消息現在還沒傳開，物價還沒漲，所以她要乘機買糧。當然，不是她親自出面，而是要去找前幾天才從南邊回來的商隊的人去買。這樣就算別人知道他們是商隊，只要說北方的糧不如京中好，運過去有大戶人家願意收，就不會引人懷疑。

而長公主則會派人去自己的莊子盤點存糧，再如數運回京中。

第七十八章

安排好買糧的事，賀語瀟接下來要做的就是去找馮惜、華心蕊和崔乘兒。之前她們一起辦過粥棚，都有經驗。災民湧入京中，必走的也是之前設粥棚的那段路，繼續在那裡設粥棚，讓進京的災民能先吃上一頓飽飯，心情會得到不小的安慰。

聽到消息的三人二話沒說，把事情應下來。但因為洪災的消息還沒有傳開，所以她們要悄悄地做準備工作，以免引起不必要的恐慌。

有好友們的相助，賀語瀟在粥棚上便不用操心了。緊接著她又去了愈心堂。如今愈心堂的大夫多了不少，病人也跟著多起來。百姓們都願意來愈心堂看病，藥價實惠，出診的價錢也比其他醫館低。當然，這部分會由傅聽闌補齊，必不能讓大夫們賺不到錢，如果不能保證衣食無憂，大夫們哪有心思潛心研究醫術呢？

召集了幾位老大夫到二樓，賀語瀟簡單說了水災的事，請他們務必做好準備，防疫的藥要儘早準備，以免要用的時候不足。來京中的只是災民，生疫的可能性小一些，但澤縣那種被洪水沖毀，屍橫遍野之地，瘟疫很難完全避免，所以需要提前備好藥送去。

大夫們非常重視此事，向賀語瀟保證一定不負所託。

「那就拜託各位了。藥材若不足，一定要提前說，趁商隊還有人手，還能運送一批藥回來。」賀語瀟道。

一直坐診愈心堂的龔大夫道：「郡王妃放心，藥材夠的。若小有短缺，我與相熟的醫館說一聲，勻些藥給我們是沒問題的。」

勻藥這事比較常見，只要量不是巨大，不會讓人多想。

賀語瀟點頭。「那就好，希望能順利度過這次災情。」

龔大夫道：「有郡王和郡王妃這樣提前操持，一定能順利度過。」

其他大夫也表示既然還有時間讓他們研究，他們一定能討論出一個合理的方子，爭取花最少的錢、辦最多的事。

安排完這些，賀語瀟稍微鬆了口氣，這才前往自己店裡。

今天一直在下雨，雖然雨勢小了，但這種毛毛雨往往才是最能下的。因為下雨，店裡並沒有客人，露兒一早過來開店，一個人顧店也沒問題。

「您午飯吃了嗎？」露兒趕緊先給賀語瀟倒了杯熱茶，讓她暖一暖身子。

賀語瀟搖搖頭，問她。「妳呢？」

露兒點頭道：「中午奴婢買了街口那家的包子，還有餘下的，姑娘吃一個吧。」

這會兒賀語瀟是真餓了，忙點頭。「拿給我吧。」

包子還溫著，賀語瀟拿了一個，大口吃起來，沒有外人，她不需要在意形象。沒一會兒，一個包子就解決掉了，賀語瀟的速度才慢下來吃第二個。「等災民進京了，我可能要忙粥棚那邊，到時候店裡還得交給妳。」

有了雪災那時的經驗，賀語瀟知道讓露兒一個人看店完全沒有問題。

露兒點頭。「郡王妃放心，奴婢一定把店裡看顧好。不過這次不比雪災那會兒，雪災波及的只是京城周圍，災民人數不算特別多。這回可能不只一個縣，您忙起來身邊沒個得力的人，奴婢實在不放心啊。」

「別擔心，到時我向母親要幾個得力的嬤嬤，問題不大。」如果人手不足，她還可以回賀府要人，現在賀府是她姨娘管家，借幾個人不難。

兩人正說著，傅聽闌就來了，與賀語瀟一樣，他的衣襬和鞋子也都是濕的。「我出宮時遇上正準備進宮的母親，母親說妳一早就去忙活了。我猜妳這會兒恐怕不會直接回府，就到店裡來看看。」

因為沒睡好，傅聽闌的黑眼圈很明顯，不過看著不至於太憔悴。

賀語瀟問：「你吃午飯了沒有？」

「還沒。現在大臣們都在御書房商議災民的安排，皇上雖讓我留在宮裡用飯，但我覺得與其聽那些官員在討論這裡銀錢不足、那裡人力不足，我還不如出來找妳。」想到那些官員，傅聽闌就很難有什麼好語氣。

賀語瀟點點頭，給他倒了茶。「還有兩個包子，你也墊一墊肚子。」

跟自己的妻子，傅聽闌自然沒什麼好客氣的，淨過手就抓了個包子吃起來。

雖然沒有客人，露兒依舊非常貼心地將屏風拉上，讓郡王和她家郡王妃能好好說話。

「之前查抄曹家得了那麼多銀子，還有連帶那些官員的捐銀，難道還缺錢嗎？」賀語瀟對財政用銀並不瞭解。

傅聽闌嘆氣道：「太上皇那會兒貪圖享樂，導致國庫空虛，留下不小的爛攤子。皇上繼位後，國庫日漸豐盈，但各地工程修繕，邊關將士們的糧草軍餉，都要錢。而且這些年皇上雖過得節儉，卻也不是每個府縣都能如期交上稅的，趕上年頭不好，還得向朝廷要銀子。所以曹家和那些怕被連帶的官員拿出的銀錢都各自安排好了去處。現在洪災一來，想把這些已有安排的銀錢用來救災，很可能就變成拆了東牆補西牆，都要掂量著用，怕弄不好窟窿越來越大。」

他這樣解釋，賀語瀟就明白了。「可官員們這樣扯皮也不是辦法，說不定等他們討論出結果，局面都難以控制了。」

「所以皇上也頭疼，現在儘可能找個還能拖的地方，把那邊的銀錢先挪來用。」傅聽闌說，這事一時半刻解決不了，傅聽闌不願意賀語瀟跟著一起煩心，便問了她今日都去哪兒了。

賀語瀟說了自己安排下去的事，又道：「原本應該去一趟莊子的，看看我後山的屋子怎麼樣，不過實在沒時間，雨又沒停，等明日天晴了再說吧。」

傅聽闌心疼她要到處跑，同時也對她的效率很佩服，安排得這樣井井有條，都不需要他操心了。「明天我讓人去莊子看看，妳就別過去了。還有得忙呢，妳先養精蓄銳吧。」

「也好。」反正不是什麼她不去就不行的事，就交給別人辦吧。

吃得飽飽的，兩個人這才恢復了精神，人吃飽了就容易睏，賀語瀟打了個哈欠，顯得懶洋洋的。

「我今天一直在想，災民進京這一路肯定是吃不飽、穿不暖。人一餓，就算有再大的精神支柱，也難保不會鬧事。所以我想，為了讓災民順利到京，應該要求沿途官府發救濟糧。」賀語瀟說。

「正常來說是應該的，不過周邊不知道被波及到什麼程度，所以皇上還未下旨。」一般只要不是被波及得太嚴重，周遭的官府和百姓都不會看著災民路過卻視而不見。

「嗯，皇上需要權衡的事多，但我們就沒有那麼多顧忌了。我是這樣想的，我們可以派人騎馬南下，沿路為北上來京的災民分發食物。反正從澤縣往京中趕就一條大路，沿著這條路就不會錯過災民。這樣能保證災民在路上能拿到吃的，有吃的，災民心就不慌，也容易聽從安排。我們分發食物，一路上那些府縣看到，知道是皇上的意思，就算皇上沒下旨，他們為了自己的仕途和名聲，也會想辦法開倉設粥棚。如此既不用皇上下旨，也不用派人動員，該動的都會動起來。」賀語瀟說著自己的想法。

試想如果前後兩個縣都有粥棚，只有中間的縣未設，若傳出去中間這縣的官員能有什麼好名聲？還想不想升遷了？所以哪怕這粥熬得再稀，也比沒有強，何況沿路還有人發糧呢！

「是個辦法！」傅聽闌來了精神。「燒餅之類烤得比較乾的食物易於儲存，沿途發燒餅的話，既頂飽又不易壞。」

「沒錯！如果想降低些成本，也能稍微摻些玉米或者豆麵進去，先保障災民能活著到達救濟處再說。」賀語瀟想了想，又道：「發糧這事還是要打著皇上的名義，如果打著長公主府的名頭太惹眼了，也容易傷了皇上的面子。」

「妳說得對。」賀語瀟連這一層都想到了，傅聽闌越發認可娶妻當娶賢這句話了。

賀語瀟頓了片刻，又道：「如果皇上實在挪不出銀子，我倒有個不算成熟的想法。無論京中還是京外，最不缺的就是貪官，只是看貪多貪少罷了。同樣的，南方那種地方也不缺富戶。既然皇上沒銀子，那就從這些有銀子的官員和富戶身上下手。重建澤縣時可以將澤縣劃分成數個區域，開放讓有財力的官員或者富戶承包。只要修繕得當，就賞他們家一個入太學的名額，反正只是入學，以後還得看個人的能力。」

無論官員還是富戶，都希望自己現在手裡的權或者錢能延續下去。太學就是非常好的誘餌，不是所有官員的子弟都有資格進太學，但現在給了他們一個進太學的機會。太學裡的學生非富即貴，就算富貴都不沾的，那也是學子中的佼佼者，這些都是貪官想要攀附的存在。這就等於給了他們一個攀附的可能，同樣皇上也能得到一個名單，瞭解一下誰是真貪，誰又是掏空家底為國為民的好官。

至於富戶就更是了，絕大多數富戶都是從商的，商戶男子三代不得考科舉，就算過了三代開始考科舉，不少人也會因為家裡從商被輕視，就更不用說入太學了。如今有了這個機會，可以不顧慮三代問題，還能結交官門子弟，說出去他們是因為參與重建才得到的名額，如此慷慨解囊的富戶，別人也不會看輕他們的孩子，可以說是為孩子鋪了條平步青雲的路。就算最後沒考中，能結識幾個好友也是好的。

傅聽闌一把摟過賀語瀟，在她臉上親了一口。「我的郡王妃也太聰明了吧！」

賀語瀟失笑。「我這方法未必是最好的，也可能被鑽漏洞，還得你與皇上再商議。反正這些我管不了，我現在只等著災民入京，若能幫忙做些妥善的安排，也算是做了件實事，無愧於咱們一府的殊榮了。」

當第一批災民抵達京中的時候，京中的百姓才瞭解到澤縣的洪災，京中的物價如預期開始上漲，這是沒辦法的事。

同一時間，粥棚已經蓋好，之前雪災時收拾出來的破廟也能給災民們臨時歇腳。

粥棚周圍除了有禁軍維持秩序，馮惜也帶了府上壯實的家丁支援看守。

崔乘兒在粥棚為災民做身分登記，主要是記錄哪些是孤身一人來的，哪些是帶著孩子的，又有哪些是一家人一起來的。

華心蕊則負責粥棚打飯的安排，像每個小孩子可多得一碗牛乳，老人則可多得一塊好消化的軟糕。

愈心堂的醫棚也設好了，第一批來的人大多都是外傷，雖因為長時間的步行，傷口惡化的不在少數，但沒有出現發燒、嘔吐或者腹瀉的症狀。

賀語瀟這段時間也沒閒著，玫瑰花香油浸泡的時間還不足，但為了籌集買糧的錢，她也顧不上那麼多了，先裝瓶往外賣。她已經與顧客說好了，這東西買回去大概還要再泡上半個月味道才夠濃厚。顧客們則覺得能買到就是好的，只不過暫時用不了，也不差這幾天，先買回去再說。

賀語瀟感慨著人與人的不同，災民們連頓飽飯都難吃上，她每天為了如何籌集更多銀子操心，而一些養在深閨的姑娘或者不問世事的公子哥兒則花大把的銀子買這些花香油，只為了滿足自己的需要，或討心上人開心。

她並不覺得這有什麼高低對錯之分，每個人的出身不同，考慮的東西自然不一樣。如果沒有這些樂意花錢的，她也賺不到這些銀子。所以感慨也只是感慨，做好眼下應該做的才有意義。

除此之外，賀語瀟還聯繫了溫泉莊子周圍的莊子主人，那邊多是京中為官的人買的莊子，賀語瀟想借用半年，用來收留災民。一方面那邊地氣暖和，對南方來的人來說，可以儘量減少溫差帶來的不適應；另一方面，那邊屬於獨立的一塊區域，讓災民們住過來，不會影響京中百姓的正常生活，彼此產生衝突。

賀語瀟去借地方，即便她是珩郡王妃，大部分人家還是抱著猶豫的態度。他們花錢買的莊子，很怕最後災民走了，莊子卻被破壞了，到時候沒法再住，修繕要花更多錢。畢竟賀語瀟一介女子，又沒安排過災民的住宿，現在攬了這麼大的活兒，怕她做不好，再引起騷亂，就更麻煩了。

最後是孫家第一個站出來，將莊子交給賀語瀟使用。孫家願意站在賀語瀟這邊，除了心地純善，想幫助百姓外，也有之前賀語瀟為孫姑娘化妝的情分在。

孫家老爺官位雖不高，卻是國子監助教，無論是不是他教授的學生，但凡在國子監讀書的，都要稱一聲「助教」，有了這層身分在，只要家中有孩子在國子監讀過書的，或者有意以後讓孩子去讀書的，這會兒都看在這層面子上把莊子借出來了。大人們有自己的小心思，但不能讓自己的孩子在國子監裡被人說三道四，讀書人嘛，什麼時候都講究臉面和名聲。

於是賀語瀟在孫助教的幫助下，拿到了不少莊子的使用權，地方一下就寬裕起來了。

孫夫人如今已經緩過來不少，不再日夜思念逝去的女兒，但還是得有點事做，才能分散心神，正好藉機她也能幫賀語瀟張羅一二，可以說是一舉兩得。

賀語瀟自然是高興，孫夫人畢竟是有閱歷的人，安排住宿上可說是遊刃有餘。

忙了一天的賀語瀟回到府向長公主問過安後，回房裡倒頭就睡，晚飯都沒吃。

傅聽闌從宮裡回來，得知這個情況，讓露兒吩咐廚房做一碗蛋羹。等蛋羹做好，他便端著來到床邊，點了盞燈，叫醒了賀語瀟。

「你回來了？」賀語瀟翻了個身，迷迷糊糊地揉了揉眼睛。「你吃飯了沒？」

「在宮裡吃了點，現在不餓。」說著話，傅聽闌將賀語瀟扶起來。「來，吃點蛋羹再睡，餓著肚子睡覺容易胃疼。」

「哦。」賀語瀟並沒有因為被打擾了睡眠而有起床氣，現在大家都在為救災一事忙碌，她有時間和傅聽闌多說幾句話已經很不容易了。

傅聽闌要餵她，賀語瀟道：「我自己來就好。」

傅聽闌躲開她要端碗的手，笑說：「我來，咱們說說話。」

第七十九章

賀語瀟還是挺睏的，這會兒也不想和傅聽闌爭來爭去，索性讓他餵了。

蛋羹蒸得很嫩，淋了點醬油和芝麻油，吃下去很舒服。

「這次除了澤縣，下面的崎縣也受到了影響，不過情況好一些，再往下的柚縣幾乎沒受太大影響，情況比預想好上許多，重建的話也會比預想得容易些。」傅聽闌吹涼了勺子上的蛋羹，再次餵給賀語瀟。「按妳說的，已經把分區重建的招標發下去了，皇上說妳能想到這樣的方法，實在是為他解決了心頭大事，必須要賞妳才行。」

賀語瀟笑了笑。「賞就不必了，我本也沒想出這個風頭，只是偶然想到，既然能用上，那就夠了。至於要怎麼回絕就靠你啦，反正咱們府是不好再出風頭了。」

「如此太委屈妳了。」傅聽闌覺得賀語瀟是當得起這個賞的，為了府裡拒絕，就彷彿賀語瀟的才能被埋沒了。

賀語瀟因為睏，吃得很慢。「我已是郡王妃，還有什麼好要的？而且我也不想出這個風頭，事情已經夠多了，不想再有人盯著我了。」

如果得了賞，一時風光起來，盯著她的眼睛肯定會變多，到時候她想做點什麼就沒那麼自由方便了。

道理傅聽闌都明白，也是因為明白，才格外心疼賀語瀟。

沒等他再說什麼，賀語瀟就道：「不說這個了。莊子那邊已經安排得差不多了，過幾日我準備讓災民們先住過去。當然了，不能什麼人都住那邊，我想著隻身一人、無依無靠的可以住過去，再來以老人、孩子和婦女為先，他們都需要更安定的環境。和親人一同上京、能夠互相照應的和年富力強的，住到朝廷準備的安置點更好些。若需要他們幫忙做些事的時候，也更好找人。」

這些人雖是災民，但不是沒有勞動能力，在澤縣重建好回去之前，如果能在京中謀個事做，攢些銀錢，之後回鄉日子也能順利過下去。

「好。」傅聽闌覺得賀語瀟這安排很妥當。

「還有，現在京中物價上漲了，一時半刻應該降不下去。我想著若要維持災民的糧食供應不缺，就不能在京中買糧，最好能去東北試試。我跟懷遠將軍打聽過，他當年就駐守在那邊，他說東北的糧食雖只收一季，但土地肥沃，糧食產量高，而且除了上供的糧食，其他的僅供東北地區，每年都會有餘糧，價格還不高，所以或許能去那邊買糧運回京中。當然了，為了成本考慮，還是要運些貨物去那邊賣，再用賣東西的錢換糧回來，不然這成本不比在京中買糧低。」

「這是個辦法。我沒跑過東北的商路，不過可以找跑過的商隊合作。天災當前，對方應該不至於發災民的財。」傅聽闌不搶別人生意，但對每條跑商的路線都有所瞭解。

賀語瀟點頭。「我聽懷遠將軍說，東北邊境還算安定，前幾年打下來，外族已經沒有能力來犯，而且邊境線上外族和我大祁百姓還有每月一次的集市，互通吃食和貨物。說不定能藉機把我的妝品賣出去，也不用賣很貴，主要是用來換錢買糧。」

反正她的東西多，如今做起來又快，如果能銷到那邊，不僅大祁的百姓能用上，外族說不定也喜歡。

「這是個好辦法。明兒我就去打聽一下情況，問好了再與妳說。」

賀語瀟點點頭，蛋羹也吃不下了，喝了半杯水便再次躺下睡了過去。

傅聽闌把賀語瀟剩下的蛋羹吃完，簡單漱洗後也上了床。

小夫妻倆各忙各的，誰都沒閒著。

賀語瀟這邊按照崔乘兒的登記，先送了一批災民到莊子上。

災民一路趕到京中，原本都是衣不蔽體、飢腸轆轆，不知道自己什麼時候就會倒下了，但只要沒倒，他們就想往京中趕，心中有一個信念，只要到京中就好了。

沿路雖然有其他府縣的百姓為他們提供些乾淨的水，但吃食真的顧不上。好在沒過多久，就有人快馬趕來為他們分發燒餅，那些騎馬的人什麼都沒說，給他們塞了燒餅就繼續往澤縣的方向跑。

後來他們才知道，這些人都是聖上安排沿路給他們發食物的。

有了燒餅墊肚子，他們就像是看到了進京的希望。所以就憑著毅力和每天都能得到的

一、兩個燒餅，堅持到了京城。

來到岔口，就看到了粥棚，所有人都可以去領，只要好好排隊，就不會被趕，還有人為他們做登記，安排臨時的住處。

漸漸的，失去家園，沒有希望的死氣慢慢從他們臉上散去，大家待在破廟裡，雖然簡陋，但至少是個遮風擋雨的地方，有飯吃、有水喝，還有人為他們治傷。後又得知這是長公主府與幾位官員家眷一起設的粥棚，這讓災民們對大祁更是充滿希望，有一個能記掛百姓的君主和幫百姓安頓的貴人和官員，大祁何愁不能齊心協力對抗災害？

如今被安排進了溫泉莊子，百姓們更是驚訝地說不出話來，如果不是逃到京中，他們可能一輩子都進不來這樣的莊子。

長公主身邊的嬤嬤對大家道：「大家先在這邊住著，之後還會有更多災民被安置在這邊，只要大家安分，衣食都少不了，可若有人生事，就別怪我等不留情面了。皇上以百姓為先，長公主與各位官員謹遵皇上旨意，希望大家都能安心等到回鄉的那一天。所以但凡有違此意的人，這邊一律不留！」

百姓們紛紛點頭，他們也想安穩地等待洪水退去，好返回自己的家鄉。畢竟京中再好，也不是從小長大的地方，情懷是不同的。

這時，有位抱著孩子的婦人道：「我沒受傷，這幾日身體也養得不錯，若有事忙不過來，我可以搭把手！」

她一開口，立刻有其他人回應了，大家都不想白吃白喝，只要身體沒問題，他們也想做些什麼。

嬤嬤溫和地笑道：「大家先安心休息幾日，若有需要，定會來通知各位。」

即便是災民，也需要生存的意義，讓他們整天在這兒乾等，肯定是不成的。這點賀語瀟已經與幾位嬤嬤說過了，所以之後賀語瀟也有安排，希望災民們能在等待期間通過自己的勞動，過上舒適的日子。

京中一切尚算有序，官府按皇上的要求，積極投入到放糧和安排災民的各項事務中，與長公主府相互配合得宜，因為賀語瀟不想出風頭，所以表面上就交給惠端長公主來交涉。

傅聽闌很快帶回來去東北的商隊消息。

「往東北的路倒是不難走，不過各個商隊的競爭還是比較激烈。也是因為競爭激烈，怕有人使壞，所以商隊都會雇傭鏢局的人一路同行，雖說會額外花錢，但只要貨物順利抵達，還是有賺頭。」

「這的確是個好辦法。」賀語瀟吃著切好的水果點頭。並不是所有商隊都能像傅聽闌的商隊一樣，自己保障自己的安全。

「所以如果我們要去東北賣東西換糧，最好也雇傭鏢局的人，常往那邊去的鏢師對東北更瞭解。如此，無論是出貨還是進貨都能少點麻煩，可以減少不必要浪費的時間。」傅聽闌想著他的商隊再厲害，第一次走新路線也很難一帆風順。

「就這麼辦吧，你有打聽到哪個鏢局比較可靠嗎？」賀語瀟餵了塊水果給傅聽闌，鏢局的可靠程度會影響買賣的速度。

傅聽闌答。「赫鋒鏢局一直護送往東北的商隊，要價雖比其他鏢局高一點，但幾乎都能順利抵達，所以但凡不缺錢的都會選他們。聽聞這家鏢局的鏢頭是個極為重義氣之人，若告知他是去東北運糧，說不定價格還能商議。而且東北糧食本就不算搶手，全程順利的話用不了幾天時間，商隊便可早早歸京，稍微讓些價格，他們也不吃虧。」

賀語瀟點點頭。「是可以去談談看。其實就算對方不讓價，只要東西能順利賣出去，也差不了多少錢。你是想自己去談，還是找人去？」

傅聽闌沒有猶豫地道：「還是我自己去吧，既然是為災民，我出面總顯得正式些。」於是這事便這樣定下了，次日傅聽闌就去了赫鋒鏢局初步瞭解一下情況，賀語瀟則照常到各處巡視一圈，再回店裡。

粥棚那邊除了賀語瀟她們，已經有其他府過來設粥棚了，這大大降低了賀語瀟她們在糧食上的壓力，是件高興事。

馮惜會帶著家丁走得遠一些巡視，如果遇上快到京中卻實在走不動了的災民，就會把人帶到粥棚，總不至於差這幾步路，就讓人折在了路上。而她每天這樣英姿颯爽地來回，辦事爽利，指揮俐落，也讓百姓們看到了將門之女的風姿，羡慕和嚮往占了多數。

崔恒在向皇上請命後，來到粥棚這邊幫忙，主要是幫忙為災民分配安身之所，加上有官府的協作，災民分配得很快。

可隨著後續災民的湧入，發燒的、上吐下瀉的情況日漸多起來。這不是好兆頭，災民們也跟著不安起來，生怕自己好不容易來到京城，結果依舊要喪命。

好在愈心堂的大夫們經驗老道，且早有準備，破廟被安排成身體有恙者的去處，康健者則在臨時搭起來的棚子裡安置，好在現在天氣暖和，這樣的安置問題不大，也降低了相互傳染的可能性。

賀語瀟來到莊子這邊看情況，莊子這邊人來人往的不如之前安寧，可秩序還不錯，有孫夫人帶著下人和公主府的嬤嬤們一起忙活，加上老弱婦孺又相對更好管理，所以環境還是很不錯的。

這幾日，災民們也從嬤嬤口中得知了這位珩郡王妃，知道她不僅安排了這些莊子，還是位化妝手藝非常不錯的妝娘，經營著自己的小店，收入完全可以養活自己。

這樣一個從嫁人前到嫁人後都能憑自己打出一番名堂的女子，自然引起了不少女子的羨慕。京中姑娘因家世不會太在意這些，但其他地方的女子則不同，她們的生活不像京中富足，尤其是農家，靠天吃飯。趕上年頭好了，的確衣食無憂，但還是要靠做些零活來貼補家用，畢竟不是什麼時候都能趕上好年頭，就像現在。

而零活也不是時時都有，尤其是那種沒什麼手藝可言的，誰都能做，就不一定搶得上了。現在聽到郡王妃是位妝娘，她們意識到妝娘可不是誰都能幹的活兒，若能像郡王妃一樣有一門不會輕易被替代的手藝，那以後的日子還有什麼好愁呢？

尤其是因這次洪災導致孤苦伶仃的女子，若想以後日子過得好，還是要有個能安身立命的本事，否則就得給人為奴為婢來討生活了。

於是等賀語瀟來到莊子時，有個膽子大的姑娘立刻跪到了她面前。「郡王妃，草民聽聞郡王妃有手藝，可養活自己。草民深受啟發，也想學一門本事，卻也知道要學本事並不容易，其中辛苦恐怕不為外人知。但草民不怕苦，也不怕時間長，只求郡王妃為草民指一條能安身立命的路。草民的父母均在這次洪災中沒了，亦沒有其他兄弟姊妹，只求自己能活下去。」

「妳能有這樣的想法就很難得了，快起來吧。」賀語瀟將人扶起來。「我原本是想著在京中為大家找些能做的活計，沒想到妳想得比我更長遠。正如妳所說，學一門手藝並不容易，短暫學上三、五個月，必不成事。所以一旦拜入師門，在京中待個一年都算短了。那拉家帶口的，以後要返鄉的並不合適，能做些短工幫幫忙就很好了。如果已無牽掛的，倒是可以考慮學上一學，現在妝娘、裁縫、白案師傅都很需要女子，至於能學到什麼程度，能否被師父領進門，就要看天分了。」

賀語瀟是靠手藝吃飯的，自然知道手藝這東西不是一成不變的，它更需要天分和創新，而有的則需要聰明的腦子，超強的記憶力，或者一雙巧手。

那位膽子大的姑娘又問：「我可以直接去找師父嗎？」

賀語瀟笑說：「不是所有師父都會收徒弟的，若總是碰壁，妳們的自信心也會受挫。這樣吧，我派人幫大家打聽，如果有哪家願意收徒弟，妳們可以上門去試試。」

災民們已經夠受挫了，沒必要在這件事上再折騰，折騰多了人心理會出問題，所以這種舉手之勞的事，她幫忙辦就行了。

「多謝郡王妃。」有同樣想法的姑娘們立刻行禮謝過。

通過那姑娘的話，賀語瀟也有些新想法——之前沒有女子參與的行業，是否女子就進不得了呢？

在賀語瀟幫忙打聽期間，也沒忘給身體已經養得不錯的災民找些事做。

比如一些身體比較好的女子，會被安排到粥棚那邊照顧新來的災民，為他們處理傷口，煮些熱水。身體弱些的，則留在莊子幫著榨油和用花盆種花，這些都是賀語瀟用得上的。其中有一位會做髮飾，在得到其同意後，賀語瀟幫她安排了單獨的住處，帶著幾個手巧且想學的人，開始做起了簡單的髮飾。賀語瀟是想著把這些東西帶到東北去賣，也能賺上一筆可觀的收入。

第八十章

傅聽闌與赫鋒鏢局的鏢頭商議了幾天，最終對方表示願意為災民出一份力，於是跑東北商道的事就這麼定了下來。

傅聽闌回家洗過臉後，用乾淨的毛巾隨意地擦拭了一下。「商隊第一次往東北走，我不放心，想跟他們跑一趟。」

這若放在平時還好說，可現在……

賀語瀟擔心地問：「若皇上找你辦事，你不在京中怎麼辦？」

傅聽闌早有打算。「我會與皇上說的。這趟是為了買糧，皇上應該不會反對。再說，朝中可用的又不只我一個，也得給別人有為皇上辦事的機會才是。」

他表現得太突出，會惹人眼紅。

「也好，你準備什麼時候出發？」賀語瀟問。她好為傅聽闌準備行李，雖然不捨得，也會擔心，但這一趟是必須要走的，她能做的就是打理好京中的一切，等待傅聽闌回來。

「十天後出發，早去早回。」

「好。」賀語瀟盤算著這些天能準備出來的東西，只要手腳快一點，能備出不少。傅聽闌手裡還有一些準備下次拉到北方賣的東西，這回可以先拉去東北，這邊缺的藥也可以列個單子，如果價格合適，到時候一併買回來。

「對了，還有一事我想與你商量。」賀語瀟坐到傅聽闌身邊。

傅聽闌點頭，等她繼續說。

「我準備收幾個學徒學化妝。」賀語瀟道。

「怎麼突然要收學徒了？」傅聽闌接過下人送進來的參茶。

「我也是這兩天才考慮的。災民中有不少孤女，她們沒別的本事安身立命，之前問我能不能學一門手藝。我想著我這也算是一門手藝，以後她們回去給人化婚妝也是不錯。」哪裡都有人成親，哪裡也都有大戶人家辦宴席，哪裡的姑娘也都愛美，這一行雖然不說天天有活幹，可養活自己、貼補家用還是可以的。「以後她們學成了，可以留在京中，也可以到別的地方開店。若她們想去別的地方開店，我打算幫她們出一年租店面的錢，然後與她們合作，把我店裡的妝品賣向各地。」

這就等於是她在全國各地開分店了，而且自己教出的妝娘，手藝肯定差不了，不至於砸了她的招牌，又能多個銷路，何樂而不為呢？

「這是個好辦法，雖然學成要花點時間，但還是非常可行。」傅聽闌肯定了賀語瀟的想法，賀語瀟做出的東西都很好，全大祁的女子都應該用上。

「如此，我就需要更大一些的店面，不然我現在的小店，學徒們都擠在那裡，根本站不開。」賀語瀟現在犯愁的是上哪兒去找這麼個店面來用。

傅聽闌一笑，給她出主意。「妳可以去問問母親，她手裡有好幾間鋪子，都空著沒往外租呢。」

賀語瀟一下來了精神，應著就要往外去，下一秒就被傅聽闌拉進懷裡。「明天再去吧，今天晚上陪陪我，可好？」

賀語瀟臉上一熱，沒拒絕，順從地坐在傅聽闌腿上，兩個人閒聊起家常，煩心事都暫且丟到一邊，夜空星稀，閨房低語，是獨屬於小夫妻倆的時間。

第二天一早，賀語瀟就找上了長公主，跟她說自己想要個大店面的事。

惠端長公主笑著打趣她。「妳倒是會找人，怎麼不讓聽闌給妳買一個？到時候店面記妳名下，妳不用給房租，以後若再換地方，這一處也能租出去得些租金。」

賀語瀟毫不覺得丟人地說：「郡王沒錢呀。」

「他沒錢？」這說出去別人信不信長公主是不知道，但她可不信。「皇上每年都有好幾輪賞賜，我看他也沒有用錢的地方，怎麼就沒錢了？」

賀語瀟當然清楚傅聽闌的帳目，但她覺得還是要留些足夠周轉的錢以防萬一。

「郡王的商隊本就不怎麼賺錢，主要是為了造福北方的百姓。愈心堂每個月都要補貼不少，哪個月都落不下。現在郡王成親了，雖住在母親府上，但院裡的一些支出、打點和賞賜都要獨立成帳，實在是手頭很緊呀母親。」賀語瀟發揮了自己不要臉的精神，而且她說得也沒有錯，真真是用錢的地方多！

惠端長公主無奈地戳了一下賀語瀟的額頭。「妳就幫著他吧。他要是連媳婦想要個鋪子都買不起，我真得懷疑是不是我沒教好，讓他連這點錢都存不下。」

賀語瀟笑嘻嘻地道：「郡王是做大事的人，手頭總要有些可周轉的銀兩。兒媳是想著，既然母親這兒有現成的，兒媳就不用怕被坑了。與其給別人交租金，不如給母親。這錢對母親來說雖不多，可置辦些零食糕點還是可以的。」

「妳打算得倒是長遠，至於他能做出什麼大事，我是沒看出來。」惠端長公主嘴上嫌棄，但還是從箱子裡翻出一張店契和一把鑰匙。「這是去年剛整修過的，應該夠妳用了。租金按市價算，我可不算妳便宜。」

賀語瀟樂呵呵地接過來，行禮道：「多謝母親！一定不短了您的租金！」

惠端長公主裝出一副嫌棄的樣子，揮揮手。「趕緊走，跟妳的郡王算小帳去吧。」

等賀語瀟離開了，長公主身邊的嬤嬤才笑道：「郡王妃這樣活潑，懂得討您開心，讓咱們府都顯得熱鬧了。」

「是啊。以前她在賀府，恐怕是壓著性子。現在到了咱們府，日久見人心，這真性情便露出來了。女子這樣很好，年紀輕輕的就別來老成持重那一套，我看著心累。」惠端長公主笑說。

她曾經也是個活潑的，但經歷的事多了，慢慢便穩重下來了。如今賀語瀟在府裡沒有太多需要她擔的事，能活潑一日就多活潑一日吧，以後有得是需要穩重的時候。

賀語瀟拿到鋪子的第一件事，當然是拉著傅聽闌去看，主要是讓傅聽闌認路。

這鋪子位置相當好，離春影巷很近，客流不用愁，還面向主要道路，周圍沒有同類型的店鋪，非常適合開妝店。

「母親真貼心，居然租給我這樣好的地方。」賀語瀟很開心，拉著傅聽闌在店裡轉悠。

這店裡什麼都沒有，顯得又空又大。一共兩層，後面帶個院子，有獨立的小廚房，但後院不適宜種植，只能堆放些東西。

「這樣一樓可以賣貨，我看她們的髮簪做得也滿好，不是什麼複雜的款式，更適合百姓們平時戴，到時候專門打個架子擺上。」賀語瀟一邊比劃、一邊說自己的安排。「二樓就用來化妝吧，可以隔成兩部分，靠裡面的部分放個軟榻和茶桌，招待朋友很方便。」

見她如此興致勃勃，傅聽闌在旁應和著。他要往東北去，還怕賀語瀟放心不下，會胡思亂想。現在有事讓賀語瀟做，能轉移她的注意力，倒是件好事。

「既然妳已經有了想法，那一會兒就去把貨架訂了吧。」傅聽闌提議。這東西做起來用不了幾天，早些安排好，店也能早些開門。

賀語瀟點頭，拉著傅聽闌的手道：「正好我們一起去，你幫我參謀一下。」

「沒問題。」為自己媳婦的店出力是他應該做的。

在新店忙忙碌碌的準備中，何丹終於得空來看一看賀語瀟。她雖不算忙，但因她婆家的地位，在大災時仍是得盡一份心力。

雖沒像賀語瀟他們那樣提前屯糧、設粥棚，但靖國公也被皇上安排了駐紮澤縣的任務，一方面是幫忙安置沒有到京城的災民，另一方面是要維持重建的秩序，可以說任重道遠。這對靖國公府來說算是大材小用，但這個時候，就是需要大材前去，別人才不敢造次！

何丹剛把公公和相公送走，終於得閒了，才趕過來看看。

「幾天不見，妳怎麼瘦這麼多啊？」何丹打量著賀語瀟，賀語瀟本就不胖，這下更顯得沒幾兩肉了，不知道的還以為長公主府待她不好呢。

「事情實在太多，雖然有各位姊姊幫忙分擔，可我時常要來回跑，在馬車上顛久了，連吃飯的胃口都沒有了。」賀語瀟不是嬌氣，是一時半刻難以適應。

「哎，妳也不容易。郡王心疼壞了吧？」

何丹不需要賀語瀟招呼，自己坐到賀語瀟身邊倒茶喝。賀語瀟正調製著新的胭紅，兩手都沾著顏色，也不適合為她倒茶。

「他比我都忙，我倆誰也沒比誰少瘦。」賀語瀟無奈地笑了笑，想著這次傅聽闌跟商隊往東北走，這一路肯定少不了辛苦，她卻不能為傅聽闌多做些什麼，就很煩心。

「有什麼我能幫上忙的？我現在沒什麼事了，妳儘管跟我說。」何丹也是爽快人，這個時候，但凡有心為大祁、為百姓做些什麼的，都義不容辭。

「說來，真有一事要麻煩何姊姊。」賀語瀟不和她客氣，與她說了一些孤女想學手藝的事。「姊姊在京中人脈比我廣，打聽起來應該比我更快，也更全面。」

這事挺瑣碎的，就算不挨家挨戶地問，要把有意願的手藝人問遍了，也需要花上不短的時間。

「行，這事交給我了。」何丹不怕麻煩，她能安排下去打聽的人多，人多速度就快，大不了她回娘家借人唄。

「如此，就拜託何姊姊了。等消息收集好，姊姊直接送到溫泉莊子那邊給孫夫人就成了。」賀語瀟道。

「放心，一定幫妳辦得妥妥的。」她知道賀語瀟這是不想占她的功，且不說這份功是大是小，只要能為百姓做點事，她這心裡就踏實。

知道賀語瀟要把小店換成大店，最操心的不是傅聽闌，而是露兒。

「郡王妃，這屏風帶過去嗎？梳妝檯呢？

「對了，新店有沒有地窖呀？咱們店的地窖裡還放了不少東西呢，如果沒有地窖，這夏天怎麼保鮮？

「還有呀，郡王妃，新店是不是要請人呀？店太大，奴婢怕一個人忙不過來。」

賀語瀟很有耐心，一邊把胭脂裝盒，一邊看露兒打包東西。「該有的都有，人暫時不請，得省點銀子。我招的學徒沒事的時候可以幫忙招待客人，妳到時候從旁指點著些，別搞錯價格就成。」

露兒點頭。「郡王妃放心，奴婢一定不能讓您賠本！」

賀語瀟樂道：「我也不準備做新牌匾，就拿這一塊去繼續用吧，反正還挺新的。」

露兒有些不贊同。「咱們的牌匾小，掛在大店那邊不合適吧？說不定會惹人笑話。」

「要笑就笑吧，銀子得使到該用的地方。誰要笑我，先看看自己兜裡有多少銀子，再看看自己配不配吧。」朝廷已經在救濟災民了，但這次和雪災不同，人數太多了，這才幾天的工夫，借用的幾個莊子都快住滿了，而且還有災民在往京中走，所以朝廷壓力也很大，格外需要民間齊心協力。「今天咱們早點關門，去一趟粥棚那邊。」

就算知道自己不必總往那邊去，賀語瀟還是不放心，總要親自看看才成。

粥棚那邊各種安排已經有了組織。之前得到救助的災民會到這邊來幫忙，一些善於照顧病人且身強力壯的，會主動提出去破廟照顧狀態不好的人。其中男女都有，前前後後出了不少力。

「今天狀況還好嗎？」賀語瀟看到馮惜，便問起了情況。

「破廟裡的已經可以確定是疫症了，只是怕引起恐慌，所以沒對外說，加上已經隔離開，藥品也充足，目前還能應付。不過也有重傷而來，或者年紀太大的，沒能扛住。已經拉去燒了，疫症的屍體不敢隨便埋。」馮惜不禁嘆了口氣。任誰長途跋涉來到京中，最後卻因為疫症客死他鄉，都讓人唏噓。

「這很難避免，尤其是後來的，可能在澤縣那幾日已經染上了。也可能一路過來，與其他染病的災民有接觸，自己就染上了。」賀語瀟看著遠處戴著口巾幫忙照顧病患的男女女，所有人都盡力了。

「是啊。父親已經去向皇上請旨，希望能像一路發餅一樣發防治疫症的藥，否則怕越晚到京的，病患越多。可能還有許多死在半路上，若屍體處理不好，當地也會引發疫情。」馮惜道。

這幾日的歷練下來，馮惜的眉眼更為凌厲了，如果說先前是英氣多一些，那現在就是霸氣多一些。人一旦經歷過這些生死無常的天災，就會快速成長，這也是人自我保護的一種本能。

「懷遠將軍想得周到。這邊就要馮姊姊多操心了。」

「應該的。」馮惜笑了笑，問：「聽說郡王要去東北走商？」

這事估計傅聽闌跟懷遠將軍說了，馮惜知道便不奇怪了。

「是啊，實在沒辦法，京中的物價咱們幾個就算把家底掏乾淨了，也支撐不了太久。」眼前要不是馮惜，賀語瀟是不會多說的。

「也是。我這兩天還發現一個問題，好像來京的人變少了，按理來說不應該，還沒到高峰的時候呢。」馮惜每天都在這邊，心裡自然有數。「如果真的是災民變少了，去分發燒餅的隊伍必然會回來彙報，既然燒餅依舊需要足量供應，那說明災民沒少，可為什麼到達的卻少了？」

這話把賀語瀟問住了，她也想不出會是什麼狀況。而且因為有燒餅拿，災民們往京城趕明顯是最好的選擇，總不至於中途轉去別的府縣吧？

沒等賀語瀟多想，馮惜便道：「所以再觀察幾天，若情況還是不太對，我準備去外面看看情況。若是我多心也罷，如果不是，總得知道出了什麼事。」

「馮姊姊可要注意安全，妳常巡視的這段路咱們心裡都有數，但再遠了是個什麼情況，咱們都不知道，就怕有讓妳措手不及的情況。」賀語瀟不是不相信馮惜的身手，而是馮惜箭射得好，馬騎得也好，就是經驗缺了些。

「放心，我心裡有數。」馮惜沒托大。「我會帶足人手的。」

第八十一章

因為有莊子那邊的災民幫忙榨油，又有莊子的下人摘花，提取純露，賀語瀟做面脂的速度格外快，就連露兒都可以專心幫忙做濕敷水了。

於是短短不到十天時間，賀語瀟就準備出一批可以拉到東北賣的妝品，其中還有不少睫毛夾。災民到來之後，京中物價飛漲，一些不算富裕的家裡原本想湊錢買一個，現在都拿錢去買糧了，這才餘出一些。雖然留在京裡，等災情過去，賣還是一樣能賣出去，只不過賀語瀟認為沒必要等。

等店裡收拾得差不多了，賀語瀟便去莊子挑了幾個有意學化妝的女子。要求只有一個，別是色盲就好。

想學的人不少，但賀語瀟能教的人數有限，挑的時候以孤女為先，然後是獨自帶孩子的婦人，這兩類是急需有手藝養活自己的。

當然，也不是所有人都想學化妝，就有幾個女子上前詢問賀語瀟，馮惜姑娘手下缺不缺人，她們想跟著馮惜。她們的性格本就是大剌剌，不怕吃苦的，之前性子受了諸多壓抑，經過這次天災，更覺得應該順從本心而活。所以看到英姿颯爽的馮惜，她們心生嚮往，所以想問問馮惜收不收人。

這是賀語瀟沒想到的，不過若能有女子軍隊，倒不是壞事。雖不知道皇上能不能允許，但這就不是她能管的了，只與她們說會幫忙問問馮惜，但別抱太大希望。

不過通過這事，賀語瀟不禁在想，是不是可以和愈心堂的大夫商量，讓他們收幾個女學徒？這樣以後女子看病，是不是會更方便些？

於是她便去問了。

「不成不成，郡王妃這不是為難老夫嗎？哪有收女子做醫學徒的？」龔大夫聽到這個提議，腦袋都要搖掉了。

「怎麼就不成啊？您看她們在破廟照顧病患，不僅手腳俐落，做事認真，還特別細心。」賀語瀟把那些女子的優點羅列出來。「除了力氣上不比男子，有什麼不成的？只要腦子夠用，能背書、肯吃苦，有什麼學不成的？」

龔大夫一個頭、兩個大，但賀語瀟是郡王妃，他不好直接趕人。「我這一脈學下來，就沒有女醫。不成不成，這要是破了規矩，老祖宗都要跳起來了！」

賀語瀟依舊不放棄。「規矩是死的，人是活的呀！說不定女子中有天分極佳的，還能光耀你們這一門呢？」

醫術都是一代傳一代，雖然門派眾多，但都是師承而來的，格外講究尊師重道。

「郡王妃，您這是強人所難啊。」龔大夫依舊堅持。

賀語瀟抿了抿嘴唇。「龔大夫，不是我想要強人所難，是聽聞南疆寨子中已經有不少女醫了。想我大祁不比那南疆底蘊深厚嗎？可到頭來，卻不如人家思想開化，這傳出去未免太丟人了。」

別看賀語瀟說得頭頭是道，但她心裡也慌啊！因為這都是她編的，南疆是有，但有沒有女醫她哪知道呀？

龔大夫頓時沈默下來，大祁人多是以大祁為傲，突然發現有一件事大祁還比不過一個旮旯之地，心裡自然不服氣。

見龔大夫沒反駁，賀語瀟心放下一半，至少說明龔大夫也不瞭解情況，那就是極好的！於是賀語瀟立刻退了一步，說：「如果您是怕收了女徒弟，要面臨一些指責和非議，我能理解。但相信這些天您也看到了，女子照料病人的確不輸男子，您何不給她們一個機會呢？就算先不收徒，讓她們到醫館學著照顧病人、處理外傷，或者抓藥，都是可以的吧？要是她們真有天分好，肯吃苦的，您再收徒也不遲。」

重要的是要有一個開始，人心都是肉做的，一個正直的人看到一個有天分的人，不可能不伸手拉一把。

賀語瀟又道：「大祁這麼大，您怎麼就確定沒有人收女徒弟，沒有醫學世家將醫術傳給女子呢？只不過可能是人數太少，鮮為人知罷了。即便真的沒有人願意教女子醫術，那您為什麼不能成為第一個呢？您要醫術、有醫術，要資歷、有資歷，心繫百姓，不問貧富，願意為窮苦百姓看病，屈居愈心堂，盡心盡力，這些我與郡王都看在眼裡。您是這樣一位有醫德的大夫，怎麼就不能收些女弟子，為大祁女子謀福呢？」

她的這番話把龔大夫說動了，是啊，他都願意屈於一隅，只為讓每個貧苦百姓都有看病的權利，怎麼就不能再為百姓做些事呢？若這世上有女醫，那女子的一些難言之隱，是不是也能得到更好的救治？

「郡王妃讓我再想想吧。」龔大夫嘆了口氣道。

賀語瀟立刻點頭。「那好，我等龔大夫的答覆！」

完成一件大事，賀語瀟雄赳赳、氣昂昂地回到府裡，但當看到傅聽闌收拾的行李，她整個人又蔫了。

不過她不希望傅聽闌過於擔心，便重新打起精神，佯裝無事地問：「都收拾好了嗎？我幫你看看還缺什麼。」

傅聽闌沒讓她動手，而是將人拉到自己身邊坐下。「我不在京中的這些日子，若有什麼事就去找母親商量。」

「我知道，你放心吧。我好歹是郡王妃，京中就算有人看不慣我，也不敢得罪我，你不用擔心我。」賀語瀟很明白自己的地位。

傅聽闌笑著摸了摸賀語瀟的頭髮。「妳啊，明明知道自己是郡王妃，卻總端不起郡王妃的架子。」

「你還說我呢，你自己不也一樣？」

傅聽闌真的不是自恃身分的人，這也是她喜歡的一點。她很看不上那種有點身分就一直端著，卻沒做一件有用的事的人。不如像傅聽闌，不用端著身分，做得都是惠及百姓的事，才更能得百姓的敬重。

「妳不必為我擔心，我帶去的必然都是得力的，加上有鏢局相護，問題不大。」

賀語瀟靠在傅聽闌身上。「道理我都懂，但我是你的妻子，你就算去再安全的地方，我也會擔心，也會想念。所以你與其在這兒安撫我，不如好好想想要怎麼保重自己，平平安安地回到我身邊，這才是我最想要的。」

傅聽闌親了親賀語瀟的臉頰。「好，都聽妳的。」

賀語瀟伸手抱住他，什麼都不想說，只想和傅聽闌多待一會兒，再多一會兒。

傅聽闌出發這天沒讓賀語瀟去送，說本就是悄悄去買糧，兩個人依依話別太惹眼了。賀語瀟知道這是傅聽闌的藉口，是不希望她太難受，所以她便故作認同地答應了。

不過傅聽闌這一走，賀語瀟的心就跟著傅聽闌離開了，比之前傅聽闌總往宮裡跑，兩個人很難碰面的時候嚴重多了。

露兒看出自家郡王妃情緒不高，也不主動找她說話，自己帶著賀語瀟挑出了八個學徒，在新店布置起了妝品。這架子是昨天送過來的，小店的東西之前也陸續運過來了，今天開始正式布置新店，準備開門。

這八個學徒特別珍惜能學手藝的機會，尤其教她們的還是郡王妃。賀語瀟事前曾告訴她們，大家學的東西都一樣，希望她們能相互幫助，不要搞小心思，要一心撲在學化妝上。所以這八個人幹起活來特別積極，就連露兒都快沒有動手的餘地了。

見賀語瀟一直在發呆，露兒怕她想太多，郡王還沒回來就思念成疾了，於是瞅了個賀語瀟回神的工夫，湊過去道：「郡王妃，您要不早點回去歇息吧？這段時間您沒睡過一個好覺，這邊有我們呢，您不必操心。」

賀語瀟單手撐著下巴。「回去也沒事做，母親進宮去了，父親也不在家，就剩我一個人，想想就更睡不著了。」

露兒從不覺得她家郡王妃是個多愁善感的人，但人一旦動了真感情，就會變得不一樣了。雖然她挺擔心郡王妃的，不過這也說明郡王妃與郡王感情好，是好事呀！

「那要不您去粥棚看看？您磨龔大夫那事不是還沒成嗎？今天再去跟他老人家商量一下吧。」露兒繼續提議。

賀語瀟神色略有些動搖。

露兒再接再厲。「明天又要有一批災民進莊子了，您親自去看看吧，萬一有沒顧及的地方，您是要增還是要減，心裡都有個數嘛。」

接下來的災民要入住的就是她家的莊子，去看一眼也是好的。

說到這個，賀語瀟站起身。「行，那我去看看。這邊忙完了妳把她們都送去住處再回府，不必著急。」

「您放心，奴婢一定安排妥當。」

這八個學徒的住處，賀語瀟安排在她空出來的小店裡，否則莊子、店裡兩頭跑很不現實，在附近租個院子也挺貴的。

賀語瀟交代了幾句，便乘馬車去了粥棚那邊。

現在已經是下午了，還沒有分配去處的災民們都在棚子裡休息，路上沒看到再有災民過來，彷彿災民潮已經結束了。這讓賀語瀟不禁皺起眉，想到前幾天馮惜跟她說的災民變少的事。

正想著，就看到華心蕊站在岔路口往遠處張望。

「華姊姊。」賀語瀟下了馬車走過去。

「妳來啦。」華心蕊對她笑了笑，眼睛又不自覺地往遠處看去。

賀語瀟不解地問：「怎麼了？等崔大人？」

她不知道今天崔恒什麼安排，不過看華心蕊這樣，好像除了等崔恒，也沒別的解釋。

「不是不是，今天一早馮姊姊就帶人出發了，說要去遠些的地方看看，總覺得災民變少不正常。都這會兒了，還沒回來，我擔心會有危險。」華心蕊很難不擔心，馮惜畢竟是女子，遇上危險也不知道能不能自保。

她這麼一說，賀語瀟也不禁跟著擔心起來。「馮姊姊帶的人夠多嗎？」

「挺多的，但若沒什麼事，這個時候早該回來了呀。」就因為人多，才應該更快啊。

賀語瀟也跟著往華心蕊看的方向望去，心裡不免忐忑，一時倒是沒空想傳聽闌了。

又等了大概半個時辰，賀語瀟遠遠地看到有馬匹疾馳而來，她連忙抓住華心蕊的胳膊。

「華姊姊，妳看，是馮姊姊嗎？」

華心蕊往那處張望，片刻之後道：「對對對，是馮姊姊，她今天穿了一身黑衣！」

兩個人趕緊往前迎，回來的果然是馮惜，但馮惜只帶了四、五個人回來。到了近前，還沒等賀語瀟她們說話，馮惜就焦急地道：「快，安排幾個大夫跟我走，有災民受傷了！」

賀語瀟一聽，哪還有空多問，趕緊往醫棚那邊跑。好在最近有幾個年輕的大夫在這邊幫忙，人手充足，否則讓老大夫們顛著跑一趟，恐怕身體受不了。

不知道究竟是什麼情況，賀語瀟不敢添亂，只安排了年輕的大夫乘坐自己的馬車跟著馮惜先去。

馮惜這邊的動靜自然引起了災民們的注意，立刻有前來照顧新災民的人問是否需要他們跟著去一趟。

馮惜考慮了一下，說：「暫時不用，等傷者送過來，少不得需要你們照顧。如果實在不成，再回來拉人過去。」

大家沒有異議，目送著馮惜帶著人離開，除了大夫，馮惜還帶了幾個禁軍同去。

賀語瀟注意到馮惜衣服上沾了血，因為是黑衣，不靠近看不出來。也因為看著不像是馮惜的血，所以賀語瀟並沒有過問。

等馮惜和馬車走遠了，賀語瀟才叫來跟馮惜一起回來的家丁，這人受了點皮外傷，馮惜讓他留下來把傷口處理好。

「到底發生什麼事了？」賀語瀟找了個沒人的地方，問起那位家丁。

家丁啐了一口，罵道：「狗娘養的！郡王妃，崔少夫人，二位別覺得小的粗魯，是實在太可惡了！二位不知道，在離粥棚大概還需要大半天路程的地方，有不少災民晚上會在那附近找地方休息，第二天早上再趕路，結果有一行人冒充禁軍，劫殺百姓！」

賀語瀟和華心蕊都倒抽了一口涼氣。

華心蕊難以置信地瞪大眼睛。「是什麼人如此喪盡天良？」

「我們發現了情況，一路追過去，發現了幾個查牧人，就是他們冒充禁軍！不過人沒全抓到，讓領頭的跑了，但領頭那個被我們家姑娘一箭射在了後腰上，估計不敢找醫館救治，所以能不能活下來就看他的運氣了。」家丁義憤填膺地說。

華心蕊眉頭皺得死緊。「查牧人為什麼要做這種事？」

查牧人對大祁人來說並不陌生，位於大祁西北，石城作為西北的邊關之城，防的就是查牧人。但查牧人近兩年還算老實，也開始與石城百姓互通有無，所以大祁對查牧的防範沒有那麼嚴了。

「我們姑娘說是查牧想借這次災情引發動亂。殺災民是想製造謠言，告訴他們京中容不下那麼多人，皇上不收留災民。而越是後面進京的，在一路的精神折磨下越容易受挑撥。」家丁道。

華心蕊問：「可皇上一路發著燒餅，怎麼可能是不想讓災民進京呢？這但凡細想一想就會明白。」

賀語瀟嘆道：「不是所有人都能邏輯這麼清楚，尤其是沒讀什麼書的平民百姓，本來災情就容易讓他們情緒緊張，再被人蓄意挑撥，很容易就鑽牛角尖了。若真成了氣候，那就是光腳的不怕穿鞋的，到時候皇上就被動了。」

不要小看災情對受災民眾的刺激，有些人甚至一生都擺脫不了災情帶來的陰影。

「還好馮姊姊機警，若再拖個幾天，怕局面就難控制了。」華心蕊不得不感慨這可能就是將門之女的直覺。

「你們今天趕去是什麼狀況？」賀語瀟又問。

家丁一五一十地回道：「我們一路往前走，遇到過幾個災民，但問了一下，都不是昨晚在這附近休息的。又走了一段，突然聽到一聲尖叫，我們姑娘就趕緊帶著我們趕過去了。發現一個廢棄的茅草屋裡躺了好幾具屍體，其中有人沒死，滿身是血地爬出來求救，路過的人一見被嚇到了才尖叫出聲的。後來我們在周圍看了一圈，遠處還有不少屍體，也有身受重傷但還有氣的。就在我們不知道是怎麼回事的時候，一個受傷的少年找到我們，說知道是誰幹的，他原本想先確定他們的藏身之所後，到京中向官府求助，沒想到遇到了我們。」

之後馮惜就帶著人跟少年一起去了。

「我們姑娘說那些查牧人是特地放了幾個活口，這樣這些活口才能把謠言傳出去。」家丁想到發現屍體時的場景，也是寒毛直豎。

賀語瀟想著這次皇上怎麼也得給馮惜記一功，如果不是馮惜，可能都亂起來了他們才會知道。至於為什麼一批批去發燒餅的人沒發現，那是因為這個距離是不發燒餅的，發燒餅的人會直接往前跑，沒留意很正常。

第八十二章

不到半個時辰，回馮府報信的人就帶著懷遠將軍和部下一起過來了。簡單地詢問過狀況後，懷遠將軍便帶著人去找馮惜。畢竟是抓到了查牧人，肯定要帶走審問才行，這事只能交給懷遠將軍做。

賀語瀟看著遠去的隊伍，不禁在想，傅聽闌跟著商隊出發了也好，否則知道這事，肯定會氣憤難平。查牧人的所為的確很難處理，處理不好就會開戰。賀語瀟作為一個普通人，自然是不希望有戰爭，更不希望自己心愛的人在戰爭中受傷。

天快黑的時候，陸續有傷者被送到粥棚這邊。大家自覺地為他們讓出一塊地方，好讓他們休養。

馮惜回來時，身邊跟了一個少年模樣的人，看著十四歲上下，臉上還有沒散去的與他這個年紀不符的戾氣。少年身上有很重的藥味，應該是包紮過傷口了，衣服也是又髒又亂，還帶著血跡。

賀語瀟想，這應該就是為馮惜帶路的少年了。

馮惜沒多解釋，只說：「我先帶人回府，明天再過來。」

賀語瀟趕忙道：「馮姊姊趕緊回去歇息吧，等歇好了再來，除去了這群惡人，災民應該就能和之前一樣順利到京了。」

馮惜點點頭，她向來不畏懼血和屍體，但今天這個場景還是讓她大受震撼，也是第一次真正與敵人交鋒。她雖沒到澤縣，但看到郊外的屍體卻突然明白什麼叫滿目瘡痍。屍體是不可能帶回來的，為了防止疫情，只能就地焚燒。看著大火中無數原本應該順利抵達京中，喝上一碗熱粥的人，最終卻只剩下一捧骨灰，她心中的氣無從發洩，只能怨自己沒有央求父親再多教她些武藝，否則她絕對不會讓那個領頭的跑了！

賀語瀟並不知道馮惜的想法，她能做的就是趕緊從愈心堂找更多的大夫來幫忙，而一些需要更好的環境休養的重傷災民，賀語瀟也把人分批送去了愈心堂。

這樣一來，就需要更多人照顧傷患。賀語瀟想著如此也好，讓龔大夫多見識一下女子的能力，或許就能更快鬆口了。

等她忙完這些回到府裡，已經很晚了。

長公主見她一直沒回來，也派人出門找了，所以這會兒還沒休息。

「母親。」回府後，賀語瀟得知長公主還沒休息，趕緊過去了。

「怎麼回來得這麼晚？平時也就罷了，聽闌陪著妳，我沒什麼好擔心。現在聽闌不在家，妳回來得這樣晚，萬一遇上危險怎麼辦？」長公主不是想教育她，露兒也說她是去了粥棚，按理來說沒什麼好擔心的。但自己的兒媳婦，這麼晚回來，她哪能一點都不擔心呢？

「是兒媳沒考慮周全，應該讓人回府說一聲才是，讓母親擔心了。」賀語瀟也是忙糊塗了，根本沒顧上讓人給家裡帶話。

「妳沒事就好。」長公主鬆了口氣，讓人把燉好的燕窩送到賀語瀟房裡，並問她。「晚飯吃什麼了？」

賀語瀟無奈地笑道：「還沒吃呢。」

長公主詫異地問：「做什麼這麼忙？」

賀語瀟把今天的事和長公主說，長公主臉色一下就嚴肅起來。

「那些查牧人已經被懷遠將軍帶走了，這會兒皇上應該已經知道了，估計明天一早就會讓父親進宮商議此事，母親提前與父親說一聲吧。」賀語瀟覺得這不是小事，讓父親提前想好了再去，比較保險。

惠端長公主點點頭。「我知道了。今天妳辛苦了，快回去休息，明早不用來請安了。」

「是，兒媳告退。」之後的事就不是她能參與的了，賀語瀟想著她還是把自己的事辦好，等傅聽闌回來吧。也不知道沒有傅聽闌，她晚上會不會失眠，真愁人呀！

沒有傅聽闌在身邊，賀語瀟這一覺睡得並不好。睡一個時辰就會醒一次，不一會兒又會再次入睡，腦子裡亂糟糟的。若抓住一條思緒開始思考，就會真的失眠，所以她只能強迫自己放空腦袋，努力繼續睡。

所以原本不用請安可以多睡一會兒的早上，賀語瀟還是早早就醒了，且感覺非常累，睡了比沒睡還難受。

撐著腦袋坐在桌前，等待早飯送過來，賀語瀟打了個哈欠，滿腦子想得都是傅聽闌到哪兒了，有沒有睡好，有沒有吃好，似乎有操不完的心。

露兒帶著婢女送來早飯，賀語瀟已經跟廚房說過了，傅聽闌不在，早餐不用給她備太多，夠她一個人吃就成了。不過廚房可不敢怠慢賀語瀟，準備的種類不少，每一樣就一、兩口的分量，不至於讓賀語瀟吃不完。

「郡王妃，今天店裡沒什麼事，奴婢帶著學徒繼續收拾就行了，您在家休息一日吧。」見賀語瀟臉色不怎麼好，露兒就知道是沒休息好。

賀語瀟搖搖頭。「找點事做，我能少胡思亂想一會兒。」

露兒不好干涉主子的想法，只好無奈地點頭。「對了，奴婢取早飯回來時，見駙馬爺出門了。這麼早，也不知道駙馬爺要去哪兒。」

賀語瀟一下子精神了，估計如她所料，進宮去了，應該今天晚上就知道朝廷是個什麼說法了。還是那句話，她不希望有戰事，大祁現在正在全力救災重建，根本沒有多餘的心力去應付戰事。

新店的招牌已經掛上，此時上面蒙了紅布，待開業時再摘下來。

店門關著，只留了窗子透氣。

賀語瀟坐在一樓桌前，面前坐的是她的八個學徒。

「化妝的第一步是對人的整體五官有所瞭解。沒有人的五官是絕對完美標準的，有些人的五官可以滿足三庭五眼的協調，這樣的只要正常化妝即可。但大部分人離這個標準有些距離，所以要透過化妝來從視覺上調整三庭五眼的比例，使這個人看上去是美的，且不是千篇一律的美。」賀語瀟開始向學徒們教授課程。

「在初步瞭解客人的五官比例後，就要確定哪些是需要修改的，哪些屬於個人特色。舉個例子，比如單眼皮或者漂亮的上挑眼都算是特色，但大小眼不是，眼距過寬或者過窄也不是。」賀語瀟語速不快，主要是希望她們能把她的話記住。

「這就需要妳們從觀察人，培養自己的審美，經驗夠豐富才能一眼判斷出這個人哪裡需要通過化妝調整。當然，美不只有一種形式，要透過長期地學習和練習，才能培養出自己對美的認知，不至於對著一張臉無從下手，也不至於拿著一托盤的眼影，不知道要怎麼疊加顏色。」賀語瀟敬重化妝這個行業，它並不是簡單的顏色堆疊，更重要的是化完之後，讓這個人看起來是美的，還是有自己風格的美。

學徒們聽得非常認真，不願意錯過賀語瀟說的每一個字。

大體的理論講罷，賀語瀟叫來露兒，開始通過真人讓她們對每一個概念進行消化。

一上午的時間匆匆而過，賀語瀟讓幾個人去幫大家買飯，剩下的人留在店裡燒水煮茶，準備開飯。

就在等待的時候，店門被敲響了。「郡王妃在店裡嗎？」

露兒一聽是找自家主子的，趕緊去開門。

「哎？你不是跟著郡王的那個……」露兒不記得這護衛叫什麼了，但的確是眼熟的。

護衛笑了，說：「我來為郡王送信，郡王說郡王妃應該會在店裡，我就先過來看看。」

露兒一聽，趕緊把人請進門。

護衛向賀語瀟行過禮後，拿出一封信交給賀語瀟。「郡王怕郡王妃記掛，說途中會儘量給您寫信，您若有給郡王的信，也可寫好了，明兒一早，屬下就出發給郡王送去。」

賀語瀟這才想起來，之前傅聽闌的商隊北上，兩、三日就會有書信送來彙報情況。現在傅聽闌跟著去了，不需要商隊的人彙報，但完全可以用來給賀語瀟傳信。

賀語瀟終於露出一個發自內心的笑容，道：「知道了，你先回府歇著，等我的信寫好了，讓人給你送過去。」

「是，那屬下先告退了。」

看自家郡王妃重展笑顏，露兒本想打趣賀語瀟幾句，但又怕她惱羞成怒，還是老老實實地不說話了。

賀語瀟哪知道露兒在想什麼，拿著信開開心心地上樓了。

學徒們見賀語瀟這模樣，既為她高興，又心生羨慕。

「郡王和郡王妃感情可真好。」

「對呀，這才走了一天吧，信就送回來了。」

「這大概就是話本上常說的，一日不見、如隔三秋吧？」

「真讓人羨慕，我若以後能找個時時牽掛我的相公，過苦日子我也不怕。」

露兒只是在一旁聽著，並沒說什麼，反正她家郡王妃心情能好起來，她就放心啦！

剛離開一天，信上沒什麼特別的內容，只是說商隊一切都好，他們走的路與災民們不同，出了京中地界，就是另一番風光了。

賀語瀟細細讀著傅聽闌的信，就算沒什麼要緊的內容，光是看著字，就足夠讓她開心了。她甚至會想傅聽闌寫這封信的時候是什麼表情，是不是嘴角帶笑，眼含無奈，又或是滿心思念，卻只有隻言片語能落到筆間。

帶著這樣的好心情，賀語瀟吃完午飯後，給傅聽闌回了信。考慮了再三，還是把馮惜抓到查牧人的事寫上了。既然事情已經發生了，傅聽闌現在不知道，回來肯定也會知道，她不想讓傅聽闌消息這麼不靈通。

晚上回到長公主府，賀語瀟還主動問了朝廷對查牧人殘害大祁災民的事如何定奪，若有最新進展，她可以寫進信裡，一起給傅聽闌送過去。

「已經派了人去打探，看是查牧族族長的意思，還是有人恣意妄為。」駙馬並沒將朝堂上爭得面紅耳赤的場景講給賀語瀟聽。

「兒媳覺得恣意妄為的可能性不大吧？」賀語瀟說著自己的觀點。「若只是想挑撥百姓與朝廷的關係，對查牧人來說，挑撥石城的百姓更方便吧？而且他們對石城的人文、地形都瞭解，逃跑也更方便。他們都跑到京城了，且知道要挑撥災民，又知道在哪個地段不容易被發現，可見是早有預謀，不可能是三、五個人就能做得這樣周全。」

駙馬嘆氣。「妳說得對。官員們也是主和與主戰的吵成一片，說白了就是朝廷現在沒有足夠的糧草可供打仗。重建按著妳的法子分塊招標，解決了一大難題，已經是非常不易。打仗這事和重建不同，沒辦法一塊一塊的招標啊。」

道理賀語瀟都懂，但想到被殺害的百姓，她就覺得這事要是忍下來了，查牧人可能只會得寸進尺。當然了，無論她是什麼情緒，這些都不是她能左右的，她能做的就是繼續開店賺錢，為災民攢買糧錢。

幾天過去了，關於查牧的事始終沒有定論，探子也還沒帶回消息。

賀語瀟依舊按部就班地準備開業的事，同時繼續傳授學徒化妝的技術。

災民已經住滿了莊子，就連後山新蓋的小屋也滿員了，之後得靠長公主去跟皇上商量一塊地出來，不可能一直讓災民住臨時的棚子。

受傷的災民大部分都開始好轉，但也有幾個因為傷勢實在太重，沒能熬過來。

好消息是疫症基本控制住了，已經有不少康復的人回到了臨時棚子。

龔大夫考慮了這麼長時間，也親眼看了這麼長時間，他無法否定女子在照顧病患上的細心和周到，就連保障自己的安全也做得非常好。最終總算鬆了口，說願意招幾個女子到愈心堂幫忙。

與此同時，何丹那邊也把京中有意收徒的手藝人名單整理好送到莊子了。孫夫人每個莊子派人細讀了一遍這份名單，誰若有意去試試，可以找莊子負責的嬤嬤報名，到時候統一帶過去。

而之前說想跟著馮惜的姑娘們，賀語瀟也問了馮惜的意見。馮惜雖不能在京中組建自己的女子軍，但收幾個得力的養在家中還是可以的，就像每個官員家裡都有能打的家丁一樣。馮惜並不需要這些女子為她賣命，且當是給她們一個安身立命的地方。若有需要，這些女子能幫上一點忙，就很好了。

一切都在往好的方向發展。京中的秩序也沒有因為災民的到來被破壞，物價雖居高不下，卻沒再繼續上漲，已經算不錯了。

拿到傅聽闌新送回來的信，賀語瀟揣進懷裡想著晚上回府再慢慢看，就見馮惜的馬急停在新店門口，然後三步併成兩步地走進來，對她道：「妳聽說了嗎？查牧族起兵攻打石城了！」

「開戰？」賀語瀟驚詫。「怎麼這麼突然？」

賀語瀟想過查牧族居心不良，沒想到居然突然就開戰了。

「對咱們來說是突然，但查牧應該早就做好打算了。原本是想著藉著災民的事先讓大祁內亂，到時候他們再開戰，大祁無暇應對，他們能從中撈到不少好處。現在他們一計沒成，又不想放棄攻打大祁的想法，乾脆就不裝了，不等大祁發難，他們先打咱們個措手不及。」

馮惜無奈道。

查牧這一步棋走得賤，但有效果。就算大祁災民沒暴亂，為了救災，大祁也難空出手來應對。查牧現在動手，就是沒準備讓大祁喘息，如果等大祁緩過來，他們再想撈好處就沒有現在這麼容易了。

賀語瀟皺眉。「之前查牧已經消停了好一陣子，怎麼今天突然捲土重來了？」

馮惜嘆道：「咱們只知道去年冬天，京中下了一場大雪，釀成了不大不小的雪災，卻不知西邊也經歷了大雪，雖沒影響到石城，卻影響到了查牧族生活的地方，導致他們整個冬天都在挨餓受凍。春來他們日子好過了些，但也盯緊了大祁的糧食。如今這個時節，他們正是兵壯馬肥，乘機突襲，大祁若應對不來，為求和，就會許他們糧食。如此他們這個冬天就不用為糧食操心了，也能安心養精蓄銳。退一萬步說，就算輸了，大祁估計也沒有精力將他們滅族，他們只要送上美女來聯姻，大祁應該也會同意。」

這怎麼算對查牧人來說都沒有損失。

「看來他們把算盤打得夠響的。」賀語瀟不知道怎麼評價，敵人就是敵人，就算安靜的時候，也只是在伺機出擊，並不是老實了。「那現在朝廷要怎麼應對？去應戰嗎？」

馮惜搖頭。「還不清楚，我父親已經被宣進宮議事了。」

這個情況真的是打也不是，不打也不是。

馮惜繼續道：「原本鎮守石城的昭勇將軍年後回京中述職未歸，軍中事務由副將代為管理，沒想到會突然起戰事。」

「主將不在，那位副將可能全權調度？」賀語瀟問的不是明面上的調度，而是私下這位副將的調度資源，所屬的西嶺府可會全力配合。

「難說。」馮惜不確定地道：「之前西嶺府的府尹是連大人，衙門臨時設在石城，就是為了方便戰時的統一調度。但連大人現在已經回京，新任府尹才去沒多久，聽說想把衙門搬回隔壁的岩城去。沒戰事時都好說，現在突然發生戰事，我覺得這新上任的府尹恐怕不是個能擔事的。」

這些皇上恐怕還不知道，但馮家作為武將，與其他武將世家都有私下往來。

馮惜一說連大人，倒讓賀語瀟想起了連妙，應該就是她家了。

「皇上會派懷遠將軍去嗎？」賀語瀟問。

「不無可能。昭勇將軍有舊疾，這次回京，皇上本就有意讓他在京中安排個閒適的差事。放眼朝中其他將領，說句托大的話，那些年輕氣盛的將領衝勁有餘，經驗不足，只有我父親打仗的風格最適合去打查牧。」比起擔心，馮惜更多的還是操心如果她父親去打仗，她能為父親做點什麼。

「不知道懷遠將軍去沒去過石城，若馮姊姊想瞭解石城的情況，可以讓乘兒帶妳去見見連妙姑娘，她應該很清楚。」賀語瀟說。

「哦，是連大人家的姑娘吧。好，我記下了。」馮惜點點頭，又道：「照現在這個情況，估計連大人會主動要求回石城，只看皇上肯不肯了。」

賀語瀟嘆氣。「這就要看皇上有多大決心回擊了。」

如果糧草不足，再大的決心都得收著。可若糧草充足，那就是另一回事了。

查牧族一事，賀語瀟沒和學徒們提，作為災民，她們能有重新開始的勇氣已經難能可貴了，實在沒必要再因戰爭一事讓她們憂心。

晚上回府時，賀語瀟能明顯地感覺到府裡氣氛的嚴肅。向長公主請完安後，賀語瀟就老老實實回自己院子去了。

戰爭一起，物價顯然又得漲一波，這對賀語瀟來說不算是雪上加霜，可也必須再想辦法多儲備一些糧。原本想著傅聽闌去東北這一趟應該能撐一段日子，但現在看來未必可以，若再有石城難民進京，或者西嶺府需要朝廷的糧食來救助難民，都是不能忽視的情況。

有鑒於此，賀語瀟這次給傅聽闌回信的時候，也把自己的憂心寫了進去。她猜以傅聽闌的消息靈活程度，恐怕她的信還沒送到，傅聽闌就已經知道查牧人來襲的消息了，索性把京中的情況和她的想法如實告知。

第八十三章

無論從哪個方面考慮，大祁這次都沒有退的可能。

查牧人的貪婪就像一個無底洞，大祁讓一步，他們就敢進兩步，但能打到什麼程度，誰都說不準，這才是最讓人不安的。

懷遠將軍被派往前線，朝廷撥了一部分糧草，剩下的說是後續分批送過去。

賀語瀟的新店在這其間開業了，學徒們學了些基本的手法，化妝還不大行，但為客人試色還是沒問題的。

災情加上戰事，賀語瀟開業沒有大張旗鼓，只揭了紅布，連鞭炮都沒放。不過這並不影響賀語瀟的生意，天氣熱起來，開始易脫妝了，賀語瀟之前賣的散粉，這會兒派上了大用場，賣得非常好。還有花香油，夏季難免出汗，塗上花香油，可以很好地掩蓋汗味，深得女子喜愛。

在這樣的忙碌與焦灼中，去北方的商隊回來了。帶去北方的東西賣得很好，賀語瀟的面脂等妝品依舊是第一個被搶空的。

這次他們回來，按傅聽闌的要求帶回不少糧食，但大多以豆類和粗糧為主，畢竟在北方，精糧本就不便宜，又不多，能帶些小麥回來已經很好了。

商隊隊長回報情況。「郡王妃，按郡王的意思，貨物的錢除了給屬下們的跑商錢，和郡王妃您的那部分，剩下的都換成糧了。」

說著，隊長將裝著賀語瀟銀子的小箱子遞給她。「這是您妝品賣的錢。」

因為已經是自家商隊，所以賀語瀟這次沒直接把貨賣給商隊，而是讓他們帶貨去賣。

「郡王沒與我說，否則我這些錢也該拿去買糧才是。」賀語瀟不知傅聽闌做了此安排。

隊長抓了抓頭髮，笑得很憨厚。「郡王說缺了誰的錢也不能缺了郡王妃的，不然別人會笑話他養不起老婆。」

賀語瀟聽了就笑出來。「好吧。郡王不在京中，你們先回去休息，等他回來再安排下次跑商的事。」

「是，那屬下們就等著消息了。」隊長看了看身後的糧，問：「郡王妃，這糧送到哪兒去？」

賀語瀟琢磨了一下，說：「送到長公主府，晚上再送，走後門，白天太惹眼了。」

「明白。」隊長應下後，便先帶著人離開了。

賀語瀟琢磨著這粗糧與細糧摻著吃能支撐多久，同時也在盤算如此能省下多少糧。沒辦法，不是她不想讓災民吃飽飯，而是她得斟酌讓資源能夠撐久一些。

朝廷雖說之後會陸續將糧草送到石城，但賀語瀟心裡是存疑的。如果朝廷糧草和銀錢都充足，當初就不用討論戰或不戰，直接打就是了，長公主府的氣氛也不至於這麼凝重。退一萬步說，就算是她多想了，能省總比浪費強。

半個月的時間一閃而過，災民已經幾不可見了，澤縣的洪水也已退去，重建提上了日程。與查牧族開戰的消息也傳開了，物價又迎來新高，上至官員，下至百姓，都因為這兩件接踵而來的大事感到心累又無力。

對賀語瀟來說，最好的消息無非是帶去東北的東西賣得特別快，尤其是妝品，現在傅聽闌已經帶著糧回程了。

轉眼又過了十日，懷遠將軍帶著大軍早已抵達石城，但首戰打得很膠著，雖沒吃虧，但也沒占到便宜。聽說對方有一員猛將，兩年前初露頭角，但沒多久，雙方就停戰了。如今捲土重來，那人更為勇猛了。

太陽快下山時，賀語瀟照常關門，學徒已經先回去休息了，她通常會先讓馬車送學徒，自己最後回去。

出了門，露兒關門落鎖，賀語瀟抬頭望著天，心裡盤算著過兩天傅聽闌應該就回來了。真好啊，這段時間他們一直有書信往來，可書信哪比得過見到本人呢？

正想著，一匹馬就停在了賀語瀟面前。

賀語瀟本能地抬頭看去，瞬間瞪大了眼睛。

傅聽闌坐在馬上，滿臉笑意地看著她，臉上帶著疲憊，但風采依舊。

見賀語瀟呆呆地看著他，似乎還沒回過神，他便笑問了一句。「傻了？」

賀語瀟這才回過神。「你、你不是還要兩天才能回來嗎？」

傅聽闌向她伸出手，賀語瀟沒有猶豫地把手遞過去，傅聽闌一把將人抱上馬，笑道：「等不及見妳，就趕著回來了。」

說罷，馬鞭一揚，帶著賀語瀟跑遠了。

露兒一下沒反應過來，回過神要再追是追不上了，但看兩個人離開的方向，也不是回長公主府的路呀！郡王是要把郡王妃拐到哪兒去呀？

賀語瀟在這一刻依舊是恍惚的，傅聽闌提前回來，她當然高興，同時還是感覺不夠真實。怎麼就提前回來了？

身後是傅聽闌結實的胸膛，她的背能明顯地感覺到傅聽闌的體溫，腰間是傅聽闌的手臂，將她圈在懷裡，讓她保持平衡。

跑出了好一段路後，賀語瀟才在馬匹的顛簸中完全回神，雙手抓住傅聽闌圈在她腰上的手臂，抿著嘴角露出一絲笑容——他回來了，平平安安地回來了，真好。

傅聽闌沒帶賀語瀟走遠，只是去了萬食府。

一進門，傅聽闌就扔給小二一錠銀子。

小二樂呵呵地道：「郡王安，郡王妃安，兩位樓上請！」

雅間門關上，傅聽闌一直沒鬆開牽著賀語瀟的手，拉著她坐到桌前，仔細看著她。

幾日不見，賀語瀟瘦了許多，卻也越發好看了，與剛嫁時那種青澀不同，現在的賀語瀟更多了一絲幹練，看著就是個非常有主意的小娘子。

賀語瀟也同樣看著傅聽闌，傅聽闌離家這麼長時間，狀態比她預想得要好些，可見是個習慣在外面跑的。

「怎麼帶我來這兒了？」賀語瀟嘴上抱怨著，但另一隻手卻握上了傅聽闌的手。「既然回來了，就應該回家吃飯才是呀！」

長公主雖然沒說，但她能看出來，長公主也是十分想念傅聽闌，隔個兩、三日就會念叨一句傅聽闌出門幾天了，對於一個母親來說，都是難免。

「已經回過家了。」傅聽闌笑說：「一路灰頭土臉的，怕妳見著我認不出來了，回去簡單收拾了一下。母親說妳這幾日都瘦了，讓我帶妳吃些喜歡的補一補。」

賀語瀟心裡很暖，相公想著她，婆母也為他們小夫妻兩個著想，給他們過二人世界的空間。「你也真是的，婆母也很想念你，就算咱們不留在家裡吃飯，也應該叫上婆母和公公一起才是。」

傅聽闌笑說：「好，這次是我考慮不周，明天我親自督促廚房做些父親、母親喜歡的菜，再和他們一起吃飯。」

他這樣說，賀語瀟自然不好再說他不是，也不再糾結這個問題，靠在了傅聽闌身上。

傅聽闌摟著她，他們兩個不需要特別濃烈地表達自己的感情，只要這樣安安靜靜地待在一起，就足以體會到對方的心意了。

直到小二來上菜了，兩個人才分開。

傅聽闌不停地給賀語瀟挾菜，讓她多吃些，點得都是比較下飯的菜。不知道是菜的關係還是傅聽闌的關係，賀語瀟今天胃口特別好，很快就吃完了一小碗米飯。

傅聽闌又給她挾了一塊餅，兩個人才繼續聊起來。

「新店都還順利嗎？」傅聽闌問。

賀語瀟將排骨上的肉剔下來，點頭道：「都好。幾個學徒學得很認真，我想等她們學得差不多了，推薦她們到其他妝店去練練手。京中大部分妝店的老闆、掌櫃和夥計都是男的，在試妝品這事上實在沒有優勢，若我把我培養出的學徒送去幫他們試妝品，相信客人會更容易購買。」

「這樣一來，妳就不怕客人被別的店搶走？」傅聽闌笑問。

「沒什麼好怕的，畢竟我的妝品別人模仿不來，我雖盡心盡力地教她們手藝，但還要看個人的悟性，這不是一朝一夕能成事的。再者，我並不想一家獨大，否則容易遭妒，整個行業一起發展，才能更長遠。」賀語瀟想做大，但並不想壟斷市場，無論在什麼時候，壟斷市場都是會被反噬的，只是時間問題。

「妳想得很周全。」既然賀語瀟自己有主意，他自然就不需要多說了。

傅聽闌問完她，她自然也要問傅聽闌。「你呢？這一路還順利嗎？」

雖然一直有書信往來，但賀語瀟還是得親自問，才能確定傅聽闌是不是報喜不報憂。傅聽闌知道她不放心，又給她詳細說了一路的情況。這次多虧請了鏢局護送，每個地方的地頭蛇都能提前打點好，對方也算給面子，一路順利。如果沒請鏢局的人，打點上不會這麼容易，路上肯定得費些工夫，弄不好還要起衝突。

知道他一路上沒遇到危險，賀語瀟就放心了。

隨後兩個人又說起戰事。

「皇上若知道你回來，應該很快就會宣你進宮吧。」賀語瀟嘆了口氣。「我估計不是找你說前線戰事，就是說糧草問題。我不懂朝堂那些彎彎繞繞，我和你說我的想法，出錢出糧，咱們都可以，就是費點力氣的事，但別的，我給不起。」

她這話說得很含蓄，但傅聽闌聽明白了意思，就是出錢出糧，她賀語瀟不會說半個不字，但讓傅聽闌出征，她是不願意的。

「我知道妳擔憂。」傅聽闌明白賀語瀟的心情。

賀語瀟點頭。「我知道家國大義，在戰事面前，每個大祁兒郎都應該義不容辭。可我更知道，在戰事面前，做自己擅長的事，才能發揮最大的效用。就像讓鐵匠鑄兵器，一點問題都沒有，但讓鐵匠上戰場，那就是白送。我知你身手不差，也願意為國出力，但你也得承認，你沒上過戰場，在戰場上的經驗差了許多。所以不到非你不可時，我更希望你做你能做的事。」

傅聽闌嘆了口氣。「有時候我也身不由己。」

「我懂。」所以她只是說，不是要強求。「在你身不由己的時候別做衝動的選擇就好，剩下的就不是我們能左右的了。」

「好。」傅聽闌握了一下賀語瀟的手，算是向她保證了。

累了好幾日，傅聽闌回府洗了澡就早早地睡下了。賀語瀟看了一個時辰這次跑商的帳本，對成本做到心中有數，才上床休息。這個時候，兩個人都沒有溫存的心思，就這樣躺在一起，就很好。

次日，如賀語瀟所料，傅聽闌剛吃完飯，就被宣進了宮。

賀語瀟眼皮跳了跳，整個臉色都非常不好，但她又沒有什麼辦法，這會兒連店裡都沒心情去了。

賀語瀟憂心，惠端長公主又何嘗不是呢？她兒子承蒙皇恩不假，但為皇上查舞弊之事，差點丟了命也是真的。自那之後，她就不大願意讓傅聽闌離京了。可他們家現在處在這個位置，又不能退縮，真是兩難啊。

就在婆媳兩個各自憂心的時候，傅聽闌的小廝匆忙跑回來，直接跪地道：「長公主，皇上下旨，讓郡王前往石城，協助懷遠將軍擊退查牧族，同時安撫軍心。」

惠端長公主面上不顯，手指卻抖了抖——她想了那麼多，在此時此刻依舊什麼都做不了……

賀語瀟聽到這個消息，更是眼前一黑。她原本以為皇上應該會問一問傅聽闌的意見，現在看來，並不是找傅聽闌商量，只是通知這個決定。

聖旨一下，沒有改變的餘地，她能做的只剩下考慮自己能為傅聽闌做些什麼。

揮退傅聽闌的皇上來到皇后宮裡，皇后已經知道此事了。後宮不得干政，但因為傅聽闌是自家外甥，皇后還是可以問上一句的。何況之前趙家的事，傅聽闌已經給足她面子了。

皇上嘆氣。「若皇子中有比聽闌能力卓越的，我也不想派聽闌去，正是因為沒有，若想挑個能代表皇家的孩子，就只能是聽闌。這次大祁可以說是腹背受敵，澤縣一事還好說，石城戰況不順，必須有人去幫朕提升士氣。」

「可聽闌畢竟沒有上戰場的經驗啊。」皇后依舊覺得這不是個好的決定。

「朕知道，不過懷遠將軍教導過聽闌，對聽闌的能力十分瞭解，聽闌跟著他，朕還是放心的。」如果是其他將領，他不會讓聽闌去。「朕也知道此次危險，二姊必然擔心，聽闌又是新婚不久，郡王妃也肯定難過，但這是沒有辦法的辦法。如果石城破了，大祁將會遭大劫。」

皇后嘆氣，自己的兩個兒子還擔不起大事，她真是無顏見二皇姊了。

「就算二姊什麼都不說，朕也清楚，她心裡必是怨朕的。她就聽闌這麼一個兒子，是朕對不住她。但朕相信聽闌的能力，若他得勝歸來，朕必不會虧待他。以後皇子繼位，有他的輔佐，皇位也會非常穩固。每每想到此，朕就能安心了，也算對得起江山社稷。」

皇后無話可說，她明白皇上的苦心，也越發希望傅聽闌能得勝歸來。

旨意已下，賀語瀟無計可施，她心裡不高興，但不能表現出來，就算裝，她也要裝作支持傅聽闌，這樣才能讓傅聽闌安心上戰場，不需要有所顧慮。

賀語瀟吩咐著下人為傅聽闌收拾行李，除了一些衣物，還有各種藥品也不能少。

傅聽闌看著賀語瀟在那兒忙碌，一時不知道要說什麼好。前一天他的小妻子還說不希望他上戰場，今天他就不得不去了。

「語瀟。」傅聽闌叫了她一聲。

賀語瀟轉頭看向他，嘴角帶著笑意，還是那句話，她就是裝也要裝得像。

「怎麼了？」

「來。」傅聽闌向她招手。

賀語瀟把手上的東西交給露兒，然後走到榻邊。

傅聽闌拉了她一把，讓她坐到自己身邊。「不高興就不要笑了。」

賀語瀟依舊保持著笑容。「我沒有不高興，擔心我依舊是很擔心，不想讓你去，也依舊是不想的。但我一直知道，你不去的可能性很小，而且你其實也是想去的吧？」

傅聽闌沒有否認。

賀語瀟看著他。「既然你想去，必然是心中有成算，皇上讓你去，那你就去吧。我沒有別的要求，只希望你能保重自己，別讓我擔心。」

賀語瀟知道自己說的都是場面話，但只要能讓傅聽闌安心，說就說吧。

傅聽闌也不知道看沒看出賀語瀟真正的心思，只盯了她良久，才道：「妳放心，為了妳，我一定會保重的。」

賀語瀟點點頭，沒在意來來往往的下人，伸手抱住了傅聽闌。「郡王妃我還沒做多久，多為我想想，萬萬不要受傷了。京中的事你不必擔心，家裡你也不必操心，都有我呢。」

「好。」傅聽闌回抱著賀語瀟，簡簡單單的一個字，卻充滿了不捨。

第八十四章

傅聽闌出發這日，天氣特別陰沈，像是要下雨，風裡卻感覺不到多少濕氣。雲層壓得很低，就像賀語瀟的心情，但她依舊在面上保持著淡定，用這樣的方式讓傅聽闌放心。

「此去多加小心，要聽懷遠將軍的安排，不要自己逞能。」駙馬提醒傅聽闌。「你缺少經驗，戰場上刀劍無眼，不要衝動，有的時候智取更佳。」

傅聽闌點點頭。「父親放心，兒子心中有數。」

惠端長公主滿心的不捨，但她與賀語瀟一樣，只能把這份情緒放在心裡，不能給傅聽闌負擔。「你長大了，我沒什麼好叮囑你的，務必小心就是。」

傅聽闌這次出發帶的行李和人都是她和賀語瀟一起準備和清點的，她能做的也就這麼多。這些日子她也以此為藉口，沒有進宮去。她現在已經不在意皇上和皇后會怎麼想了，愛怎麼想就怎麼想吧，她只希望她的兒子能平安歸來。

「是，母親也要多多保重，別為兒子擔心。舅舅此番決定，左右是不會想害我的，母親不要心有芥蒂。」傅聽闌不希望母親難過，也不希望母親因為此事壞了與皇上的關係。

惠端長公主草草地點點頭，也不知道有沒有把他的話聽進去。

傅聽闌來到賀語瀟身邊，主動握住她的手。「京中的事就交給妳了，我已經吩咐了手下的人，他們會聽妳指揮。妳也別太累，給災民的糧食應該是夠了，就算要再去運，也都是輕車熟路的事，不必憂心。」

賀語瀟應了一聲，說：「你就不必為我擔心了，京中父母親都在，自然是累不到我的。你在邊關若有任何需要，就讓人帶信給我，我來想辦法安排。邊關各項不比京中方便，你能將就的就將就些吧。」

「好，打仗我雖沒有經驗，但外出辦事我的經驗還是很足的，妳實在不必為我擔心。等戰事結束，我給妳帶石城的特產回來。」傅聽闌哄她。

賀語瀟笑了，點了點頭。

這時，放心不下的崔恒也趕來了，作為傅聽闌最好的朋友，他相信傅聽闌的能力，擔心卻也是不可避免的，畢竟不是所有事有能力就能做好。

崔恒給傅聽闌送了幾本書，都是與石城的地質風土有關的，希望傅聽闌這一路能把它們看完，對石城有大致瞭解。

「長公主府和郡王妃你都不必擔心，我在京中，必會幫你看顧。我夫人近來沒什麼事，我會多讓她來陪郡王妃說說話，必不讓她胡思亂想。」崔恒不愧是傅聽闌的好兄弟，最知道他在意什麼。

傅聽闌安心地拍了拍崔恒的胳膊，一切盡在不言中。

上了馬，傅聽闌沒多留戀，帶著身邊的一眾人離開了。

快到城門時，傅聽闌看到兩側道路上站滿了人，看衣著，更像是災民。

因為人多，傅聽闌放慢了馬速。

「郡王，一定要平安歸來啊！」

不知道是誰先開的頭，隨後兩側的災民便都跟著喊了起來——

「郡王保重啊！」

「郡王與郡王妃心好，救助我等澤縣百姓，我等無以為報，只能祈禱郡王旗開得勝，大捷歸來！」

「郡王一路平安！」

「郡王，我們都盼著您早日歸來呢！」

這些都是吃過賀語瀟粥棚裡的粥的災民，很多都是今天天不亮就從莊子來為傅聽闌送行。雖然傅聽闌沒在粥棚露過面，但大家打聽著，也都知道了愈心堂是珩郡王的產業，不少人住的莊子也是珩郡王的。受了這麼大的恩惠，現在恩人要去戰場，他們怎麼可能無動於衷？

傅聽闌笑了，向大夥拱了拱手。「多謝各位相送，待凱旋歸來，再與各位相見了！」

說罷，傅聽闌沒有留戀地一抽馬屁股，馬兒便疾馳出城門，只留下災民們遙望的身影。

出城跑了沒多遠，傅聽闌就看到站在樹下，一身騎馬裝的馮惜。這個時候馮惜出現在這兒，必是在等他。

傅聽闌一抬手，示意手下的人稍等，便下馬走了過去。

「馮姑娘。」傅聽闌朝她點點頭。

馮惜如男子般抱拳。「郡王，在此等待實在是不想惹眼，還望郡王見諒。」

「無妨。」傅聽闌說。如果馮惜不是有重要的事，是不會在這兒等他的。

「那我就長話短說了。」馮惜指了指自己身後的少年。「這是衛權，之前查牧人殺害災民時，多虧了他，我們才能找到查牧人的藏身處。這小子家裡之前是開鏢局的，一場洪水使得家中就剩下他一個，我便讓他在我們府休養。之前我父親出征時，他的傷還沒好，便沒讓他跟著，現在他的傷好全了，郡王此去，還是帶上他吧，說不定用得上。這小子身手不錯，郡王無須特別照顧他，我是想著他這一身功夫留在我們府裡可惜了。如果能在戰場上建功，以後便不必愁了。」

衛權向傅聽闌行了禮，目光灼灼，一看就是有目標、不服輸的人。這個年紀，能在家中只剩下自己一人時，不喪失對生的執著，不渾渾噩噩度日，真的非常難得。

馮惜推薦的人，傅聽闌是信得過的。「好，我帶他同去便是。」

馮惜笑著點點頭。「語瀟那邊你放心，有我在京中，必不會讓人傷她分毫。」

「好，如此就麻煩馮姑娘了。」多一人保護賀語瀟，他能更安心些。

沒有多留，傅聽闌帶上衛權再次出發了。

到了下午，京中的雨可算下來了，嘩嘩的帶著涼意，打在地磚上、樹葉上、房梁上、窗子上，萬物似乎都跟著唱起了歌。

賀語瀟看著窗外的雨發呆，今天她實在沒有心情去店裡，正巧也沒人約妝，她便順著自己的心待在屋裡。

這場雨對京中人來說可謂是久違的甘霖，但對賀語瀟來說，卻像是她流不出來的眼淚。傅聽闌去戰場，她裝了這些日子，身心俱疲，這會兒真把人送走了，她心裡也跟著空了一塊，呼呼漏著風。但她不能哭，她怕不吉利。傅聽闌只是去了戰場，她不捨、不願，但不能哭。

現在她只希望一切順利，讓傅聽闌平平安安打完這場仗。等傅聽闌回來了，她的心應該就能回到原樣了。

雨下了一夜，第二天天空如水洗一般藍得清澈。

賀語瀟就算依舊不想動，也還是強打起精神去了店裡。

學徒們似乎都看出她心情不佳，也不與她笑鬧了。她們都能理解，任誰家的男人上戰場，那要是不擔心，就是冷血了。

露兒給賀語瀟送來一杯敗火茶，賀語瀟看了看井然有序的店鋪，點頭道：「這幾日妳們多上點心，我去樓上待一會兒，有事再叫我。」

露兒和學徒們紛紛應是，賀語瀟就端著敗火茶上樓去了。

她得找點事來分散一下自己的注意力，不能整天這麼消沈。

今天賀語瀟一點粉黛都沒上，昨天睡得晚，今天起得也晚，實在是沒心思收拾，便這樣出門了。看著鏡子裡的自己，賀語瀟覺得自己臉色真不怎麼好，這會兒要是塗個紅亮些的口脂，恐怕會被認為是精氣不足、吃人滋補了。

隨手拿了根眉筆，賀語瀟動手給自己畫起了眉，只要眉形化得好，一樣可以起到提氣色的作用。淺畫了幾筆，賀語瀟覺得這眉筆粗了，畫出來不自然，便拿出小刀來修，心裡想著若是有不用修的眉筆就方便多了。

正琢磨著，露兒跑了上來，臉色不是太愉悅地道：「郡王妃，四姑娘來了。」

賀語瀟眉峰一挑。「她來幹麼？」

賀語芊可是從不到她店裡來的，今兒過來未免太奇怪了。

「奴婢不知。」露兒也不能直接問呀。

既然來了，賀語瀟也不好趕人，讓樓下的客人看到不好，便道：「讓她上來吧。」

「是。」

不一會兒，賀語芊就滿頭珠翠地上來了。

看到未施粉黛的賀語瀟，賀語芊微微揚起嘴角。「五妹妹看著憔悴了不少啊。」

賀語瀟並沒接她的話，只問：「四姊姊怎麼突然過來了？」

賀語芊坐到賀語瀟對面，悠哉地說：「郡王出征，我想著妳估計是吃不下、睡不好，就來看看。」

賀語瀟私下怎麼想，在家裡怎麼說，那都是她的自由，但瞧賀語芊這看笑話的模樣，她就是再難受，也不可能順了賀語芊的意。

「四姊姊這話說得就不對了，我有什麼可吃不下、睡不好的？郡王是奉皇命出征，是他身為郡王的責任，我若吃不下、睡不好，別人還以為我不樂意讓郡王去呢。」賀語瀟的語氣又硬又冷。

賀語芊顯然是不信賀語瀟的話。「五妹妹就不用瞞我了，妳若真願意，今天也不會這樣素面朝天了。」

「四姊姊過來，一句問候關心的話都沒有，張口閉口的讓人覺得我不識大體，不願意讓郡王去，又是何居心？」賀語瀟本來心裡就不高興，賀語芊非要往槍口上撞。

賀語瀟冷笑。「我今日沒化妝是因為起晚了，想著到店裡再打扮，沒看到我正削眉筆嗎？我知道四姊姊嫉妒我嫁得好，現在郡王上戰場去了，妳就忙不迭地想來看我笑話。何必呢？郡王再沒有上戰場的經驗那也是郡王，得了皇家的封賞，就應該為大祁效力！」

被點破了心思的賀語芊表情瞬間扭曲。沒錯，她就是因為嫉妒終於找到了出口才來的。

「呵呵，妳別以為自己是郡王妃了就了不起。如果這次郡王安全從戰場上下來就罷了，若不能，妳就是寡婦！」

「啪——」

「啊啊啊——」

賀語瀟直接抓起降火茶砸到了賀語芊身上，賀語芊被燙得慘叫。

賀語瀟現在最聽不得這些不吉利的話，指著賀語芊道：「詛咒郡王，該當何罪！」

賀語芊根本沒想到這一層，現在才意識到自己失言，而且樓上這麼大動靜，樓下的人肯定也聽到了。但她哪拉得下臉給賀語瀟賠罪呢？而且她覺得賀語瀟為了自己的名聲，不會拿她這個姊姊怎麼樣。

「露兒！」賀語瀟大喊一聲。

「郡王妃！」早就聽到動靜的露兒立刻衝了進來。

賀語瀟指著賀語芊道：「給我掌嘴！」

「妳敢?!」賀語芊也怒了，她好歹是侯府孫夫人啊！

賀語瀟自己上去就給了她一嘴巴。「我有什麼不敢的！」

賀語芊被打傻了，她沒想到賀語瀟真的會跟她動手，而此時賀語瀟的氣勢讓她根本不敢還手，又氣又憤只丟下一句。「我是妳四姊，妳打我妳也丟人！咱們走著瞧！」

賀語瀟不準備跟她走著瞧了，直接對露兒道：「回府把事情稟報給母親。」

此等詛咒，她不可能就這麼算了！

惠端長公主鬱悶了這麼多天，正愁沒有出口能宣洩，賀語芊就自己撞上來了，還是詛咒她兒子，這她是萬萬不可能忍的。別說對方只是個侯府平妻生的兒子的妻子，就算是侯府夫人，她也一樣不會給臉面。

於是當惠端長公主身邊的嬤嬤出現在信昌侯府時，全府上下都傻了。

等得知是賀語芊出言不遜，詛咒珩郡王時，信昌侯府更傻了——這不是找死嗎？

「啪啪」的掌嘴聲一下接著一下，賀語芊嘴裡被塞了帕子，哀號也出不了聲。嬤嬤手勁大，賀語芊的臉已經腫了起來，嘴角也流了血。

盧家三孫公子跪在賀語芊身邊，一聲也不敢吭，他現在只是頂了個侯府三孫公子的名頭，其他的什麼都沒有，哪有底氣說話？

八十下掌完，嬤嬤冷眼看著賀語芊。「長公主口諭，盧賀氏若再敢口出惡言，絕不輕饒，望盧賀氏謹言慎行，侯府嚴加管教。」

「是。」老侯夫人領命。她一把年紀了，從沒有這麼丟臉的時候，以後讓她在她的老姊妹中如何抬起頭來？

長公主府的人一離開，賀語芊身邊的丫鬟忙上前來取掉她口中的帕子。

「賀語瀟這個賤人！居然告我的狀！這是想讓我死啊！」賀語芊邊哭邊罵，她現在腦子一片昏沈，只覺得自己臉面丟盡了，全府上下都在這裡看著她被掌嘴，她以後還怎麼管自己的院子？

此時，盧三孫公子看她的眼神已經全是厭惡。賀語芊這個沒腦子的得罪長公主府，現在恐怕全京城的人都知道了，他還有什麼臉面出去混？

「妳這個攪家的！」老侯夫人指著賀語芊。「當初讓妳進門是我考慮不周啊！原以為妳無才無能也罷，只要能相夫教子也是好的，但萬萬沒想到，妳竟沒有一樣能成的！如今還要連累我們整個侯府，真是作孽啊！」

「母親消消氣，千萬別氣壞了身體啊！」盧夫人扶著老侯夫人，在旁勸道。

此時那位平妻躲在一邊，生怕上前說話被賀語芊連累了。

還沒等賀語芊開口說什麼，就聽盧三孫公子道：「祖母，是孫子管妻不嚴，才釀成了今天的事，祖母息怒，萬萬不要傷了身體。」

賀語芊火氣頓時消了三分，她相公居然把責任攬了過去，這是她萬萬沒想到的，看來她的相公還是在意她的。

賀語芊正想假哭兩聲，配合一下相公的話，得個寬宥，就聽她相公繼續道：「如今賀語芊得罪了長公主府，咱們府是萬萬擔不起這個責的，若長公主心存芥蒂，對咱們府來說可謂是滅頂之災。但賀語瀟又是珩郡王妃，賀家的女兒休不得，所以孫兒想，只能把賀語芊送走，以免她在京中再鬧出事來。」

賀語瀟聽到消息時，賀語芊已經被送走了。聽說盧三孫公子還想再娶個平妻掌管自己的院子，被老侯夫人駁回了——這大概就是侯府放任兒子娶平妻的報應。

賀語瀟根本無心理會，賀語芊這個人，跟她已經沒什麼關係了。

比起其他府的破事，賀語瀟的心思更多的還是在賺錢上，還是那句話，有錢才有糧，有糧她就能做很多事。而且忙起來她才能不那麼想傅聽闌，不然日子感覺都快過不下去了。

於是想了好幾天，賀語瀟又有了新妝品的靈感——刀型眉筆！

這個形狀的眉筆對大部分人來說就可以省去了削眉筆的步驟，而她這種對眉毛刻畫比較精細自然的來說，只要稍微磨一磨，讓前端夠細就行了，大大節省了削眉筆的時間！

說幹就幹，眉筆這東西怎麼做有現成的方子，只是顏色上各家的配比不同。賀語瀟不喜歡純黑的，那樣畫出來太生硬了，所以她的眉筆多是做成灰黑色和棕黑色，這樣配上大祁人的髮色，就很合適。

刀型眉筆的形狀只要有模具，就很容易塑成，只不過每支不宜做得過長，以免硬度不夠，容易斷。當刀型眉筆上架時，毫無意外地成了熱銷品。雖然這眉筆沒有一般眉筆那麼長，但價錢相對便宜，加上這個形狀畫眉實在方便，誰用誰喜歡，讓京中姑娘們趨之若鶩。

賀語瀟看著自己再次豐厚起來的小錢盒，整個人喜得直冒泡。

與此同時，她還推出了眼影盤。眼影盤是木製的，裡面一共十二色，大大滿足了女子對眼影顏色的需求。

眼影盤裡的眼影每一個都沒有單買的量多，可優勢在於可以避免選擇困難，對不會自己搭配顏色的人來說也很容易上手。而且眼影盤裡的顏色都是這一季新調出來的，賣完就沒了，每一盤都是這一季的絕版顏色，怎麼可能不打動愛美的姑娘？

不過眼影盤就不像眉筆賣得那麼便宜了，畢竟顏色和包裝都是成本，所以來買的幾乎都是不缺錢的。這也讓眼影盤的價格居高不下，硬是憑一己之力，扛起了新店的主要營收。

晚上，賀語瀟坐在桌前記帳，心裡盤算著趁天氣正好，應該讓商隊再出發了，到時候帶些眉筆去賣，也能小賺一些，這樣買糧的錢也能更充足。

正琢磨著之後的安排，長公主院子裡的嬤嬤就來了，說長公主請賀語瀟過去一趟。

「好，我套件衣服就去。」賀語瀟應著，這個時間婆母找她，肯定是有重要的事，賀語瀟不敢耽擱，頭髮只是簡單地綁好就過去了。

主院的廳中，長公主與駙馬坐在上位，下面跪著個護衛打扮的人，看著沒受傷，也不算狼狽，不像是出了什麼性命攸關的大事。

「父親，母親。」賀語瀟向他們行禮。

長公主點點頭。「妳先坐。」

隨後又對護衛道：「你跟郡王妃把情況再說一遍。」

「是。」護衛轉向賀語瀟。「郡王妃，屬下們奉長公主的命，跟著前些日子出發給石城送糧草的隊伍，以免有人中途調包，或者往裡頭摻東西缺斤少兩。但萬萬沒想到，隊伍遭遇了查牧人的埋伏，糧草被燒了個乾乾淨淨！屬下無能，對方人數眾多，兵部運糧的隊伍大意了，不是對手。屬下與另一位護衛雖上前幫忙，但實在是雙拳難敵四手，只殺了幾個查牧人，可糧草還是沒能保住！」

賀語瀟驚得眼睛都瞪大了，如果說靠近石城了，有查牧人埋伏，這是可以預料的，但新一批的糧草才出發幾天啊，離石城還那麼遠，肯定沒人能想到會在這個時候遭遇埋伏。

「怎麼會這樣……」賀語瀟不知道要說什麼才好，查牧人未免太囂張了。

駙馬面色嚴肅。「看來這次查牧族比我們預想得還要準備充分。如今這一批糧草沒了，要立刻再送一批運到石城，談何容易？」

這一批也是朝廷調度了好幾天才籌集到這麼多，想先運到石城讓將士們安心。如今驟然被燒，這燒的可不只是糧，還有將士們的信心啊。

護衛們只是在遠處跟著，長公主也只安排了四個人去，兩兩一組輪班，雖然護衛已經盡力了，對於早有準備的查牧人來說，這次肯定是拚死也要得手。

「如今如何是好？」長公主問駙馬。

駙馬也沒有主意，只道：「等天亮了，皇上肯定會招我進宮商議此事，到時不免朝中譁然。現在這個時候，最怕的就是人心不穩。」

第八十五章

賀語瀟有一句、沒一句地聽著長公主和駙馬說話，心裡想的卻是——糧沒了，她的相公怎麼辦？會不會吃不飽飯？吃不飽怎麼打仗？

糧食被燒，可是天大的事。賀語瀟已經能夠想像明天一早，朝堂上亂成一鍋粥的場面。光是想想，就只能用心累兩個字來形容了。

朝堂上的事與她沒什麼關係，但傅聽闌的事卻與她息息相關，這讓她不可能什麼都不想，什麼都不做。

躺在床上，賀語瀟眼睛瞪得溜圓，半點睡意都沒有，她現在想得都是接下來要怎麼辦，想法很多，也很亂，導致她越想越清醒，根本沒睡意。

賀語瀟不知道什麼時候睡著的，總之露兒來叫她起床的時候，她還睏得不行，只能讓露兒生生把自己拉起來坐著醒覺。

「母親起了嗎？」賀語瀟問，腦子裡鈍得很，果然不能晚睡。

「剛起。駙馬爺天沒亮就被宮裡來人叫走了。」露兒給賀語瀟擰了條帕子，讓她擦擦臉，能醒得快一些。

賀語瀟醒好覺後，便趕緊下床穿衣服漱洗。除了長公主免了她的請安外，其他時候她是不會太遲過去的。

今天時間有點趕，賀語瀟隨便塞了一口粥，讓自己別低血糖，就先去了長公主那邊。

惠端長公主顯然也沒睡好，這會兒懶洋洋的，連妝都沒化。

見賀語瀟沒比她精神到哪兒去，她是說不出的心酸。一來是心疼兒媳婦，好好的姑娘剛嫁進來沒多久，兒子就上了戰場，兒媳婦每天魂不守舍的，最近剛好一些，又發生糧草被燒一事，能睡好就怪了；二來是想到自己兒子不知道在邊關如何，遲遲沒有捷報傳回，實在讓人心焦。

「今天留在我這兒吃早飯吧。」長公主道。

「是。」賀語瀟自然樂意。

賀語瀟來請安長公主都不會讓她站規矩，早上來請安完，就讓她回去吃飯了，晚上再來的時候，長公主會問一問她這一天的情況，府裡有什麼需要她知道的事也會跟她說一聲，便放她回去了。能遇上長公主這樣的婆母，賀語瀟覺得自己簡直是走了大運。

長公主這邊的早飯比賀語瀟院子裡豐富，沒讓下人伺候，婆媳兩個挨坐著一起吃飯。

「糧草的事妳不必太擔心，皇上應該會再想辦法調動一批送過去。」惠端長公主安撫著賀語瀟。

賀語瀟並不是小姑娘，她能分清什麼是真安慰，什麼只是不希望她太過擔心。

「母親，兒媳並不是擔心皇上籌不來糧，而是擔心即便新籌集一批，能否安全送達石城。畢竟我們在明，敵人在暗，就算加派人手護送，也難保查牧人不耍陰招。」只要是朝廷派出的隊伍，必定是查牧人的目標。他們的目標是毀糧，而不是殺人，這就使得他們相當容易得手。

長公主在心裡嘆了口氣，不知道要說什麼才好。

賀語瀟又道：「母親，我有一個想法，想和母親說說，母親幫我參謀一下可好？」

長公主頓時來了興致，聽賀語瀟娓娓道來。

用完早飯後，賀語瀟就出門了。她決定今天見一見商隊的隊長，安排他們盡快出發，再買一批糧回來，趁著現在天氣不是那麼熱，等這一趟回來，就給他們放個夏假。

忙完這些已經是中午了，去店裡的路上，賀語瀟哈欠連天，人睏起來，真是連吃飯的胃口都沒有了。

剛下馬車，一個學徒就迎了出來，笑道：「郡王妃，馮姑娘來了。」

賀語瀟一下來了精神。「太好了，我正要找馮姊姊呢。」

最近馮惜和華心蕊都是三天兩頭就過來，她知道她們是怕她胡思亂想，所以沒拒絕。每次她們來也不會待很久，陪她說說話就離開了，不會耽誤她招待客人和教學徒。

上了二樓，賀語瀟就道：「馮姊姊吃了沒有啊？」

「還沒，原本想著過來找妳一起去，結果妳還沒來。」馮惜笑說。

賀語瀟坐到馮惜對面。「這附近有一家味道不錯的小餛飩，也有豬肉餡燒餅，我讓露兒買回來咱們吃吧。」

馮惜點頭。「也好，上午去跑了一個時辰的馬，這會兒坐下反倒不想動了。」

沒讓露兒一個人去，馮惜讓自己身邊的丫鬟跟著一起，兩個人更好拿。

等餐時，賀語瀟問：「馮姊姊，那些跟著妳的姑娘可還勤勉？」

自從馮惜收了幾個災民中想跟著她的姑娘後，賀語瀟就沒再過問了。上次聽說那些姑娘，還是說她們在學騎馬的事。

說到這個，馮惜一臉滿意。「都是不錯的，能吃苦，膽子大，性格直爽，學東西也快。現在已經在認字了，過些時候想讓她們讀兵書。雖說女子不能參軍，似乎沒什麼用。但以她們的性格，嫁個書生估計跟我一樣是過不好日子的，倒不如挑個學武的，這樣兩個人有話可聊，這日子才能過得有滋味。」

女子認字賀語瀟是支持的。「還是馮姊姊想得周到。」

「我只是自己吃過苦，不忍別的姑娘再吃一次。」現在說起以前的事，馮惜已經非常淡然了，平日根本不會想些這些。

賀語瀟點點頭，壓低了聲音，問：「姊姊可聽說了糧草被燒一事？」

懷遠將軍在石城，馮惜不可能不勤打聽關乎石城的事。

「聽說了。」說到這個，馮惜的笑容淡了些。她沒主動提，是怕賀語瀟擔心。

賀語瀟不繞彎子，直接道：「等朝廷調度糧草，再重新運出去，不知道要等到何時，而且不知道會不會再次被埋伏，畢竟糧草一斷，查牧族就等於贏了一半。所以我想著，我手上有現成的糧，可以應付到朝廷重新調來糧食運抵石城。若我們自己跑一趟，應該不會那麼容易被查牧人盯上，可以順利把糧運過去。」

馮惜被她這個大膽的想法說愣了。「此行風險很大，妳可考慮好了？再說，把妳的糧食運走，災民們可還吃得飽飯？還有，這一趟怎麼個章程安排，妳可有想法？這不是說走就能走的。」

「我知道。郡王的商隊過幾日就會出發，一路去東北，一路去東南，這個時候只有這兩處糧食最豐，不受京城物價影響。災民如今大部分都能出去工作了，雖然還住在臨時的安置處，但只要做工，自己解決吃食不成問題，糧食的壓力沒有之前那麼大，只要保證沒有勞動能力的災民能吃飽就成。」賀語瀟說著自己的想法。

「這次去運糧，肯定不能大張旗鼓，而且要偽裝成別的隊伍，這樣才不引人懷疑。我想偽裝成去西北做生意的商隊，糧食上面可以壓上草藥、妝品和一些貨物，別太貴重就成，不容易讓人惦記。我們偽裝成家道中落，要到西北投奔親戚的女子，為保安全，跟著商隊同行。隊伍中有女子，就更不會讓查牧人懷疑了。」

馮惜笑了。「看來妳已經打算好了。」

「只是有了想法，要完善還得再想想。馮姊姊精通騎射，只因為是女子，就只能囿於京中，難道不想藉機出去闖闖嗎？當然了，這只是我的想法，馮姊姊若不想去也是正常的，畢竟現在將軍府還需要妳坐鎮，安撫家中人心。妳前往石城，妳姨娘也不會放心，而且此行的確有風險，須謹慎考慮。」賀語瀟並不想強迫馮惜，只是在預想中，馮惜是最合適的人選，一來她是女子，不會惹人多想，二來馮惜箭術不差，萬一遇到危險，自保逃跑不成問題。

馮惜根本沒想那麼多，父親教了她許多兵法上的東西，她都沒有機會實踐，平日不過是騎馬射箭，如今有了這個機會，她的心著實蠢蠢欲動。

「只有我們帶著家丁偽裝商隊，怕是不像。」馮惜一直覺得幹哪一行就有哪一行的氣質，光靠裝是不成的，但凡遇上個經驗老道的，都容易看出來。

「我知道，所以我準備去找谷大聊聊，他的商隊一直幫我把貨物賣到西邊，這次請他幫忙，對他來說也是冒險，但他不是個怕事的人，我覺得他應該會同意。如果不成，我再想辦法。」賀語瀟說。

她不想用傅聽闌的商隊，畢竟是跟著傅聽闌的人，查牧這次準備得這麼充分，難保沒偷偷調查過，哪怕遇上一個眼熟的都容易露餡。而且男子不比女子，女子出遠門面巾一戴，再正常不過了，誰能認出誰啊？

馮惜點頭道：「那我回去安排一下。」

這就表示馮惜同意同去了，賀語瀟很高興。此去的確有危險，但若能平安歸來，她相信皇上會有封賞。若能得封賞，馮惜就等於為女子開闢了另一條路，雖然這條路任重道遠，但只要有人能邁出第一步，必會有後來者前仆後繼。

賀語瀟吃完午飯後，便帶著馮惜去見了前幾天剛跑商回來的谷大。

對於大祁之事，谷大一聽便說自己義不容辭。

這邊定下，賀語瀟拿著傅聽闌的腰牌進宮面聖，向皇上說明了計劃。

皇上用不可思議的眼神看著賀語瀟，他一直以為傅聽闌只是娶了個喜歡的女子，這女子除了長得是真漂亮，其他方面倒沒有優於世家女子的。卻沒想到在朝堂討論不出個所以然，所有人都在為糧發愁的時候，她居然站了出來。不僅能提供糧，還給出了一套可行的運糧方案。

考慮了良久，皇上一臉嚴肅地道：「妳為朕解決了一個大難題，這事無論最後成與不成，朕都許妳一個要求。」

賀語瀟恭敬道：「妾身沒什麼要求，只希望若此事成了，與妾身同去的人能得到皇上的賞賜，以示嘉獎。」

這可以說是沒有要求，若是成了，就算賀語瀟不說，皇上也肯定要賞的。「如此，朕答應便是了。」

於是五日後，賀語瀟和馮惜，以及跟著馮惜的那幾個姑娘扮成投奔親戚的一家人，跟著谷大的商隊一起出發。當然了，因為馮惜之前在粥棚巡視太惹眼，賀語瀟通過化妝幫她修了一下面容，再戴上面巾遮掩，簡直完美！

略顯破舊的馬車裡，賀語瀟坐在裡頭，手裡搗鼓著東西。馬車小，至多能坐兩個人，現在被賀語瀟的妝品擺得到處都是，根本沒有給別人坐的地方。好在馮惜一點也不想坐馬車，這車就成了賀語瀟的專屬車輛。

為了讓身分顯得逼真，馮惜騎的馬換成了非常常見的棗紅馬。跟著她的姑娘們共乘了兩輛馬車，這樣看起來更像是舉家去投奔。

一路上，無論吃飯還是住宿，他們選的都是最經濟實惠的地方。谷大雖然沒跑過西北線，但作為長年跑商的人，門路多，打聽些這一路上的規矩不成問題。

偶爾在路邊的涼棚喝茶歇腳，老闆娘看到幾個姑娘家跟著商隊一起，不免會問上幾句。賀語瀟毫不避諱地說出自己編的身分，這樣即便查牧人心有懷疑盯上他們，在聽到這個身分後，應該也不會繼續跟進了。畢竟運糧隊伍帶著女子，怎麼想都是不可能的事。

行了多日，大家臉上都不免出現了疲憊之色。賀語瀟並不介意路上的辛苦，她這一路甚至連妝都不化，就是為了讓自己看起來很落魄，才更像去投奔親戚的樣子。

出發前，賀語瀟找了連妙問石城的事，讓賀語瀟驚喜的是連妙不僅對石城很瞭解，對查牧族也有一定的瞭解。這讓賀語瀟不僅長了知識，還有了些想法，雖不知道用不用得上，先準備了總是沒錯。

這日，天氣一早就很陰沈，大白天卻像是傍晚一般。送糧的隊伍不好耽擱，在貨物上蓋了用蓑草編織的頂蓋，這樣就算雨下來，也不會淋濕糧食。

這一段路程能歇腳的地方挺多，這也是隊伍敢放心走的原因，萬一雨真下起來，還有地方能躲。

「站住！」商隊正緩緩前行，突然從一邊的樹林裡衝出幾個人，帶頭的是個胖胖的男人，三十來歲，看上去挺憨。

谷大一擺手，隊伍停了下來。

馮惜沒上前，靜待在貨物旁邊，隨機應變。只是不時回頭看一眼後面賀語瀟乘坐的馬車，今天賀語瀟跟之前一樣一直待在車上，也不知道在搗鼓什麼，只是讓大家不要隨便進她的車子。

谷大上前，拱手道：「諸位，我們商隊途徑此地，規矩一概沒差，不知各位隸屬哪個山寨？」

看這幾個人的打扮和樣貌，並不像查牧人，只要不是查牧人，一切就都好說。

「我管你什麼規矩！」胖男人露出一副凶神惡煞的表情。「既然路過我的地盤，就得守我的規矩！」

谷大心裡很清楚，這一趟肯定是多一事不如少一事。「是我們處事不周了，各位見諒。」

說著，谷大將自己的小荷包奉上，裡面有些碎銀子，就是用來上下打點的。

胖男人掂了掂，露出滿意的表情，目光根本沒放在貨物上，而是看向了後面的馬車。

胖男子點點頭。「既然你們是個懂規矩的，我也不為難你們，聽說你們帶著姑娘呢，給老子留下一個，馬上放你們走。」

谷大常年跑商，對山賊土匪的做派行徑都熟悉，這一夥人看著更像是農戶臨時起意跑來搶劫。這事不算少見，尤其是越靠近偏遠貧苦的地區，這種情況就越多。生活過得苦，或者收成不好的時候，就會有很多村民集結起來搶劫。

正常的商隊或者有鏢師護送的，這些人是不敢碰的，畢竟武力上差距過大。選中他們，估計是發現他們這個商隊帶了女子，相比起來應該更難前後都顧全，會更好搶一些。

「這位兄弟，你如果覺得錢不夠，咱們好商量。但你打我們護送的姑娘的主意，就太過了吧？」谷大不是個怕事的，何況他們隊伍裡有馮府的家丁，遇上這些半路出家的根本不需要怕，只是他不想節外生枝罷了。

「少跟我來這一套，如果不聽老子的，老子就掀了你的車子！」胖男子大吼道。

馮惜一手鬆開韁繩，她胳膊上綁了袖箭，若這些人敢靠近，她就會動手。

錢財、女人，永遠是山賊土匪最想要的東西，而且越是無規章的團夥，這種情況就越嚴重。在這些人眼裡，貨物反而沒那麼重要，有錢他們什麼都能買，搶了貨回去還得想辦法折成銀子，太麻煩。

沒等谷大再說什麼，就見賀語瀟乘坐的馬車裡冒出絲絲青煙，在這昏暗無風的情況下，顯得格外詭異。

「是誰在叫囂，擾了本座安寧，本座就吃了你們……」是賀語瀟的聲音。她近來因為氣候不適，染了風寒，症狀並不嚴重，只是說話的聲音又啞又難聽，再配合上這種氛圍，簡直讓人寒毛直豎。

谷大和馮惜都不知道賀語瀟這是演的哪一齣，此時不大好開口。

「呸！是誰在那裡裝神弄鬼？」胖男子愣怔過後，壯膽似的提高了嗓門。

賀語瀟嗤笑一聲。「我看你長得挺肥美，想必陽氣肯定很足吧。來來來，湊近些，讓本座好好瞧瞧。」

她話音剛落，一個硬邦邦的東西就從馬車上掉出來，眾人仔細一看，是一條人的胳膊！

馮惜和谷大面面相覷，胖男人和他的同夥則不自覺地向後退了一步。

那斷臂看起來太逼真了，也不知道放了多久，已經開始腐爛了，那血肉模糊的樣子，似乎隔著老遠就能聞到那股腐臭味。再看那青紫被吸乾了氣血似的狀態，配合賀語瀟的話，怎麼看這車上都像是真坐了個吃人的。

當然，並不是所有人都被賀語瀟的這一齣糊弄住了。其中一人高瘦的男人手裡握著把釘耙，直直地盯著馬車，在所有人還在愣神的時候他突然大吼一聲。「我倒要看看妳是何方妖孽！」

說著，便衝到了馬車邊，一把掀起了簾子。同時，馮惜的弩也對準了他——

「啊啊啊啊啊啊——有鬼啊！」

高瘦的男子一屁股坐到了地上，手裡的釘耙也掉在了地上。

今天的賀語瀟一身紅衣，那顏色一塊深、一塊淺的，就像是喝血時灑在衣服上了。

賀語瀟動作僵硬地往前爬了幾步，讓眾人看清了她的臉。賀語瀟的臉一半明豔動人，一半枯槁腐爛，連牙齦都露出來了，眼球似乎也隨時會掉下來。再配合煙霧繚繞的氣氛和陰沈的天氣，不知道的還以為這是走到地府了。

「轟——」天空適時地響起一道驚雷，讓氣氛更詭異嚇人了。

「啊啊啊啊——」驚叫聲不斷，就連商隊的人也被嚇著了。

而攔路搶劫的一夥嚇得轉身就跑，什麼銀子、女人根本顧不上了，連手裡的武器和剛拿到手的銀子也丟下了，這會兒什麼都不如命要緊！

與那些屁滾尿流跑路的一夥人相比，商隊的人還算好，雖然也被嚇著了，但沒有驚叫，他們早上看賀語瀟還好好的，加上相處好幾天了，知道她不可能突然變成惡鬼，但現在這樣子的確太嚇人了。

第八十六章

等人跑得都不見影了，賀語瀟才收起了向前爬的姿勢，咧嘴一笑，跳下了車，把地上的斷胳膊撿起來。

「妳這……」馮惜回過神來看著賀語瀟的臉，還是有些不能適應。

賀語瀟笑道：「假的假的，我這是化妝弄出來的效果，一會兒洗了就沒有了。我只是想試一試，就在車上搗鼓了一番，沒想到遇上這麼一夥人。不過也好，說明我的手藝挺有那麼回事的。」

賀語瀟學化妝的時候很願意研究，當時還學了大半年的特效妝，只不過平日跟的劇組用不到這種妝容，所以她慢慢地也手生了。現在往回撿拾記憶，是因為大祁人見識少，又信奉鬼神，所以才能糊弄一陣。若是放在現代，很容易看出破綻。

「妳也真是的，好端端地怎麼化這麼嚇人的妝？」馮惜很是無語，人家姑娘家化妝都是為了美，怎麼賀語瀟是為了醜呢？不對，更確切地說是驚悚。

「自然是我有自己的考量。」賀語瀟笑說：「這手也是假的，我昨天沒事在車上做的，車裡還有好多，所以讓妳們沒事別上我的車，以免嚇著。」

這手臂內裡是木頭，外面糊了一層細泥捏出手臂的肌肉線條和手指的形狀，最外層又刷了白粉，是為了後續上色方便。原本做這東西是想教學徒們在手臂上作畫的技巧，這個一般人用不上，但能幫舞娘畫，多一樣手藝就能多一種謀生的方法。但還沒教呢，教材就被她先搬走了。

「妳可真是……」馮惜都不知道說她什麼好。

谷大和其他人都鬆了口氣，賀語瀟的臉雖然還是駭人，但知道是假的就放心了。

「不管怎麼說，能把那些人嚇退，倒是省了咱們的工夫。」谷大對結果還是滿意的。「咱們抓緊時間往前趕趕路，以免那些人調頭回來找咱們。」

這個可能性不大，但是離得越遠越安全。現在雨還沒下來，他們往前趕一趕，也能挑個合適的地方避雨。

「好。」馮惜應道。

隊伍立刻整頓好，重新出發了。

路上除了這點小插曲，再沒遇到什麼特別麻煩的事。偶爾遇上同樣去西北的商隊聊起來，說到貨物，谷大會把裝樣子用的草藥拿出一點給對方看看。這種沒有衝突的貨物，對方不僅不會使壞，有需要的話還會直接在他們這兒買一些。

賀語瀟則繼續在車上搗鼓她那些東西，從那次之後，大家都巴不得離她的馬車遠遠的，誰知道又會突然掉出什麼嚇人的東西呢？

終於，在大家露宿風餐的努力下，商隊終於順利抵達石城。商隊一刻都不敢多耽擱，直接去了大營。馮惜有馮家的腰牌，要見懷遠將軍很容易。

當懷遠將軍看到自己的女兒和商隊時，臉上的表情只能用不可思議來形容。是的，為了做好絕對保密，她和賀語瀟甚至沒給懷遠將軍和傅聽闌寫信告知一聲。

馮惜看著傻愣的父親，笑道：「爹，大軍的糧來啦！」

一聽有糧，懷遠將軍立刻激動起來。「是朝廷準備的糧？」

糧草被燒一事他已經聽說了，而軍中現在的糧再維持五日已經是極限，所以這些時日他們一直在為糧發愁。

「不是，朝廷的糧還要調度些時日，這些是珩郡王妃自己儲備的，夠吃上一陣了。」馮惜笑道。

說話間，聽到消息的傅聽闌也趕了過來，還沒等他問什麼，就聽到一句聲音略啞的「相公」，隨後就見賀語瀟從馬車上跳下來，跑著撲進了他懷裡。

「妳、妳怎麼來了……」抱著賀語瀟，傅聽闌滿心的驚喜和意外。

馮惜笑說：「你這郡王妃有主意著呢。」

傅聽闌還是沒弄明白是怎麼回事。

懷遠將軍看著毫不避諱，抱在一起的小倆口，笑而不語。現在有糧，他心裡就有底了，自然就沒那麼急躁了。

懷遠將軍笑道：「聽闌啊，帶著你的夫人回帳裡說話吧，我先讓他們把糧送進去。」

一聽有糧，傅聽闌更驚訝了，卻也知道現在不是問這些的時候，便應了聲「是」。

正常來說軍營是不允許女子和非軍隊人員進入的，但他們是送糧來的，待遇自然不同。

賀語瀟跟著傅聽闌去了他的帳篷，除了進門有個屏風外，屋裡就只有床和一張矮桌，這可能就是軍中常態，連傅聽闌這兒都沒多少東西，就更不用提其他軍帳了。

傅聽闌給賀語瀟倒茶，茶已經冷了，只能湊合著喝，軍中不能講究那麼多。

賀語瀟接過茶杯，另一隻手拉著傅聽闌的胳膊。「讓我好好看看你。」

傅聽闌笑了。「妳來得這麼突然，我到現在都不知道說什麼才好。」

賀語瀟仔細打量著傅聽闌，傅聽闌比在京時粗糙了些，但身上的肌肉更結實了，賀語瀟剛才一抱就知道了。

「沒辦法，為了不被查牧人發現，我們必須保密。」隨後賀語瀟主動說起確定來送糧的過程，以及這一路上零零碎碎的事。

傅聽闌嘆氣。「妳膽子未免太大了些。」

換成其他家的姑娘，除了馮惜那樣的，誰敢隨隨便便走這一程？而且一個不小心被查牧人發現了，很可能連命都沒了。

「不是我膽子大。」賀語瀟喝了口茶。「是到了這個關頭，不得不有人站出來。等朝堂吵完再調糧過來，都不知道猴年馬月了。倒不如我自己來，雖然我的糧可能也應付不到戰爭結束，但好歹比朝廷安排得快。有了糧將士們都能安心，這仗才能繼續打下去。」

傅聽闌看著她不太紅潤的臉色，再聽到她不似之前那麼清亮的聲音，就知道她這一路並沒有說得那麼順利。「病了？可看過大夫了？」

賀語瀟笑著點頭，不想讓他擔心。「看過了，也吃了一路的藥，現在已經比之前好多了，不用擔心。」

傅聽闌想著晚一些讓軍醫再幫賀語瀟看看，這樣他才能放心。「這些日子你們就住軍營裡吧。你們送糧過來，就算之前沒被埋伏的查牧人發現，這會兒知道咱們不缺糧了，他們肯定能反應過來。你們若離開軍營別居，怕會有危險。」

賀語瀟點頭。「只要不壞了軍中規矩就成。」她不想別人說傅聽闌徇私。

傅聽闌笑道：「不會的，怎麼會趕軍中的恩人呢？規矩是死的，人是活的。」

見她面有疲色，傅聽闌便強行安排她先睡一會兒，這是他的帳篷，平時沒有他的允許，是不會有人進來的，賀語瀟可以安心在這兒休息。

給她拉好被子，傅聽闌道：「睡吧，晚飯的時候我叫妳。」

他要趁這個時間去看看新到的糧，安排好看守，再把一些瑣事處理完，這樣晚上他就可以一直陪著賀語瀟了。

糧食的突然送達讓軍中上下都知道了珩郡王妃和懷遠將軍家的姑娘，谷大的商隊也在軍中出了名，能有這樣仗義的民間商隊，真的很讓人欣慰，也越發能感覺到大祁的民心團結。

跟著他們一起來的幾個姑娘也讓將士們很震驚。這些姑娘們一個個都是騎馬裝的打扮，目光有神，手腳麻利，幹起活來不輸男子。

既然來到軍中，她們肯定不會什麼都不做，於是主動要求幫軍醫熬藥和到廚房打下手，這兩項本就缺人，有了她們的加入，效率明顯更高了。將士們看到這樣能幹的姑娘們，自己也不好意思偷懶，幹活也格外起勁。

賀語瀟沒睡多久就起來了，傅聽闌還沒回來，她也沒有出門亂逛，只用盆裡的清水洗了把臉。睡了一覺腦子清醒了，賀語瀟這才聞到了帳裡的藥味。

在軍營中，血腥味、藥味、鐵鏽味、泥土味都不罕見，但在帳篷裡有這麼重的藥味，不像是帳篷外傳進來的。

不多時，忙完的傅聽闌端了兩個碗進來，裡面是菜和雜糧餅子。

「醒了？新糧來得突然，伙房已經備了今天的飯菜，今天就先吃雜糧餅吧，明天軍中會做米飯。」傅聽闌把兩個碗放到矮桌上。他們到達邊關後，上下吃的都一樣，傅聽闌沒有要求加菜，也沒有任何嫌棄。

賀語瀟沒接他的話，而是問：「你受傷了？」

傅聽闌動作一頓，隨即輕描淡寫地笑道：「小傷而已。」

「我看看。」賀語瀟卻不敢放鬆。

「先吃飯，吃完再說。」傅聽闌沒看賀語瀟。

如此心虛的表現，賀語瀟哪能看不出來，立刻走上前抓住他的手。「先看！」

傅聽闌無奈，他不想一直瞞著賀語瀟，但能拖的話，他還是想儘量拖一拖。

賀語瀟把他按到凳子上，就去解他的衣服，這會兒也沒什麼不好意思的了，他們是夫妻，賀語瀟哪兒沒看過？

裡衣一拉下來，賀語瀟就看到了纏在傅聽闌身前的布條。

賀語瀟的臉色頓時難看起來，小心翼翼地摸了摸，此時布條上沒有血漬，但藥味依舊很重。「疼嗎？」

傅聽闌笑道：「沒事，已經在結痂了。」

「戰場上傷的？」

「嗯，沒傷到要害，傷口也沒有感染，問題不大。」

賀語瀟的表情並沒有因此輕鬆下來。「我聽連妙說，查牧人擅騎射。而我們大祁的軍隊更擅長面對面直擊，所以查牧人攻過來，遠遠就能射到你們。你們追，他們還能邊跑邊放箭，的確沒有優勢可言。」

「妳知道得挺多。」傅聽闌把衣服穿好，好久沒見賀語瀟，自己的郡王妃都脫自己衣服了，要不是有傷在身，這頓飯肯定是要推後了。

「馮姊姊也擅騎射，一路上與她討論時，她跟我說了不少。」其實這也不全然是馮惜跟她說的，她以前沈迷網路時也能看到一些關於歷史、軍事上的內容，就算不那麼專業，多少有印象。

傅聽闌毫不懷疑馮惜懂這個。「的確是這麼回事，我們雖然也有盾兵，但遇上箭術好的，也防不住。好了，不說這個了，快來吃飯。軍營飯吃得早，天黑之前都要收拾好才行。」

晚上往往是最危險的，所以像吃飯這種比較容易放鬆警惕的時刻，一般會在天還亮的時候，這樣晚上才能全力戒備。

軍營的飯菜做得很粗糙，主食扎實，肉和菜切得都很大塊。這對賀語瀟來說吃起來有些費勁，不過味道是不差。

飯後傅聽闌又被懷遠將軍叫去討論了軍中事務，賀語瀟給傅聽闌打掃了床鋪。她不會在這兒待太久，等過幾天休息夠了，他們就可以回去了。至於回去的時候要怎麼偽裝才安全，她還在考慮。

當然了，如果能在她離開前打一場勝仗，那回去這段路她就不必太擔心，就算有埋伏在路上後知後覺發現他們運糧的那些查牧人，也應該會回去支援或者重新商議部署。

正琢磨著，傅聽闌就回來了，跟他一起回來的還有軍醫。軍醫給傅聽闌換了藥，賀語瀟也終於看到了傷口的情況，傷口看著挺深的，是箭傷，但正如傅聽闌說的，已經結了痂。

賀語瀟這才真的鬆一口氣，至少回去稟報父親、母親的時候，不至於讓他們太擔心。

之後軍醫又給賀語瀟看診，確定只是普通風寒，繼續吃藥即可。

因為有了糧，軍營上下今天都能睡個好覺了，傅聽闌吹熄蠟燭，抱著賀語瀟躺下。

賀語瀟跟他說了家裡、妝店和商隊的情況。可能是賀語瀟在身邊，加上連日來心裡的大石終於落了地，傅聽闌很快就睡著了。

正常傅聽闌帳前是會有人把守的，但今日賀語瀟來了，大家想著小夫妻兩個見了面，肯定有很多體己話要說，他們守在那兒聽到些動靜不太合適，便撤了。反正軍中有巡視的人，不會有什麼問題。

賀語瀟下午睡了一陣子，這會兒睡不著了，不過她也不想起來，窩在傅聽闌懷裡，讓她覺得安心又舒適。

軍營的晚上沒有那麼安靜，偶爾能聽到巡視的隊伍的腳步聲，和照明的柴火堆發出的噼啪的聲響。

賀語瀟把玩著傅聽闌解下來的玉珮，不是什麼貴重的東西，但因為是傅聽闌戴過的，她摩挲著心裡就滿滿都是傅聽闌這個人。

夜深了，賀語瀟才隱隱有了一點睡意，但傅聽闌夢中輕叫了她的名字，又把她叫醒了，只能無奈地笑了笑，手指勾住傅聽闌的頭髮，也不敢有太大的動作，怕把人吵醒。

就在這時，賀語瀟感覺大帳的簾子動了一下，她的眼睛立刻快眨了幾下，一直睜著眼待在這黑暗的帳篷裡，她已經很適應了，這會兒帳篷裡有什麼東西動了，她很快就能發現，尤其她還是面對著門簾的。

下一刻，就見有個人影慢慢靠近了床邊，賀語瀟根本沒給對方有下個動作的機會，狠狠擲出手裡的玉珮，直接砸到了對方臉上，並大喊：「來人啊！有刺客！」

這大半夜偷偷溜進傅聽闌帳篷的，不用想也知道不會是好人！

她這麼大動靜，傅聽闌一下就醒了，那人也沒跑，回過神來直接拔出匕首，向著傅聽闌扎去。

傅聽闌側身一躲，避開了攻擊。賀語瀟知道自己幫不上什麼忙，也不給傅聽闌添麻煩，趕緊往後躲，手裡抓著枕頭，伺機反擊。

傅聽闌翻身下床，對方果然理都沒理床上的賀語瀟，追著傅聽闌就去了。

這倒是給了賀語瀟機會，在對方和傅聽闌纏鬥時，賀語瀟乘機用枕頭狠狠砸向對方的後腦勺。枕頭雖沒有什麼攻擊力，但足以讓對方分神。傅聽闌乘機一腳踹在對方胸口上，對方頓時失了還手之力。這時，巡邏軍聽到剛才賀語瀟的大叫，也趕了過來，將歹人制伏。

軍帳內的燭火點亮了，大家才看清歹人的樣貌。

「怎麼是你？」巡軍隊長認出了此人，正是巡邏隊的一員，之前說自己鬧肚子，要去茅廁，隊長便讓他去了，根本沒懷疑過分毫。

「你認識？」傅聽闌披上衣服問。

「回郡王，他叫呂宋，是巡邏隊的一員。」隊長道。

傅聽闌正要再問，卻被賀語瀟拉了一下，這時賀語瀟已經披上了斗篷，不算得體，卻也不失禮，況且遇到這種事，誰還在意得不得體呢？

賀語瀟道：「具體的等會兒再問，誰知道這人有沒有同夥呢？若知道他沒得手，恐怕同夥很快就會隱匿起來。」

傅聽闌問：「妳的意思是？」

「先將計就計。」賀語瀟覺得演晚了時機就不對了。

「怎麼將計就計？」傅聽闌又問。

賀語瀟對他比了個「噓」的手勢，隨後扯開嗓門喊道：「郡王！你怎麼能丟下妾身呢？你走了，妾身可怎麼活啊！」

在場的所有人都被她這一齣搞傻了。

隨後賀語瀟就開始嗚嗚啼哭，看她哭得那麼認真，卻一滴眼淚都沒有，大家都不知道應該做何反應。

正常來說，如果這個呂宋有同夥，聽到她這淒厲的哭喊，估計已經開始想辦法逃走，回去稟報了。畢竟呂宋肯定是折了，不可能去報信，只要盯著有沒有人藉口離開軍營就可以了。當然，對方也可能留下來，要帶一樣傅聽闌的東西回去好交差。

趕過來的懷遠將軍和馮惜在帳篷外聽到賀語瀟的聲音，心都涼了半截。結果看到完好無損的傅聽闌，一時也不知道這是鬧的哪一齣。

賀語瀟見兩人進來，立刻小聲道：「趕緊配合一下。」

懷遠將軍還不知道要怎麼配合，倒是馮惜反應很快，立刻大聲道：「郡王！怎麼會這樣！快！快叫軍醫！」

賀語瀟哭著道：「沒用了，沒用了啊！」

沒過多久，全軍上下就都知道珩郡王遇刺了，屍首分離。

傅聽闌是副將，只要懷遠將軍這個主將不倒，軍心就不會散，所以賀語瀟才敢這麼做。

之後就是一陣忙亂，呂宋被帶下去嚴加審問，傅聽闌的帳篷變成了靈堂。帳篷門口被護衛牢牢把守著，原本的夫妻相見成了永別，棺材被抬進去，馮惜往裡送了不少東西，雖都用布包著，但看著應該是黃紙、香燭之類。

帳篷裡，馮惜坐在火盆前，不時往裡丟些廢紙燒一燒，至少別人從帳外看，一切都是祭奠的樣子。

傅聽闌坐在一邊給賀語瀟遞妝品，賀語瀟則抱著一顆人頭在那兒描描畫畫。當然了，人頭是假的，就和之前掉下車的那個假胳膊一樣。人死後皮膚會變得青白灰敗，等屍體完全沒有溫度後，就會變得又硬又冷，所以拿這個假東西冒充一下很容易糊弄過去，只要重量上和真人頭差不多就行了。

看著一顆越來越像自己的人頭，傅聽闌不知道用什麼詞來形容自己的心情，太複雜了。

賀語瀟倒沒想那麼多，只是儘量把事做到最好。至於自己的計劃和想法，賀語瀟也和傅聽闌溝通過了，馮惜全程聽著呢，準備晚一點回去悄悄和懷遠將軍說。

「妳計劃得還挺周全，只是不知道能不能糊弄過去。」馮惜算是見識了賀語瀟的奇思妙想了。

「先試試唄，反正不成只要別吃虧就好。」賀語瀟看得比較開，只要不損失他們自己的利益，多試試不是壞事。

「到時候我再送查牧人一個『夢遊仙境』的大禮，且當是『回報』他們當初殺害大祁災民之恨了。」

這個想法是賀語瀟早就有的，只是不覺得能實踐。不過真有機會了，她卻一點都高興不起來，畢竟這個機會是因為有人刺殺傅聽闌才得到的，這可不是什麼好事。

「等一切都布置好，妳就去城裡躲一躲。」傅聽闌說，他是不會讓賀語瀟涉險的。

賀語瀟點頭。「我知道。」她留下來可能只會添麻煩，她才不想為了彰顯自己的存在，做出這等蠢事。

第八十七章

戰事當前，傅聽闌的葬禮一切從簡，不須每個人都來悼念，每個營的營長來即可。懷遠將軍寫了摺子，讓親信快馬加鞭送到京中。這摺子肯定不會送到皇上手裡，只是樣子得做全了。

經過各種刑訊，呂宋最終還是交代了。他是大祁和查牧的混血兒，他的渣爹為了富貴拋棄他們母子，他母親沒辦法，只能帶著他回查牧。如同大多數混血孩子一樣，呂宋在查牧飽受歧視和欺負，這也讓他更恨自己的渣爹了，連帶著也恨上了大祁。

他長得不像混血，更像是大祁人，加上他純正的大祁口音，根本沒人會懷疑他的身分。於是查牧首領就派他到大祁軍中臥底，隨時為查牧提供情報。並承諾他如果做得好，等查牧拿下石城，就給他一個正經職務，這樣不僅他和他母親能過上好日子，也再沒有人能欺負他了。

呂宋在軍中蟄伏了三年，一直想幹件大的，結果終於讓他等來了機會。

傅聽闌的帳外一直有人把守，但因為郡王妃來了，所以難得撤了一夜的守衛。這對他來說簡直是天賜的機會，他想著郡王和郡王妃多日未見，年紀又都不大，必是要雲雨一番，到時候累了，自然睡得格外沈。加上傅聽闌還在養傷，只會睡得更熟。這種大好機會，他肯定不會錯過。只是萬萬沒想到，兩個人居然無事發生，郡王妃還沒睡著。

但無論怎麼審問，呂宋都堅稱自己沒有同夥。這話賀語瀟琢磨了一番是信了的，畢竟如果有同夥的話，呂宋也不至於三年都沒找到任何一個能刺殺將領的機會。但連妙曾說過查牧人極其看不起混血兒，她不覺得查牧人真能放心呂宋一個人在軍中，萬一被策反了怎麼辦？所以應該是會安排人暗中監視。

一天的戲演完，誰都沒發現棺材裡躺的是個假人。畢竟身上蓋著東西，不用做得太精細，只要頭露出來就成了。

軍中的氣氛很凝重，人是在軍中遇害的，對每一個大祁軍人來說，這都是他們沒有保護好郡王的結果。

到了晚上，馮惜按劇本來叫賀語瀟到她帳篷裡休息，萬一真有所謂的「同夥」，相信對方不會放過這個能接近的機會。畢竟直接回去稟報珩郡王沒了，不如帶點珩郡王的東西回去更有說服力，帶回去的東西越厲害，以後加官晉爵的位置就越高。

賀語瀟依舊哭哭啼啼的，一副隨時可能暈倒的模樣。

馮惜一手扶著賀語瀟，對門口的護衛道：「你們該休息就去休息吧，這裡也沒什麼能丟的東西，養好了精神過幾日才好送郡王回京。」

這些都是傅聽闌帶來的護衛，也是被告知了實情的。這會兒演戲要演足，一個個都哭喪著臉，應著「是」。

不一會兒，帳篷附近就沒人了，只有傅聽闌還躲在帳篷裡，他此時萬萬不能露面，否則就前功盡棄了。

果然，入夜後，一個人影閃進了帳篷。

帳篷裡點著白燭，剛有巡視過來的士兵續了三炷香，短時間內，不會有人再過來了。

對方很放心地來到棺材前，看到裡面躺著的「傅聽闌」，沒有絲毫懷疑。再看「傅聽闌」的脖頸處縫了一圈線，顯然是腦袋直接被砍下來了，但為了入殮莊重，不得不把頭重新縫上。

既然是縫上的，那對他來說就很好取下來了，帶著人頭回去交差，必然能得個大官當當。

於是那人掏出匕首，把縫合的線割開，提著人頭就走了。而這一切都被傅聽闌看在眼裡——下一步就是要讓軍隊裡的看守疏忽一下，把人放走了。

於是清晨天剛亮，就有人來回報，說半夜只有送夜香的車子離開了大營。

衛権跟蹤的功夫好，由他跟著，就見那運夜香的走出大概五里地後，把車子用事先準備好的茅草一蓋，抱著個盒子就往查牧營地的方向去了。

如此，他們便可以進行第二步了。

那人帶著「傅聽闌」的人頭連夜趕回查牧，查牧首領大喜，立刻問了具體情況。

聽完後，查牧首領嘴角一勾。「這呂宋還是有點用的，沒想到還真讓他做了件大事。不過混血這種東西，死就死了，畢竟只有純血的查牧人，才能得到神明的祝福。」

這一整天，查牧人都沈浸在傅聽闌已死的喜悅中，少一個大患，他們驍勇的主將就能在戰場上所向披靡了！

天剛黑下來，就又有人策馬奔到了查牧的營地。

「首領！哈克達回來了！」立刻有手下人向查牧首領稟報。

「哈克達？他不是被大祁俘虜了嗎？居然還活著？」

手下答。「是重傷回來的，看起來受盡了折磨。說是大祁軍因為珩郡王的死大亂陣腳，珩郡王的護衛與懷遠將軍打起來了，認為是軍中對郡王保護不力，必須要個說法。懷遠將軍認為他們這是在動搖軍心，兩方便打了起來。看守俘虜的護衛都加入了戰局，他便藉機逃了出來。」

「快，把人帶上來，我要聽聽具體情況。」查牧首領哈哈大笑，感覺是神明在保佑他。如果大祁內訌，他現在攻過去，必然能一舉拿下石城！

滿身是傷的哈克達被帶到了主帳，燭光中，身上的傷猙獰駭人。可但凡手上沾點水去抹一把，都能發現是假的。而冒充哈克達的不是別人，正是衛榷，之所以讓他去，是因為他還會口技，能把哈克達的聲音模仿得很像，加上身高、體型差不多，賀語瀟給他化了個哈克達的仿妝，如今晚上光線昏暗，更不容易被發現！

首領之所以信了哈克達的話，是因為「傅聽闌」的頭就在他面前擺著呢。加上大祁皇上寵愛傅聽闌這事世人皆知，現在人沒了，跟著傅聽闌的護衛怎麼可能善罷甘休？如果不找個能推卸責任的人，他們回京後腦袋肯定是保不住。

「快，讓主將起兵，直衝大祁軍營！」這種機會，傻子才會錯過！

於是當查牧的軍隊衝進大祁軍營時，就看到了詭異的一幕——地上全是斷臂殘肢，還有不少屍體，可空氣中卻有一股花香味，在這個連草都沒有多少的地方，居然會有花香，那便相當詭異了。

除此之外，周圍還飄著不知道什麼煙，居然還是紅色的，跟血霧似的。

「主將小心。」身邊的人提醒。

這驍勇的主將看得也是一臉莫名，這種場景他只在兒時的妖怪故事中聽過。

「有鬼啊啊啊啊——」

「別殺我，別殺我啊啊——」

「快跑，大家快跑，被咬了臉會爛掉！」

「到底是什麼東西，為什麼會跑到我們營中？大家快跑，快跑啊！」

查牧主將看著四竄而逃的大祁士兵，不禁皺起眉。「不是內訌嗎？怎麼鬧鬼了？」

他身邊的副將也沒弄明白，低聲道：「難道雙方打得太慘烈，珩郡王心生怨氣，鬼魂回來討說法了？」

主將將信將疑，但他們查牧是很敬畏神明的，也敬畏鬼魂，不敢怠慢。

逃走的大祁士兵就像看不到查牧來人一樣，只顧著自己逃走。

主將留了一批人在此，自己帶了一隊人繼續朝裡走，想看看到底怎麼回事。

走到一處掛著白燈籠的帳前，就見屍體堆中坐著一個女子，女子全身染血，頭髮卻絲毫不亂，盤得相當妖嬈，側身面向他們的半邊臉美豔又帶著幾分肅穆。

「妳是何人？」主將大聲質問。

女子眼睫一抬，嗤笑道：「呵，整日供奉我，卻不知我是誰？查牧族這麼好笑嗎？」

主將愣了，隨即執起大刀指著女子。「胡說八道！我們何時供奉妳了？」

女子脖子轉了一下，露出另外半張臉，另外半張臉枯槁得彷彿只剩下骨頭，深凹的眼睛，皮包骨頭的臉頰，和流著血的嘴角。

這個女子不是別人，正是馮惜扮的，妝是賀語瀟化的。

「鬼、鬼啊！」查牧士兵也叫了起來。

誰見過這樣的人呢？難怪剛才大祁人瘋狂地逃走了。

主將瞳孔緊縮，他也不知道正常人會不會長這樣，但這是大祁的軍營，他再迷惑，也得先揮一刀再說！

而這一刀正要揮出去，紅色的煙霧驟然變濃，遮蔽了視線，花香味更重了。

等煙霧再散去，馮惜已經位於帳篷上了。「放肆！我善心幫助信仰我的子民，我的子民居然要殺我？」

「妳、妳真是神明大人？」副將開口問道。

馮惜沒說是，也沒說不是，只是冷冷地哼了一聲，其中的意思不言而喻。

主將依舊皺著眉，疑惑還是有的。

副將拉了主將的胳膊，低聲道：「我們不是前日才祭祀過神明嗎？很可能是神明顯靈了，若不是神明，誰會有那樣一張臉呢？」

主將被說得略有些動搖。

「還有這紅煙，也不常見。再者，您聞聞這香味，這周圍哪有什麼花啊，如果不是神明，誰會這麼香呢？」副將繼續道。

賀語瀟從連妙那兒得到她覺得最有興趣的消息，就是查牧族特別信奉神明，相信自己是神明庇佑的民族，神明會在危難時刻幫助他們。所以每月初一、十五都會祭拜，前天正好十五。

「你沒見過我，我不與你們計較。不過我好意幫你們，你們卻如此放肆，簡直不可饒恕！」馮惜大聲道。

早就被唬住的士兵這會兒哪還有懷疑，若非神明幫忙，大祁就算內訌，也不至於滿地斷肢啊！這很符合神妖之流的殺人方式！

於是士兵們率先跪地，大喊「恭迎神明」。

馮惜一副不甚在意的樣子，懶懶地舔了舔手上的「血」。「原本這事我是不應該出面的，但得你們多年供奉，總不好讓你們白祭祀一場。沒想到我一到，大祁這邊自己已經打起來了，看來查牧果然是天選之族啊。大祁人的血肉味道不錯，你們也嚐嚐啊。」

說著，馮惜丟了兩條斷臂過去。查牧族再野蠻，也是不吃人的，自然不會真的抱起假肢啃，只是看到她剛才舔血的樣子，下意識覺得她真會吃人。

於是大片大片的人跪了下去，口呼神明。

馮惜也好，賀語瀟也好，都沒覺得真的能把查牧人耍得團團轉，只是通過此舉讓他們放鬆戒備，大祁軍才好藉機來個甕中捉鱉！

至於衛椎，賀語瀟沒打算讓他久待，只要把話傳到，查牧大軍一出發，他就可以伺機逃走了。

而那紅煙則是提前讓愈心堂的老大夫們幫忙製的，包括賀語瀟之前用的白煙也是。只不過紅煙中有些特殊的藥物，能讓人身體慢慢產生乏力感。

這東西雖好，但放在大戰場上，風隨便一吹就沒用了，只有用在小範圍內才行。而且查牧人也不傻，看到紅煙這麼詭異的東西，肯定不會往前湊。所以只有在特定的場景中，這紅煙才不惹人懷疑，反而能增加氛圍感。

至於花香，那肯定是花香油了，賀語瀟帶了兩瓶過來，一瓶全倒在馮惜身上了，離近了真是香得熏人。另一瓶則撒在了周圍，畢竟沒有花的地方卻有花香，怎麼都覺得不是凡人能辦到的吧？

坐在石城一家客棧的客房裡，賀語瀟等著消息。她布置完一切，就被傅聽闌的護衛護送到這兒了。在出京前她就有了這個明確的想法，雖不知道能不能成，但這一路上她做了不少假肢，結果這次全派上用場了。

「郡王妃睡一覺吧，估計要天亮了才能有消息。」跟著馮惜的姑娘勸道。

今天多虧有她們幫忙，布置得格外仔細也格外快。這些姑娘的兵法和武功雖然都還沒學成，但辦起事來真的不比男子差，非常得力。

「再等等吧，我這會兒也睡不著。」賀語瀟道。

或許這次並不能一舉擊退查牧族，但如果查牧族還想打，估計得花些時間恢復元氣，到時候就是他們大祁占據主動的時候了！

天剛擦亮的時候，賀語瀟沒等到護衛的回稟，倒是先等來了衛権的消息。

衛権估算著查牧軍快到大祁軍營時，便趕緊逃走了，萬一晚一點大夫來給他看傷，肯定要露餡。因為查牧營裡沒剩下多少人，所有人都在盼望得勝消息傳來，看守很是鬆懈，所以衛権先在放草料的地方等了一陣子，感覺時機差不多了，直接放了把火把草料燒了。

查牧人忙著救火，自然管不了那麼多。按計劃，等他們發現自己被騙了，什麼都晚了。

「沒受傷吧？」賀語瀟問他。

這也是提前說好的，衛権辦完事直接來找賀語瀟，不用回軍營了。

「回郡王妃，沒有受傷，一切都好。」衛權眼睛本來就很亮，今天做了一件大事，整個人都處在興奮的狀態裡，就更有神了。

賀語瀟笑了笑。「去洗把臉收拾收拾，大營的消息應該也快傳來了。」

她話音剛落，報信的護衛就來了，計劃很成功，大祁大勝！

賀語瀟心裡的石頭落了地，長長地吐了口氣。「太好了！」

護衛也很興奮，原本久攻不下的戰局，沒想到郡王妃一來就峰迴路轉了，簡直就是大祁軍的福星呀！又有主意、又有糧，這也讓他們主子更得人心！

「郡王說請郡王妃好好休息。還有，馮姑娘一會兒也能到客棧了。」護衛說。

「好，你們也休息一下吧，跑這一趟辛苦了。」

護衛們還在終於得勝的喜悅中，真沒心思睡覺。而賀語瀟是真睏了，這會兒放鬆下來，很快就睡著了。

等她醒來，馮惜早就到了，也小睡了一會兒，興沖沖地給她講起了昨晚的事，講得那叫一個眉飛色舞，賀語瀟也聽得津津有味。

「沒想到衛權那小子還真行，不僅事辦好了，還燒了對方餵馬的草料。」馮惜感慨著自己沒有看錯人，這次回去，這小子必是能記上一功。「父親說讓軍隊休整一下，晚上直接攻打查牧軍營，必要把他們從哪兒來的趕回到哪兒去！」

「的確機會難得，就算現在天氣好，想再準備好充足的草料運過來，沒半個月也是不行的。如此，這場戰事應該可以結束了。」賀語瀟說。

大祁糧草不足，自然不可能深追徹底剿滅，但能如此速戰速決是好事。

「是啊，想到用不了多久，父親就可以回京了，我就高興。」馮惜露出笑容。沒什麼比父親從戰場上平安歸來更讓她開心的了。

賀語瀟點點頭。「相信經此一役，大祁不會再放鬆對石城的軍力部署，以後這邊也會更安全了。」

又經過五日時間，大祁軍將查牧族趕得遠遠的，短時間內不可能再捲土重來。捷報快馬加鞭地送往京中，上面將每個有功的人都詳細記錄下來。

明日賀語瀟就要啟程回京了，傅聽闌向懷遠將軍請假來陪賀語瀟一晚。

「妳這次過來，我也沒好好陪妳幾天，最長的一天還是給我守靈的時候。」說到這個，傅聽闌又笑起來。「沒想到會以這種方式結束戰局，妳可真是我的小福星。」

「福星什麼的我可不敢當，只是恰好趕上了機會。」賀語瀟靠在傅聽闌懷裡。「再說，你是來打仗的，若日日陪著我，將士們肯定會不滿。咱們來日方長，不急於一時。」

「妳總是這麼體諒。」傅聽闌喜歡和賀語瀟溝通，一點都不費勁，甚至連哄都不必，還常得到安慰。

「體諒你是一回事，但我也要提前和你說，你受傷的消息我可不會瞞著父親、母親，至於你回去後要怎麼讓他們消氣，你就自己好好想想吧。」賀語瀟早就與傅聽闌說過，她不喜歡報喜不報憂的做法，也早把自己的觀點闡述得很明白了。

傅聽闌無奈地抱著她蹭了蹭。「妳怎麼這麼狠心啊？」

「我不狠心，怎麼能讓你別再有下次呢？」賀語瀟摸了一把他的頭髮，像在摸一條忠實可靠的大狗狗。

次日一早，傅聽闌親自將賀語瀟送上馬車，並叮囑了許多。

「放心吧，我知道怎麼照顧好自己。」賀語瀟微笑道。

沒有傅聽闌出京時的傷感，因為她知道傅聽闌不久之後也會回京了。

「等我回去。」傅聽闌握了一下賀語瀟的手。

賀語瀟笑著應道：「嗯，等你。」

賀語瀟的作為傳到了皇上那裡，長公主也跟著知道了，一邊驚詫於賀語瀟的布局，一邊感慨這孩子的想法出乎她的預料。

皇上笑道：「此等大功，朕都不知道要賞她什麼才好。」

惠端長公主道：「她都是郡王妃了，該有的一樣不缺，實在是沒什麼好賞的。她也不是個愛爭搶的性子，只要有好吃的，能好好經營她的店，我看她就極高興了。」

皇上笑意更濃了。「要不這樣，朕賜個御廚給她，再給她的店提個字如何？」

皇后在一旁道：「皇上想得倒是實在，也的確投了她的愛好。不過臣妾覺得只是這樣，不免會讓人覺得皇上輕慢了她，畢竟她立了這樣大的功。」

「也是。」皇上點點頭，這些賞賜都是小事，不足以體現重視。

長公主道：「我倒覺得這些小賞賜很不錯，皇上從不虧待聽闌，自然也虧不了她。賞多了怕有人眼紅，再做出讓她應付不了的事。」

皇上笑道：「二姊說得也有道理。」

「臣妾斗膽提議，不如給語瀟的姨娘封個誥命吧。給妾室封誥命不是沒有過，只是不多。語瀟是封無可封了，不如就封她姨娘，畢竟這樣的大功，放到男子家裡，家中母親也是有資格得誥命的。」皇后說了自己的想法。

皇上一拍手掌。「這個好！就這麼辦！」

兩個月後，傅聽闌率軍歸來。而懷遠將軍還要再晚半個月，要等駐守石城的新將領到任才行。

京中百姓自發地出來迎接大軍歸來。傅聽闌騎馬入京，之前送他的災民這會兒也來了，京中十分熱鬧。

走到萬食府門前，傅聽闌不知怎的，下意識地往樓上看了一眼，隨後眼裡露出驚喜。

賀語瀟坐在二樓，一臉笑意地向他揮揮手，並用口形告訴他「等你回家」。

傅聽闌笑著點點頭，略加快了步伐，想早點面聖完，趕緊回家見媳婦。

兩個月沒見，誰能抵擋媳婦的等待呢？

賀語瀟看著他騎馬走遠的背影，變成了她眼中最安心的風景，而剛才那一個對視，也成了百姓眼中的風景——恩愛夫妻，理應如此。

番外一

賀語瀟睜開眼時，有一瞬間的迷茫，不知道自己這是在哪兒，等看到身邊躺著的傅聽闌時，才回過神來——昨日傅聽闌回來了。

再看到外面已經大亮的天，賀語瀟立刻清醒了，一下坐了起來。

傅聽闌也隨著她的動作睜開了眼，笑著把人摟進懷裡。「怎麼醒了？」

「什麼時辰了？」賀語瀟的聲音有些啞，腰和腿也不太舒服，都怪傅聽闌，昨晚回來就要鬧她！

「快巳時了。」

傅聽闌親了親賀語瀟的額頭，他在軍中時感覺一切都好，除了賀語瀟不在身邊，讓他有些不適應。如今回來了，他的心終於踏實了。

賀語瀟趕緊從他懷裡掙脫出來，軟綿綿的拳頭在他身上砸了幾下。「都怪你，太丟人了，我都錯過跟母親請安的時辰了！」

說完，賀語瀟就要下床穿衣服，現在趕過去雖然晚了，但總不能不去。

傅聽闌把人拉回來。「不用去了，母親一早就去姨母府上了，說吃了午飯再回來。」

賀語瀟還是很無語，覺得婆母只是給自己臺階下。真是的，雖說男女之事天經地義，他們又那麼長時間沒見了，可為了這事早上爬不起來，讓人知道也怪害臊的。

「母親是過來人，都懂的，妳別想那麼多。」傅聽闌拉著賀語瀟的手，把玩著她的手指。

「我才沒你臉皮那麼厚！」賀語瀟哼哼。

「那我勻一點給妳。」說著，傅聽闌貼上了賀語瀟的臉。

「別鬧。」賀語瀟推他。

「就鬧。」幼稚如傅聽闌。

兩個人就在這一推一拉中，又在床上纏綿了好一會兒。

沐浴過後，賀語瀟坐在妝檯前化妝，順便和傅聽闌說著京中的事。

「澤縣已經建好大半，等入秋天氣涼爽好上路了，災民們應該就會返回家鄉了。」賀語瀟說。

「這是好事，不過今年秋天就沒有收成了。」傅聽闌坐在賀語瀟身邊，沒什麼事做，就是陪著她，看她化妝。

「是啊，好在其他地方今年風調雨順，等秋收了，糧食就可以勻給澤縣那邊，算是個好消息。」

「跟妳學妝的學徒都回去嗎？」

賀語瀟微笑說：「不回。她們現在在各個妝鋪幫忙，手上有了積蓄，就算自己一個人，這小日子也能過下去。不少在這邊拜了師、學手藝的，也都不回去了。剩下的應該都是要回的，畢竟京中再好，還是不如老家親切。」

大部分人大半輩子都是在澤縣過的，祖祖輩輩也都在澤縣生活，肯定還是願意回到自己生長的地方。

「也好。那些沒拜師的，在京中做幫工學的本事，回到澤縣應該也能找到用武之地。」這些人回到澤縣，應該能為澤縣帶來新局面。

「郡王妃，繡坊做好的小衣服送過來了。」露兒在門口道。

「拿進來吧。」賀語瀟說。

露兒端了個托盤進來，上面放的都是小孩子的肚兜、衣服、虎頭帽之類的用品。

「這是？」傅聽闌不解。

賀語瀟每一樣都拿起來仔細看了看，笑說：「是給二姊姊的孩子準備的，雖然還要幾個月才能出生，但提前準備好總是沒錯。我忙著生意，實在沒空做這些，只好讓府裡的繡娘幫忙做了。她們的手藝比我好，小孩子穿著應該也舒服。」

料子是她親自選的，挑得都是軟和的，所以這手感摸起來特別舒服。

「妳若不提，我都忘了這回事了。」傅聽闌說。

他作為妹夫，想不起這事也正常，畢竟平時往來不多，賀語瀟並不介意。

賀語瀟讓露兒把這些小衣服收好，又道：「在家時，二姊姊與我關係最好。這也算是我的第一個小輩，總是要上些心的。我還想著等二姊姊出了月子，送她一副好頭面，讓她漂亮漂亮。」

一般女子生過孩子後，無論自己還是家裡人，注意力更多的都會放在孩子身上。既然孩子受的關注已經夠多了，她就想著，也應該讓當母親的高興高興才是。

「這事妳安排就好，我不便參與，若有用得上我的地方，妳再與我說。」傅聽闌不便參與，這樣剛剛好。

賀語瀟笑著點點頭。

「對了，姨娘封了誥命，酒席還沒擺吧？」傅聽闌想著這事倒是跟他有關係了。「回頭我讓人多打兩副頭面給姨娘送去，慶賀她獲封。」

說到這個，賀語瀟笑得很無奈。「是啊，還沒擺宴席，不過姨娘的意思是不擺了，讓咱們回去吃個飯就好，不想太高調，怕因為獲封，以後上門找她拉關係的人變多了。光是找她就罷了，是怕最後目的是找你我，姨娘不耐煩這個。」

「妳立了功，姨娘獲封，是天經地義的事，不必那樣謹慎。」

「姨娘低調慣了，從小也這樣教導我。現在夫人不在，姨娘封了誥命，宴請上如果夫人沒回來，對外也不好看。父親也還沒從夫人的事上緩過來，就先這樣吧。」

賀語瀟是考慮了姜姨娘的立場和京中的局勢，覺得如此是個好選擇。

傅聽闌思索了一下，點頭道：「既然如此，那就按姨娘的意思辦吧。就算不辦宴席，有誥命在身，又有妳這個郡王妃在，別人也不敢輕慢了姨娘。」

「是啊。」傅聽闌得勝歸來，風頭已經夠盛了，他們該高調的時候高調，不該高調的時候也要能忍得住才行。

收拾完，賀語瀟就出門去了。傅聽闌雖然很想跟著媳婦一起，但現在賀語瀟妝店的客人越來越多，他又不買東西，去那兒坐，感覺不太合適。

於是無聊之下，只能自己隨便出去逛逛，可惜崔恒被派到澤縣視察重建情況不在家，否則他也不會這麼無聊了。

等他提著大包小包的東西回府，惠端長公主也回來了。

「母親，午飯用得可好？」傅聽闌將買回來的蜜餞給了長公主一半。

長公主哼了一聲，道：「信昌侯府的老侯夫人怕不是老糊塗了。」

「怎麼了？」傅聽闌坐到長公主身邊，之前自己受傷的事沒跟家裡說，這不，他一回來，長公主就讓他抄《孝經》百遍。

「今天去你姨母家吃飯，你姨母還邀請了幾位侯伯夫人一起。原本聊得好好的，結果那信昌侯府的老侯夫人，居然問起了咱們家語瀟怎麼還沒有孕一事。」長公主見她年紀大了，不樂意與她計較，加上傅聽闌剛歸來，她若是計較了，恐怕會被有心之人說閒話。

傅聽闌嗤笑。「咱們家都不著急，她急什麼？」

「就是。語瀟年紀還小，過個三、五年再生正好，著什麼急？我可不似那些入門三個月、半年沒動靜就覺得兒媳婦不行的婆婆，真惹人煩。」

長公主自己也是嫁給駙馬的第三年才懷傅聽闌，當時誰也沒催她，她與駙馬感情也沒問題，兩個人磨合好了，再有一個孩子，才能一起全力撫養，這時到來的孩子也能增加夫妻的感情。

「是啊，怎麼也要等語瀟過了二十二再說。我聽愈心堂的大夫說，二十二之後才生產，危險性小一些。」這些傅聽闌早就打聽過了。「我好不容易找到語瀟這麼讓我喜歡的媳婦，肯定以她的安全為主。」

「你能這樣想是最好的。」見兒子這般細心，惠端長公主也越發覺得自己和駙馬教育得好。「這就罷了，結果聽我說不急，她比我還急，居然說起了應該給你納妾一事，還說了個侯府表親家的姑娘。」

傅聽闌臉上不悅。「我們家的事，她操什麼心？我根本不想納妾。」

「依我看，是那賀語芊得罪了咱們家的緣故，她怕攀不上咱們這根枝，所以又開始想這一齣了。」本來有賀語芊的關係，他們跟信昌侯府不會差到哪兒去，結果賀語芊作死，信昌侯府自然得另想辦法，不想放棄與他們府的關係。

這事傅聽闌在家書上已經知道了。「信昌侯府能讓兒子娶個平妻，可見腦子本就是不夠用的。現在年紀大了，被小輩一忽悠，可能更拎不清了，什麼都敢說，什麼都敢想。」

長公主點頭。「嘖嘖，所以說家裡有個孝順、能頂事的兒孫，比生一堆沒用只會添麻煩的強多了。當初信昌侯府哪怕肯再多等個一、兩年，原配夫人順利生下嫡孫，信昌侯府不知道比現在強多少倍。」

「所以一府上下，得有個明理和有長遠眼光的長輩，府上才能安穩，就像您這樣。」傅聽闌重新露出笑意。

長公主拍了傅聽闌一巴掌。「少拍我馬屁！《孝經》一個字都別想給我少！」

傅聽闌笑得很無奈，母親不吃他這套，就沒辦法了。

晚上，傅聽闌把信昌侯老侯夫人與長公主說的話告訴了賀語瀟。

賀語瀟沒什麼意外的，既然傅聽闌娶妻了，想往這後院塞人的肯定不只有信昌侯府一家。

「都說人年紀大了，辦事會越發圓滑，沒想到這老侯夫人倒是反著來。」賀語瀟沒把這事放在心上，現在賀語芊被送走了，侯府跟她其實就等於沒有關係了。

「是啊。若有人走不通母親和我這邊，跑去妳那邊，妳也不要不好意思拒絕，或者覺得我和母親會答應，直接把人罵走便是了。」傅聽闌把賀語瀟擁到他身前。「我不納妾，永遠不會納妾，所以妳萬不可答應這種事，不然我要生氣的。」

賀語瀟笑了，道：「放心，我才不會給自己添堵呢。」

「乖。」傅聽闌很滿意，他這一生，只要賀語瀟一個就足夠了。

番外二

為了避免麻煩，也不想讓賀語瀟為難，惠端長公主放出話去，表示傅聽闌不納妾。這讓有這方面心思的人家只能歇了心思，同時心裡也埋怨起信昌侯府，覺得老侯夫人當時肯定是說了什麼話讓長公主不高興了，所以才有了後續這些事。

賀語瀟店裡的生意越來越好，但凡姑娘們想買妝品，在賀語瀟這兒就沒有買不到的。何況店裡還有皇上親筆提的招牌，能來這裡買東西，簡直就是殊榮！

與此同時，賀語瀟還是繼續為大家化妝，日常妝、婚妝、節日妝來找她，只要提前預約，都能順利化上，一點都不擺架子。

姑娘們從最開始的有些惶恐，到後來習以為常，口耳相傳，也讓賀語瀟的店越來越有名。如果約不上她，像日常妝這些普通妝容，姑娘們就會去找她的學徒，雖然手藝不如賀語瀟，但化日常妝也足夠了。

而在其他妝店打工的學徒和妝店老闆都是樂意的，賺到的錢店裡可以分成，而且客人來了就很容易成為回頭客，對店裡的生意也有幫助，簡直是多贏的局面。

皇上那邊挑了個好日子，傅聽闌從珩郡王晉成了珩親王，可以說是無上榮耀了。賀語瀟自然也成了親王妃，只不過她行事依舊如常，還是那個親民的長公主府兒媳婦。

這日沒什麼安排，賀語瀟親自去了胡家，給賀語穗送小孩子的衣服。

「這做得也太精緻了吧！」賀語穗很是喜歡。「料子也好，他可真是沾了妳這個姨母的光了。」

賀語瀟看著賀語穗隆起的肚子，笑道：「長公主府的繡娘手藝好，我的貼身衣裳現在都是讓她們做的。」

原本傅聽闌的裡衣也是繡娘做的，結果成親後，傅聽闌說什麼都只肯穿她做的裡衣，這倒不費什麼事，只是覺得那樣的傅聽闌有點可愛。

「我是怕他穿了妳的東西，以後不肯穿我做的了。」賀語穗玩笑道。

「那不能，孩子是最不會嫌棄母親的。」賀語瀟打量著賀語穗，見她面色紅潤，人也豐腴了些，可見養得還不錯。

將賀語瀟送的東西收好，賀語穗又問她。「妳呢？沒有動靜嗎？」

賀語瀟笑著戳了她一下。「我成親才多久啊？再說了，王爺說不著急，要等我過了二十二再說。」

「王爺待妳是真不錯，我可聽說了，長公主府說王爺不納妾。」說到這個，就連賀語穗都不免對賀語瀟多了幾分羨慕。

「二姊姊也不差呀，二姊夫上進，對妳又好，姊姊的好日子在後頭呢。」賀語瀟不是恭維賀語穗，是真心這麼覺得。

「那就借妳吉言了，我對相公是沒什麼好挑的，現在日子也比以前好了，我沒什麼大追求，只要守著相公和孩子，安穩度日就是。再說了，我有妳這個王妃妹妹，別人現在也不敢怠慢我。」這也是她沾了賀語瀟的光。

「這樣便好，我也希望二姊姊好好的。」

賀語穗笑道：「家中有姜姨娘管著，也是很好。我有孕後，家裡每個月都會給我送些肉蛋之類的食物，我還沒有好好謝過姜姨娘。」

「咱們一家人就不說兩家話了，姨娘既然管家了，這些都是她分內應該做的。姊姊若有別的需要，不方便找姨娘的話，來找我便是了。」她現在小錢包鼓著呢，給二姊姊置辦點東西是不愁的。

「那我先記下了，到時候就不與妳客氣了。」

賀語瀟笑說：「應該的。」

之後賀語穗又說起了賀語霈和賀語彩的消息。

賀語霈的婆家總算如願給翟公子納了一房妾，不過以賀語霈的性格，不可能默不作聲，她又是正妻。這下納了妾，翟家就挑不出她的事了，所以賀語霈鬧起來是誰的面子都不用顧及了，往後恐怕沒個消停。

賀語彩一心想比正妻先懷上孩子，結果一直沒個動靜，越想要、越沒有，最後找了些偏方來吃，結果把自己身體給吃壞了，以後怕是子嗣艱難了。

「怎麼會這樣？」賀語瀟驚了，這事她都沒聽說。

「我也是最近才聽別人說起的，已經是一個月前的事了。可能是覺得丟人，老三誰都沒提，魏府就更不會提了。」賀語穗覺得賀語彩實在是蠢，女人想懷孩子，穩固自己的地位，沒有問題，只要不害別人就好。但聽信偏方把自己身體吃壞了，真的是讓人都同情不起來。

「這可如何是好？性命無礙吧？」

賀語瀟也不同情賀語彩，只是覺得她就算想吃藥調理，那也得找可靠的吧？而且嚴格說來，賀語彩成親也沒多久，至於這麼著急嗎？

賀語穗嘆了口氣。「估計是正房有喜後，她一急，病急亂投醫了。」

賀語瀟沈默了片刻，說：「改天我讓人送些補品去吧。」

賀語穗搖搖頭。「算了，她要面子得緊，不然當初也不會非嫁給魏三了。她不聲張就是不想讓咱們知道，妳是好心去送了，但她未必會領情，萬一受了刺激，再做出過激的事可不好。」

「還是二姊姊想得周到。」賀語瀟打消了念頭，且當不知道吧。現在他們賀家五個姑娘，賀語芊已經被送走了，其他幾個無論過得好不好，表面看著都得過得去才行，還是那句話，名聲傷不起啊。

碧心來敲門，說珩王來接王妃了。

賀語瀟詫異。「他怎麼來了？」

賀語穗笑說：「這是關心妳，特地來接了。行了，妳趕緊回去吧，反正離得不算遠，妳有空再來。」

「成，那我先回去了。」

賀語穗將賀語瀟送到門口，胡舉人也出來了，與傅聽闌寒暄了幾句，傅聽闌鼓勵他，讓他好好讀書，來時也沒空手，帶了新出的書給他。

上了馬車，賀語瀟才道：「怎麼突然來接我了？我和二姊姊都沒說多久話。」

「妳相公一個人在家很無聊啊，妳出門不帶我，我只好來找妳了。」

「怎麼這麼黏人呢？」賀語瀟佯裝嫌棄。

傅聽闌拉著她的手。「我又沒黏別人，黏我自己的王妃，天經地義！」

長公主回到府裡，知道兩個人都在家，便去了他們的院子。

在門口就看到銀杏樹下，兩個人各占了軟榻的一頭，傅聽闌隨意地翻著手裡的書，賀語瀟則縫製著給傅聽闌的裡衣。

兩個人臉上帶著笑，不時地聊上幾句，氣氛極好。

長公主笑了，沒出聲，轉身帶著嬤嬤回了自己的院子，不打擾小倆口——兒子有兒媳婦，她也有駙馬，不就是小夫妻甜蜜嗎？她難道會輸？

番外三

從送糧到大敗查牧族，馮惜均有功勞，也讓皇上看到了女子軍的可能性，於是特許她建立一支女子軍。因為是初步嘗試，人數不宜過多，暫定五十人，目前主要用以協助戶部和禁軍，巡視京中，發現百姓需要。

因為有了女子軍，一些女子遇到問題，之前不敢找官府的，都願意找女子軍解決問題。都是女子，說話自然沒什麼好避諱，而馮惜和手下的姑娘們也是盡職盡責，她們不欺負人，但也不放過任何一個壞人。

慢慢地，女子軍的名聲打響了。

一開始京中人覺得女子軍沒用，皇上這樣做只是養了一隻廢軍。而朝中大臣也不乏反對的聲音，畢竟這屬於先例了。

但很快地，大家就覺得好了。

女子軍不光能幫女子，對於一些無權無勢的貧苦百姓想要討個說法的，只要占理，她們都會儘量幫忙安排。她們不做判罰，只是將百姓送到能處理他們問題的地方去。

趕上天氣不好，女子軍也會安排人力到附近鄉村視察，以免出現災情無法及時得知。這也促使禁軍不得不跟著她們的腳步一起去視察，總不能讓人說他們不如女子吧？

這樣一來二去的，鄉下百姓看到每每天氣不好，就有人來視察，心裡都覺得踏實，覺得皇上是在意他們這些百姓的。而女子們也因為看到了女子軍颯爽幹練的模樣，心生羨慕也好，嚮往也好，總之，活得比之前更有精神了。

這天，馮惜帶著女子軍巡視完京中，便回府了。

高姨娘手裡拿著一疊的拜帖，說：「真是不知道怎麼說，自從妳們女子軍打出名聲，每日給妳遞拜帖的比給妳父親和兄長的都多。」

馮惜笑說：「都是禁軍領隊之類的，還不是為了我手下的姑娘？」

說白了，就是女子軍太有魅力了，禁軍跟她們合作久了，也發現女子軍的好處，覺得若娶這樣的女子為妻，這日子必不會單調乏味，無話可說。所以催著自己的上司，讓他們來問一問。

「既然是跟著我，我必不能讓她們隨便嫁了，得她們自己樂意才行。如果不願意成親的，就跟著我一輩子也無妨。」馮惜發現自己恢復單身後，並沒有任何不愉快的地方，所以對於女子不成親，她也覺得沒什麼大不了。

「那是，妳要是拿不準，就去找妳父親問問，畢竟他打聽個軍中人，肯定比妳來得準。」高姨娘提醒。這些姑娘她都見過，一個個都很有精神。有了女子軍後，自己的女兒也變得更精神幹練了，她看著心裡就高興。

「知道了。對了，衛権還沒回來？」馮惜問。

府。

懷遠將軍已經收了衛權為義子，這小子因為有功，現在已經入禁軍了，也繼續住在馮

「沒呢，今早出門時說隊裡有人生病了，他頂個班，晚點回來。」

高姨娘很是喜歡衛權，小小年紀穩重得很，腦子轉得也快，禮數也不差，可見親生父母教得很好，也是在關係和睦的家庭中長大的，只是現在成了孤兒，實在可憐。如今能到他們家來，也是好事。

「前幾天我看到他幫乘兒提書來著，還想問問他怎麼回事，結果好幾天沒見著他人了。」大家都忙，時間湊不起來。

高姨娘捂嘴一笑。「說到這個，今兒一早，崔夫人來找我了，打聽了衛權的事。」

「啊？打聽他幹麼？」在馮惜看來，衛權還是個乳臭未乾的小子，有什麼好打聽的？

「說是想給乘兒相看。」

馮惜瞪大了眼睛。「這……」

乘兒比衛權大兩歲，歲數上倒是沒什麼問題。

高姨娘解釋。「崔家疼女兒，不願意她嫁太遠，加上乘兒自己是個愛讀書的，怕一般人家接受不了，把好好的小才女再給他們養成了普通婦人，所以想找個家中人口簡單，願意讓乘兒繼續讀書的。這不，就看上衛權了。衛權現在是咱們家義子，乘兒又與妳交好，咱們家與崔家關係也不錯，家裡又有妳父親和大哥頂著，日後肯定差不了。」

這麼一想，衛權的確是合適的人選。

馮惜樂了。「我說這小子怎麼去幫乘兒提書了，看來這兩個人應該已經互相有意了，至少乘兒肯定是有意的。」

「是啊，所以我準備找個時間，讓妳父親和大哥問問衛權的意思。雖說是咱們家義子，但咱也不能硬逼著人成親啊！還得他樂意才成。」

馮惜點頭。「也好，乘兒若嫁他，我還是很放心的。都在我眼皮子底下，也不怕他欺負乘兒。」

「依我看，衛權好得很，別被乘兒欺負就不錯了。」高姨娘笑說。

崔乘兒和衛權的婚事很快定了下來，不過成親要再等兩年，等衛權再長大一些。

賀語瀟聽到這個消息還挺意外的。「沒想到他們兩個居然成了。」

「是啊。」華心蕊挺高興，想到衛權來崔家見長輩，那臉上通紅、說話結巴的樣子，就很有趣。「這下我相公也不用為乘兒的婚事操心了，他生怕乘兒跟馮姊姊一樣嫁到外地去了，萬一讓人欺負了，家裡都難知道。」

「衛權的確是個好的，王爺也說他聰慧著呢，以後必有前途。」傅聽闌跟衛權一直保持著聯繫，嚴格來說，衛權現在開始跟著懷遠將軍學本事，算是傅聽闌的師弟了。

「家裡倒不指望他高升，只要能和乘兒恩恩愛愛的就成了。」華心蕊道。

「這下可得好好謝謝馮姊姊了，若不是她撿了衛權回去，又發現了他的能力，可能這姻緣還成不了呢。」一想到這一下長公主府、馮府和崔府的關係更加緊密了，賀語瀟覺得這不是件壞事。至少以後新權更替，有這些人為新皇出力，過渡一定會相當平穩。

「那是當然啊。到時候乘兒的婚妝還得拜託妳呢。」

賀語瀟點頭。「沒問題，那必然是要我化才成。」

摯友崔乘兒的婚妝，她肯定不會讓給別人啊！

郎才女貌，人品上佳，又得所有人祝福，這樣的婚姻一定會很美滿。

——全書完

願得一心人，白首不相離／灩灩清泉

2023年6月出版

金玉釀緣

文創風 1167～1168

前生在沙漠做奴隸，沒有機會以家傳酒譜開啟新生，
所以老天大發慈悲，讓她穿越到一座物產豐饒的寶島，
這裡的海產隨便撈，水果甚至還多到不值錢！
她靈機一動，發展釀酒，可不就把果物變黃金了？

家傳酒藝，醇情如意 ／元喵

南溪一睜眼，發現自己穿越成十五歲的小村女，
明明原身命苦，父母雙亡，弟弟又半身不遂需要醫藥費，
面對這款人生，她非但不覺得悲劇，反而還喜孜孜地留了下來。
在四季如春的瓊花島，有數不清的水果和海產、用不盡的水源，
眼下窮歸窮，但只要她自個兒手腳勤快點，也不至於活活餓死，
何況她還有家傳酒譜的前世記憶，打算以釀酒絕活來大顯身手，
正巧原身的娘親祖上也是製酒的，她對外展現這項天賦也順理成章。
孰料，她把自個兒日子過得越來越好，竟成了不少人眼中的香餑餑？
這廂她打著酒水事業的算盤，那廂則有人打起了她的主意；
先有一個欲納妾的路家少爺，後又來一個想說親的童生阿才哥，
縱使她瞧不上這些弱不禁風又敗絮其中的紈袴子和讀書人，
無奈只要她一日還名花無主，婚事就會遭人各種惦記，
看來看去還是能吃苦又強壯的鄰家大哥最合眼緣了，
只不過，她想速速斬斷爛桃花，他卻要攢夠聘禮再說親啊！
既然借他銀子的方法行不通，路不轉人轉，她拋下矜持道：
「我花十兩買你這個人，下半輩子都得賣給我！」

2023年5月出版

香氣巧廚娘

文創風 1165～1166

動點小腦筋，就能讓大家的生活變得完全不同！
被自家親戚隨隨便便嫁掉已是無可挽回的事實，
不過她可不准許自己跟夫家的人背負不幸的命運活下去……

恬淡溫馨敘述專家 ／九葉草

穿越到投河尋短的姑娘身上，差點又死一次，她認了；
被安排與快掛掉的救命恩人倉促成親，她無話可說；
可是要她安安靜靜看那些貪得無厭的人欺負到他們頭上，
雲宓說什麼都不會答應，也嚥不下這口氣……
既然天底下凡事兜來轉去都脫離不了一個「錢」字，
就看她用手中擁有的靈泉水與一手好廚藝，
在僵化如水泥般的市場中投下一顆超級震撼彈！
瞧，一旦手頭寬裕起來，連跟相公培養感情的時間都有了，
正當兩人之間越來越親密時，接踵而至的變故告訴雲宓，
這個男人的身分並不簡單，她怕是招惹了個大麻煩……

2023年5月出版

富貴閒中求

文創風 1163～1164

重生後的明秋意，只想甩開那些後宮爭鬥，
她躲到鄉下的莊子，圖個耳根清淨，
可那些貴女不放過她，連同父異母的妹妹都要踩她一腳，
唉！怎麼往上爬難，當個平凡人更難！

夫妻機智在線，強強聯手除惡 ／清圓

上輩子明秋意汲汲營營，機關算盡，坐穩皇后之位，
可到頭來皇帝不愛，女兒不親，最終含恨而死。
重生後，明秋意覺醒了，宮中愛恨如浮雲，
人生苦短，她何不及時享樂，躺平當鹹魚？
首先，她得先砸壞自己的名聲，才不會被選入皇宮！
上輩子她是人人誇的才女，這輩子她就當個人人嫌的剩女，
扮蠢、扮醜、裝病樣樣來，太子會看上她才怪呢！
太子不愛甜食，她偏要送去一份栗子糕惹他厭棄，
誰知她打好各種如意算盤，反倒被最不著調的三皇子穆淩寒惦記上，
這位三皇子說來也怪，每天吊兒郎當，卻能寫出一手好字，
眾人都說他是廢柴，可他的行事作風又似有一番條理，
更讓她摸不透的是，明明罵她醜還嫌她眼睛小，卻偏偏說要娶她，
莫不是三皇子跟她一樣，有什麼深藏不露的秘密？

2023年4月出版

起家靠長姊

文創風 1156～1158

一場變故讓她痛失父母，家裡只餘兩個弟弟及一對雙胞胎妹妹，她身為長姊面對不明事理的祖父母、心狠奸險的叔叔嬸嬸，即便還是個孩子，也得挺起身子拉拔弟妹，絕不教人看輕！

種地榨油開店搏翻身，
長姊攜弟養妹賺夫君／魯欣

從一個爹不親、娘不愛的家庭胎穿到何家，何貞本以為家裡雖苦了點，
但父親可靠、母親慈愛，兩個弟弟又聰明聽話，一家人好好過日子也不錯；
可一場變故讓他們父母雙亡，何家大房只留下三姊弟及早產的雙胞胎，
他們頓時成了二房不喜、三房不要的累贅，連祖父母也不上心……
看盡親人冷暖的她，在父母墳前立狠誓，定要把弟妹撫養成人！
幸好在叔叔、嬸嬸們的「幫襯」下，他們大房順勢分家自立，
只是自己也還是個孩子，大孩子養小孩子，要怎麼撐起一個家？

文創風 1182

妝點好日子 3 完

國家圖書館出版品預行編目資料

妝點好日子 / 顧紫著. --
初版. -- 臺北市 : 狗屋出版社有限公司, 2023.07
冊 ; 公分. --（文創風 ; 1180-1182）
ISBN 978-986-509-443-0（第3冊 : 平裝）. --

857.7　　112008678

著作者　顧紫
編輯　林俐君
校對　沈毓萍
發行所　狗屋出版社有限公司
地址　台北市104中山區龍江路71巷15號1樓
電話　02-2776-5889～0
發行字號　局版台業字845號
法律顧問　蕭雄淋律師
總經銷　知遠文化事業有限公司
電話　02-2664-8800
初版　2023年7月
國際書碼　ISBN-13　978-986-509-443-0

本著作物由北京晉江原創網絡科技有限公司授權出版

定價280元
狗屋劃撥帳號：19001626
網址：love.doghouse.com.tw　E-mail：love@doghouse.com.tw